The Pleasure Seekers
by Melanie George

あなたに愛を描いて

メラニー・ジョージ
村上千尋［訳］

ライムブックス

あなたに愛を描いて

主要登場人物

ブリス・アシュトン…………公爵の娘
ケイン・バリンジャー…………ハートランド伯爵
オリビア・ハミルトン…………バクストン侯爵未亡人
エドワード・アシュトン…………エクスムア公爵。ブリスの父
コート・ウィンダム…………シートン侯爵。ブリスのいとこ
フランソワ・ジェルボー…………モデル。ブリスの友人
セントジャイルズ伯爵…………ケインの友人

第一部

イングランド

「彼は慎重で、とても用心深いわ」エマは思った。「少しずつ近づいてくるけれど、自分が安全だとわかるまでは、決して危険を冒さないんですもの」

ジェーン・オースティン

プロローグ

あまり自慢にはできないことでも、人間はせざるをえないときがある。ひとりの女の快楽のために魂を売った日、ケイン・バリンジャーは地獄へと続く階段の最後の一段をおりた。

1

人生の盛りに逝《い》った休むことのない魂よ……。

ウィリアム・ワーズワース

「さあ、どうだ」背中にぐっしょりと汗を滴らせ、ケイン・バリンジャーは下にいる女性の体の奥をぐいと突いた。いつものか細いうめき声を聞いていると、喉に苦いものがこみあげてくる。早くすませて彼女を自分の部屋に帰してしまいたい。

彼女は目を覚ましてさえいれば執拗《しつよう》に迫ってくる。そのため、ケインはふだんはそっと部屋から出ていくことにしていた。けれども、ゆうべは彼が酔いつぶれて自室で寝ている折に、夜遅く突然彼女がやってきてベッドにもぐり込んだのだ。下半身にまたがられて、今朝ケインは無理やり起こされた。驚いて押しのけようとしたはずみに、危うく彼女の首を絞めるところだった。

「ええ、いいわ、ケイン……そう、そこよ」彼女は息をはずませ、恍惚《こうこつ》とした表情を浮かべている。バクストン侯爵未亡人であり、今はケインのパトロンとなっているオリビア・ハミルトンは、しだいに高みにのぼりつめていった。「今よ、ケイン。さあ」

彼女はケインのわき腹を両脚でぐいと締めつけ、彼の気持ちなどおかまいなしにすべてを奪おうとしきりに催促した。

オリビアがのけぞってうめき声をあげる。まばゆい朝日が彼女の首筋に斜めに差し込み、細かなしわを浮きたたせた。彼女は自称四〇歳だが、実際は四五歳に近いはずだ。だが、たとえオリビアが二五歳だったとしても、この義務が楽しいわけがない。かつて悪徳の世界にどっぷり浸《つ》かって、仲間の放蕩者《ほうとうもの》たちから〝悪党〟とあだ名された男にはぴったりの罰だ。身持ちの悪さのせいで抜き差しならなくなるとは、なんという運命のいたずらだろう。

屋敷の外から一発の乾いた銃声が聞こえた。早朝の狐狩《きつねが》りと一週間にわたるハウスパーティの開始を告げる音だ。イングランドのもっとも自堕落な貴族たちが、ここノースコート・ホールに押しかけてくる。パーティのあいだ、ケインは敷地の隅で人目につかないように過ごすつもりだった。今では別世界のことに思えるが、かつては〝自分の家〟と呼んだ屋敷に、かつてはなにも考えずに〝友達〟と呼んだ貴族たちがやってくるのだから。

ノースコート・ホールは一四世紀からバリンジャー家が所有し、包囲攻撃も、デボン州の沿岸地域特有の厳しい気候も、建物内部をほぼ焼きつくした一〇〇年前の大火もくぐり抜けてきた。しかしケインの父親、ヘンリー・バリンジャーの代で、ついに手放すことになってしまった。

ヘンリー・バリンジャー伯爵は善良ではあるが分別に欠けるところがあり、妻が亡くなってからはいっそう自分の世界にこもるようになった。始めた事業も次々に失敗して借金がふくらみ、彼の死後は息子が負債を引き継ぐはめになった。借金取立人たちの家財略奪はすさまじく、ケインはほとんど身ひとつで逃げだした。ノースコート・ホールは競売にかけられ人手に渡った。彼が相続したのは名ばかりの爵位のみだった。

死亡広告を出し二年もたってから、損傷の激しい父の遺体が崖下《がけした》の岩場で発見された。ヘンリー・バリンジャーが断崖《だんがい》から投身自殺をしたのは、近隣随一の裕福な貴族、エクスムア公爵エドワード・アシュトンに借りた金を返済できなくなったことが理由だ。挫折《ざせつ》や失敗ならなんとか受け入れられても、賭博《とばく》の借金となると話は別だった。その借金を返せないことで、伯爵は貴族たちのあいだですっかり仲間外れにされてしまったのだ。

父の自殺によりケインの人生も転落の一途をたどり始めた。彼は憎しみのとりこになった。エクスムア公爵がもう少し返済を待ってくれたら、父は死なずにすんだはずだ。公爵が父の背中を手で押して死に追いやったようなものだ。そう思うにつれ、憎しみが募っていった。

こうしてケインの人生は地獄の業火に包囲され、彼は魂も良心もない人間になった。胸にわだかまっているのは、言葉にならない、そしてやり場のない激しい怒りだけだ。銃で自分の頭を撃ち抜くという愚かな行為に走ることなくこれまで生きてこられたのは、その怒りのおかげだった。

オリビアがケインの下で軽いうめき声をあげ、手荒すぎると抗議した。それでも彼から体を離そうとはしなかった。ぼくはいったいなにをやっているんだろう。こんなことをしていては、この愚行を終わらせることも、境遇を好転させることもできない。昔は当たり前に思っていた暮らしをとり戻すことも無理だ。

「だめよ、ケイン」オリビアが懇願した。いよいよこれから絶頂にのぼりつめるというときに、ケインが彼女の体からこわばりを抜こうとしたためだ。

　オリビアは満足を与えようとしないケインの残酷さを呪《のろ》い、そのことに彼はひねくれた喜びを覚えた。オリビアはぼくを支配しているかもしれないが、ぼくは彼女がほしくてたまらないものを持っている。長さ二〇センチの男のしるしだ。

　けれど、ケインが協力的でないことにオリビアがいらだったのは、つかのまにすぎなかった。彼を引き込もうとするように腰をあげ、積極的に動かし始めたのだ。まもなく彼女は絶頂に達し、内部の筋肉がこわばりを包んだまま痙攣《けいれん》して精の放出を促した。だが、ケインは危険を冒さないようにしていた。妊娠させないよう、いつもゴム引きの避妊具を使っていた。精子が一匹でも奥に泳ぎついたら、一生オリビアに縛りつけられるとわかっていたからだ。

　これでぼくの義務はすんだ。ケインは寝返りを打って彼女から離れると、開いた窓を入ってくるそよ風を受けて、怒りとほてった体を冷ました。ようやく初夏が訪れ、寒さが残るのは夜明け前の数時間だけになっている。

　屋敷のまわりに繁茂したジャスミンの花の香りが、部屋のなかに漂ってきた。この匂《にお》いは母親にまつわるただひとつの思い出だった。母はケインが四歳のときに亡くなった。このかぐわしい花の香りをかぐと、悲しげな笑みを浮かべた優美な母の姿が鮮やかに脳裏によみがえる。

「ケイン」今現在屋敷を支配する女主人のいらだたしげな声が聞こえた。「ほどいてよ」オリビアが絹の赤いスカーフを引っぱった。手首がそのスカーフでベッドの支柱に縛りつけられているのだ。

ケインは彼女のほうを見もしなかった。「だめだ」

「もう、ケインったら！　すぐにほどいてちょうだい」

オリビアを縛ったのは、彼女のためではなくケインの都合によるものだった。彼女の手にさわられずにすむからだ。「メイドを呼ぼうか」彼は呼び鈴の引き紐《ひも》に手をのばした。

「やめて！」

ケインの手が、黒い絹の引き紐のまわりをさまよった。「どうしてだい？　あのメイドはきみの新しい魅力を発見するかもしれないよ。紅茶をこぼして、きみから一日分の賃金を差し引かれたあとだけにね」オリビアは召使のちょっとした落ち度を見つけては、いちいち罰を与えることに大きな満足を覚えていた。それだけが彼女の生きがいなのだ。

「差し引かれて当然よ、不器用な小娘なんですもの。すぐに首にしてやればよかったわ」

「そうやってきみがしょっちゅうばかにしているから、びくびくしているんだよ」

「無能な召使たちの弁護をするのはやめてちょうだい。あなたはやけに彼らの肩を持つのね。それでは、彼らのことを気にかけていると思われても仕方がないわ」

ぼくはオリビアをなじってやりたいだけだ。それ以外の動機があるはずないじゃないか。

彼女は少し謙虚になる必要がある。もっともベッドから起きあがったら、たちまちいつものがみがみ女に戻るだろうが。

「ぼくは誰のことも気にかけていない」ケインは物憂げに言った。「それは誰よりもきみがよく知っているはずだ」

「心が冷たいのよね」

「そのとおり。だが、きみがほしいのはぼくの心じゃないだろう？　さて、そろそろ脚を閉じたほうがいいかもしれないな」彼は呼び鈴の引き紐をつかんだ。

「ケイン、図に乗りすぎていると、いつかわたしを怒らせることになるわよ……そうしたら、あなたの大切なこの家を燃やして灰にしてやるわ」

ケインは手をこぶしに握りしめた。ぼくはすでにオリビアから憎しみを買っている。何世紀にもわたって廊下にかかっていた肖像画を、彼女は一枚また一枚と計画的に捨てているのだから。今も残っている数枚は、屋根裏部屋で朽ちかけていた。

「わたしから目を離せないので脚を閉じろなんて言うのね。いいでしょう。さあ、ほどいてちょうだい」

ケインはうなり声をあげてスカーフをほどき、オリビアの手を自由にした。寝返りを打って彼女から離れ、頭の下で両手を組んで天井を見あげる。考えるのは、落ちた奈落《ならく》の深さと、肉体と魂を売り渡す原因となった性格の致命的な欠陥のことだ。

「こんなことをするなんて立派とは言えないわよ、伯爵様」ベッドへの招かれざる客人は、感覚をとり戻そうとするように手首をこすった。オリビアは娘を溺愛《できあい》する親と、早死にするという良識を持った能なしの夫に甘やかされた、わがままな王女様だ。

「きみはほしがっていたものを手に入れたんだ、オリビア。さあ、お願いだから、ぼくをそっとしておいてくれ」

「あなたって手に負えないひとでなしね、ケイン。でも、たまらなく欲望をそそられてしまうのよ」オリビアは彼の腹部にてのひらをすべらせ、避妊具を外した男性の証の先端に人さし指で円を描いた。

ケインは彼女の手首をつかみ、荒々しくマットレスに押さえつけて怒鳴った。「やめろ」

「怒らないでちょうだい」

「ぼくの寝室には来ないように言ったはずだ」

「だって、わたしの寝室に来てくれないんですもの。あなたがほしかったのよ」

「それなら今晩は別の男を見つけるんだな」

「わたしがほしいのはあなただけよ」

ケインは鼻を鳴らした。「心にもないことを言うな」

「お願いよ、ケイン。怒鳴らないで」オリビアはすり寄って、彼の裸体に視線を這《は》わせた。

「わたしに埋め合わせをさせてちょうだい」

オリビアがなにをするつもりかケインにはわかった。彼女には我慢ならない、やめさせるんだと自分に言い聞かせる。ところが、体は満足させてほしいとわめきたてた。

オリビアはそそり立つ男のしるしにあたたかな息を吹きかけ、次の瞬間には口に含んでいた。ブロンドの髪が股間《こかん》をくすぐる。そうした行為にケインが激怒すると知っていても、彼女はおかまいなしだった。

こわばりを口で包みながら、指でも巧みに愛撫《あいぶ》する。ケインはなんとか自制しようとしたが、意志とは裏腹に肉体が暴走し、男のあかしはますます大きくなるばかりだ。

オリビアは高まりを口に含んだまま先端に舌先を走らせたり、その部分だけを刺激したりした。さらに根もとを手で上下にしごきながら、口のなかに深くくわえ込む。手の動きが速くなるにつれて吸引力も強くなり、ケインは爆発寸前になった。

彼が今にも欲望を解放しそうになると、オリビアがこわばりの上にまたがった。避妊具なしのそれを自分のなかに導き入れ、低くかすれたうめき声をもらす。

すぐさまケインはオリビアの体を無理やり離した。「ちくしょう!」

彼女は目に激しい怒りを浮かべて、枕《まくら》に寄りかかった。すでに体の線は崩れ、サテンの青いシーツを背にしているせいで、赤みがかった乳首が黒ずんで見える。ケインをめった切りにしてやりたいと思うほど、はらわたが煮えくり返っているようだ。けれども、これ以上彼を怒らせてもどうにもならないことは知っているので、方針を転換して唇をとがらせてみせた。とんでもない誤解だが、そうすれば彼が翻意すると思っているらしい。

「どうして拒むの?　わたしがどんなに子供をほしがっているか知っているくせに、絶対になかで果てようとしないのね。わたしにはお金があるわ。赤ちゃんが望むものをすべて与えられるのよ。汚れたおむつの始末をする世話係だって、おなかがすいたときにおっぱいをあげる乳母だって」

「だけど姓は与えられないよ――結婚しないかぎりはね。それに金はあるかもしれないが、きみには親になるのに必要なひとかけらの道義心もない」

「自分にはあるような言い方をするのね」オリビアはやり返した。「さんざん悪行にふけってきたくせに。あなたほど道義心のない人はいないじゃないの」

もちろんオリビアの言うとおりだ。ぼくは不品行だけで世の中を渡ってきた。「客をもてなさなくちゃならないんだろう？」ケインはわざとらしく言うと、ベッドを出て床からズボンを拾った。それを身につけ、窓辺へ歩いていく。

部屋を出ていけというほのめかしは、当然のことながらオリビアに無視された。「わたしに子供を産ませてちょうだい、ケイン。アルフレッドは夫としての義務を果たせなかったのよ。まったくひどいわよね。誰がわたしの老後の面倒を見てくれるっていうの？」

「そんなこと知るもんか」

「女性はみんな自分の子供を持つべきだわ」

「そのことは以前、話し合っただろう。ぼくの答えは今もノーだ。きみは金に物を言わせてぼくを思いのままにしているかもしれないが、ぼくの将来までは縛らせない」

「ひどい人ね、そんなことを言うなんて。あなたのほしいものはすべて与えてきたでしょう？　立派な服、賭《か》け事のための小遣い銭、好きなお酒を保存する地下室、そしてあなたのベッドをあたためるわたしの体。あなたの立場でこれ以上なにを望めるというの？」

望むものはたったひとつだが、それなしで生きることをぼくは運命づけられているようだ。ケインは苦々しくそう考えた。

「あなたがなぜこれほど残酷にふるまうのか、理解しようと努めているのよ。大変な人生だったことはわかっているわ」

「偉そうな口をきかないでくれ」彼は警告した。

「いいえ。あなたの境遇が話題に出たところで、その問題を率直に話し合いましょうよ。あなたの将来はわたしが握っている。それが冷厳なる現実よ」

ケインは肩越しに振り返った。烈火のごとき怒りの表情でオリビアをたじろがせる。「別のパトロンを見つけることもできるんだぞ」

「でも、あなたの先祖伝来の屋敷を手に入れたパトロンを見つけられるかしら？」彼女はあざけるように両方の眉をあげた。「あなたはノースコート・ホールに強く執着しているわ、ケイン。この屋敷の存在は麻薬のようにあなたの血管を駆けめぐり、追い払えないのよ。でも、今やここはわたしのもの。そのうち子供だって産んでみせる。いつもそうやってほしいものを手に入れてきたんですもの。だから、わたしに逆らうのはおやめなさい。そのほうが身のためよ」

ケインはオリビアの言葉を頭から締めだした。自分がノースコート・ホールにとりつかれ、そこから逃れられないのは自覚していた。ぼくの弱さを目の前で暴きたてるとは、なんて卑劣な女なんだ。

ケインの視線は断崖の先にある海へ向かった。ブリストル湾の荒れ狂う青緑色の大波は、彼の気分そのものだった。波は逆巻き、白く泡立って、高さ数百メートルの絶壁に大きな音をたててぶつかっている。

この屋敷には悪い思い出がつきまとっているにもかかわらず、ここはケインの家であり、かつて知っていた世界と自分をつなぐ唯一のよすがだった。ノースコート・ホールは彼が彼であるために必要な屋敷であり、安全な港だ。ここがなかったら、あてどなくさまよう根なし草になってしまう。オリビアはそんな彼の気持ちを〝執着〟と呼んだが、まさにそのとおりだ。彼女の奴隷になることで誇りがずたずたに傷つこうとも、ここを去るわけにはいかない。人生に残ったこの最後の断片《ピース》を捨ててしまうことはできない。

オリビアがベッドから起きあがって近づいてくる気配がした。「愛人にあるまじきふるまいをしているのだから、あなたを追い払っても当然なのに」彼女はなまめかしい声で言った。「わたしにはできそうもないわ。あなたの魅力に勝てそうもないんですもの、伯爵様」ケインのウエストに両腕をまわし、乳房を背中に押しつけて喉を鳴らす。「ここがこんなに立派なんですものね」彼女の手がズボンの前を愛撫した。

ケインはオリビアの手首を指で締めつけた。彼女が小さなうめき声をあげる。「子供の話は二度としないでくれ」

オリビアは手を引き抜いた。「今日は無作法なことをしないでね。あなたににらみつけられたら、お客様たちは恐れをなして帰ってしまうわ」

「客には関心がないよ。貪欲《どんよく》で油断のならないやつらばかりだからな。あの連中をこの家に迎えるのをぼくがどう思っているか、きみは知っているはずだ」オリビアの愛人として引きまわされるのが、ケインには耐えられなかった。

「わたしはこうした集まりが楽しみなのよ。パーティでも開かなかったら、この家は墓場みたいに退屈だわ」

「ここを好きでないなら、どうして亡くなった寝とられ亭主に買わせたんだ？」

「この家の悲劇の歴史に、意地の悪い喜びを覚えたからよ。家族が絶望のあまり断崖から身を投げる。まるでお芝居の筋書みたいだこと」

ケインは身をかたくした。オリビアのもくろみどおり、言葉のとげが心に突き刺さったのだ。「黙れ」

「あら、ごめんなさい。あなたのお父様のことだったわね。すっかり忘れていたわ」

「きみは始末に負えない性悪女だ。自分でもよくわかっているだろう」くそっ、もうこの部屋にはいられない。息が詰まりそうだ。

ケインが窓に背を向けかけたとき、馬に乗ったふたつの人影が目に飛び込んできた。そのふたりは猛烈な速さで森を抜けだし、向こう見ずな走り方で屋敷に近づいてくる。

先頭の馬が深い溝を無鉄砲に跳び越えたとき、ケインの目はその乗り手に釘《くぎ》づけになった。なんと女性ではないか。自分の命と馬の命を大きな危険にさらすとは、愚かな女だ。

二頭の馬はかなりの距離を保ったまま、屋敷の前庭に駆け込んできた。土ぼこりをあげて馬がとまると、女性のかすれた笑い声が彼の耳に響いた。

女性は手を貸すべき馬丁の到着も待たず、軽々と馬から飛びおりた。地面に足が着いたとき、ケインは彼女がとても小柄であることに驚いた。

女性が頭を振って顔にかかる髪を払った。最後までがむしゃらに馬を走らせているうちに、髪がすっかりほどけてしまったのだ。濃い黄褐色の髪は豊かで、長さは背中のなかばくらいまでもある。

まっすぐでつややかな髪に縁どられた顔は、目を奪われるほど美しかった。きりっとした愛くるしさと古典的な美貌《びぼう》が競い合っている感じだ。際立って高い頬骨、笑みを浮かべると顔全体の印象が変わってしまうほど大きい口、濃い茶色の眉。その下の目の色まではわからないが、彼女の背後に見える大海原のようなブルーではないかという気がする。

「わたしの勝ちよ、コート」彼女は笑い声をあげながら、息をはずませて馬上の男性に声をかけ、自分の馬の鼻面に軽くキスをした。「負けを認める?」

コートと呼ばれた男性が馬に乗ったまま、大げさにお辞儀をした。薄茶色の短い髪が朝日にきらめく。「認めるよ、レディ。きみの乗馬の腕前はすばらしい。降参だ。すっかりとりこになったよ」

女性は鞭《むち》の柄でコートの膝を冗談っぽくたたいた。「今度わたしに挑戦するときは、その言葉を忘れないでね」

「きみに挑戦するなんて、愚かな男だけがすることさ」男性も同じような軽い口調で応《こた》える。そのとき彼の注意が別のほうに向けられた。ケインの視線も男性が見つけたものに注がれる。正確には、見つけた人物に。

オリビアの姪《めい》のレディ・レベッカ・セントクレアが、メイドを数歩あとに従え、庭園を散歩していた。レベッカは肩越しに恥ずかしそうな視線をコートに向けた。

「ちょっと失礼してもいいかな？」気もそぞろの様子で、コートが女性に申しでた。「急ぎの用事ができたんだ」

女性の愉快そうな目がコートの視線をたどった。「ええ、いいわよ。たしかに急ぎの〝用事〟のようね」瞳をきらめかせ、からかうように言う。

コートは心の通じ合った者だけにわかる笑みを女性に向け、鞭の柄で敬礼すると、めざすレディのもとへ駆けていった。女性はしばらくそこに立って彼を見送っていた。黄色がかった濃緑色の乗馬服の金ボタンが朝日に光る。その服は襟ぐりが深く、馬にまたがれるようスカートにはスリットが入っていた。

ふいにその女性が顔をあげたので、ケインは窓から眺めているところを見つかってしまった。ひるむことなく見返してくる彼女のまなざしは、立ち聞きをとがめているようだ。だが、ケインは少しも気にならなかった。彼は自分を紳士だと言った覚えはないし、今も紳士のふりをするつもりはない。

女性の牝馬《ひんば》がそわそわといななき、しばし続いた互いの品定めは終わった。彼女は顔にはっきりとあざけりの色を見せて頭をつんとあげ、向きを変えて馬を引いていった。

物怖《ものお》じしない女だ。自分が誰を愚弄《ぐろう》したのか知らないらしい。ぼくが仕込んでやろうか。そそるような揺れる腰を目で追っているうちに、ケインの頭に妄想がわいてきた。彼女の姿が見えなくなるまで一心に見つめる。

「うっとり見とれるのはやめて、ダーリン」〝あなたはわたしのものなのよ〟と言わんばかりに、オリビアが文句を言った。「わたし、気を悪くするかもしれないわよ」

ケインはしぶしぶ彼女に視線を向け、うんざりした表情をつくった。「やきもちかい、レディ・バクストン？」

オリビアは室内着の結び目を指でいじっていた。薄い生地越しに胸の頂が透けて見える。

「ばかなことを言わないで、ダーリン。わたしはいつでも好きなときにあなたをベッドに誘えるんだから」自分の主張を証明するように、彼女はケインに近づいて体を押しつけた。

彼は冷ややかにオリビアを見おろした。「ぼくの持ち物だって休息が必要なんだ」彼女の横をすり抜け、シャツを手にする。

「あの女性のことが気になって仕方がないようね？」

ケインはシャツに袖《そで》を通しながらとぼけた。「残念ながら、ぼくの人生には〝女性〟が大勢いるんでね。どの〝女性〟のことか説明してくれるかい？」

「誰のことなのか、ちゃんとわかっているくせに。今の、髪を長々とのばした小柄な女のことよ」その声にはねたみがこもっていた。オリビアの髪はところどころ薄くなりかけていて、ふくらませるためにヘアピースをつけざるをえないのだ。

ケインはベッドの端に腰かけ、ブーツを履いた。「もし彼女が気になるとしたら、どうだというんだ？」

「彼女のことは眺めてもいいけど触れるなって、念を押しておくわ」

彼は顎をこわばらせて、ベッドからゆっくり立ちあがった。オリビアに近づき、狡猾《こうかつ》な緑色の目をじっと見おろす。「きみはある程度はぼくを自由にできるかもしれないが、なにからなにまで言いなりにさせることはできない。それを忘れるな」

オリビアが猫のような微笑を浮かべたので、これは油断ならないとケインは思った。彼の機嫌をとりつつ、別のことをたくらんでいるのだ。「今度のパーティは、思っていたよりも俄然《がぜん》おもしろくなってきたわ」

「きみにとっては、だろう」ケインは戸口に向かった。自分がどこへ行こうとしているのかはっきりわかっていた。厩《うまや》だ――なぜぼくはあの女性に会いたいという強い衝動を抑えきれないんだ？

廊下に出ようとしていた彼は、オリビアの言葉で足をとめた。「あの娘が何者なのか、あなたは知らないようね？」

その口調がどこか引っかかった。肩越しに振り返ると、オリビアがわけありげに見ていた。

「あの猛烈に馬を飛ばす女のことかい？」

「誰なのかわからなかったんでしょう？　家族とは顔が似ていないし、聞くところでは最近パリで暮らしているらしいから」

「早く結論を言ってくれ」

「エドワード・アシュトンという名前に心当たりはある？」

ケインはぎょっとして立ちすくんだ。

「やっぱりあるようね」オリビアが戸口まで来て彼の前に立った。ケインの左頬にできたぎざぎざした傷跡に指を走らせたが、彼は身じろぎもしなかった。「この傷はまだ痛むの？」

「いいや」ケインは嚙《か》みつくように言うと顔をそむけた。ふいに全身が張りつめ、わななないた。

その傷は彼が愚かなふるまいに及んだ結果、エクスムア公爵の家臣のひとりにつけられたものだ。死んだ父親の復讐《ふくしゅう》をしようと、酔っ払ってロンドンにある公爵の屋敷に乗り込もうとしたのだから、そうされても当然だろう。ケインは玄関までもたどりつけなかった。たくましい従僕はしらふのうえに、割れたガラス瓶を持っていた。

ケインが目を覚ました場所は、誰かが運び込んでくれた慈善病院だった。感染症に冒された彼は高熱にうなされ、全身にひどい汗をかいていた。二カ月の入院生活のあいだ、考えるのは復讐のことばかりだった。

彼は目を細めてオリビアの顔を見据えた。「あの娘はいったい誰なんだ？」

彼女は少しもったいぶってから答えた。「レディ・ブリス・アシュトン。エクスムア公爵の愛娘《まなむすめ》よ」

ケインは誰かに喉へ手を突っ込まれ、内臓を抜きとられたような衝撃を受けた。「公爵の令嬢がどうしてここにいるんだ？」いかにもなにげない調子を装って、穏やかに尋ねる。「きみが招待したのか？」彼は威嚇するようにオリビアのほうへ一歩踏みだした。「もしそうなら、ぼくは――」

「違うわよ！　わたしが招いたわけではないわ」オリビアは一瞬怯《おび》えた様子を見せたが、たちまち傲慢《ごうまん》な態度に戻った。「いとこに同行して来たのよ、きっと」

「それなら、ここから追いだしてくれ」

オリビアは片方の眉をつりあげた。「ほんの五分前には、彼女のスカートの下にもぐり込みたいと考えていたくせに。あなたって、なんて移り気なのかしら」

ケインはさらに一歩前に出て、わざと彼女の前に立ちはだかった。「図に乗るなよ、オリビア」

「もし彼女を追いだしたいなら」オリビアは顎をつんとあげて、ケインをにらみつけた。「自分でおやりなさいな。あなたのような巨漢の悪党なら、小柄な女性のひとりくらい簡単に追い払えるでしょう。ろくでもないことをするのはお手のものなんだから」

「その言葉を覚えていろよ。あの娘の死体が岩場に打ちあげられても、ぼくは知らないからな」ケインは怒鳴るように言うと、大股《おおまた》で部屋を出ていった。

2

ほほえむ彼女は、愛と美の女神ビーナスだ。
だが、歩く姿は光と結婚の女神ユーノーで、
話し始めたら、知恵と武勇の女神ミネルバになる。

ベン・ジョンソン

妙に落ち着かない気持ちで、ブリスは厩のほうへゆっくりと歩いた。ふと気づくと、立ち聞きしていたあの上半身裸のたくましい男性との無言のにらみ合いを何度も思い返していた。男の陰気な目と視線が合ったとき、思いがけない衝撃を受けた。男がなんの遠慮もないまなざしで、ずうずうしく、しかも性的関心をむきだしにして彼女を凝視していたせいだ。

ブリスはいとこのコートに頼まれてノースコート・ホールを訪れた。パリに住む彼女がイングランドの父の家に着いて三日もたたないうちにコートが現れ、しきりにパーティに出席するよう誘ったのだ。まもなくその理由がわかった。愛らしいレディ・レベッカ・セントクレアとその母親――コートに言わせれば〝ドラゴン〟――が、そのパーティに出席するから

だった。

レベッカと話すとき、そばにいとこのブリスがいれば、礼儀正しい男性に思われるだろうとコートは考えたのだ。だが、ブリスの慣習にとらわれない自由な生き方をレベッカの母親が知っていたら、とんだ喜劇になるだろう。

ブリスは幼少時から同世代の子供とはたいそう異なる育てられ方をしてきた。フランス人の母は常に変化を求める性分で、新たな冒険を追い求め、みずからの自由を奪う恐れのあるものと闘い、自分の娘にはたとえ女性であってもあらゆる可能性があるのだと教えた。

かたやブリスの父は物事をまじめに考えすぎるところがあり、旧弊で融通がきかなかった。けれども愛すべき男性で、広い心を持った政治思想家でもあった。

両親がどうして結婚したのか、ブリスにはよくわからなかった。深く愛し合っているようなのだが、これほど不似合いな夫婦はいないからだ。しかし六年前、両親は別居を決めた。どちらもその理由を語らなかったし、ブリスの知るかぎりではどちらにも愛人はいなかった。どこから見ても、今も両親は相手に忠実だ。

父はエクスムアの領地とロンドンの屋敷を行ったり来たりして暮らし、母はブリスと一緒にパリで生活していた。イングランドはなにかと制約が多く、画家としてのブリスの精神にはそぐわない点もあったが、それでも彼女はできるだけ帰国するように心がけていた。

ごつごつしたブナの木の幹の陰に水の入った樽《たる》があったので、ブリスは足をとめて両手をそこに浸し、顔と首に水をあてた。ほてった肌にかかるひんやりとした水の感触を、彼女は目を閉じて堪能《たんのう》した。

すると、浅黒くハンサムな男性の姿がふとまぶたに浮かんできた。広い肩には絹を思わせる漆黒の髪がかかっている。その髪はまるで女性の手にかき乱されたかのようにくしゃくしゃだった。この推測はきっと正しいのだろう。彼の背後の暗がりにはぼんやりと女性の姿が見えたのだから。

誰かは知らないが、ブリスはその女性がうらやましかった。あの男は礼儀知らずだけれど、実に魅力的だ。かたい胸板と暗鬱《あんうつ》な目をしたあの男性を描《か》いてみたいものだわ。危険な香りをまとった男性に、彼女はさまざまな想像をかきたてられていた。

パリではしばしば男性のヌードモデルを前にして描いた。もっとも、ブリスが描くのはフランソワがほとんどだ。彼は親友であり、男性が支配する美術界で彼女を支えてくれる存在だった。

しかし、横暴がまかり通る男性中心のほかの社会に比べれば、画家たちは仲間の女性に対してはるかに寛大だった。男性を中心とする社会にあっては、女性は難しいことを考えず、ただ美しく着飾り、華奢《きゃしゃ》な体をいたわって暮らすことだけを期待されていた。

乗ってきた牝馬のシアラがブリスの肩をそっと突いて注意を引いた。彼女は馬の首を軽くたたき、厩に入っていった。出迎えてくれた厩の親方は、冗談と笑顔を絶やさないしわだらけの老人だった。ブリスがブラシをかけやすいよう、親方はシアラの手綱をとって横木のほうに引っぱっていった。

そのとき足音が聞こえ、馬丁とおぼしき若者が息を切らして駆け込んできた。「すぐ来てください、ハップ！」若者はせきたてた。「ファントムが逃げだして、柵《さく》を越えてしまったんです！」

「こんちくしょう、あのばか馬め」親方はつぶやき、それから顔を赤くして申し訳なさそうにブリスのほうを見た。「汚い言葉をつかってすみません、お嬢様」

「気持ちはわかるわ」ブリスはほほえんだ。だがハップはただちにその場を離れるようなことはせず、まるで蠍《さそり》だらけの異国の地に彼女を見捨てるかのように、年輪を重ねた額にしわを寄せて躊躇《ちゅうちょ》している。その様子を見てブリスは促した。「さあ、早く行って」

それでもまだハップはためらっていた。悩ましげに太い眉を寄せている。そのうちにようやく決心がついたのか、すぐに戻ってきますと約束して、がに股で足早に出ていった。

ブリスはおかしそうに頭を振り、シアラのブラシがけに使う毛梳《けす》き櫛《ぐし》と荒毛ブラシを探しに馬具部屋へ向かった。

そのとき、空気をつんざくようなすさまじい音がした。

彼女がさっと振り向くと、奥の馬房にいる大型の黒い種牡馬《しゅぼば》が棒立ちになっていた。頭をあげ、荒々しい鼻息をたて、目は少しぎょろついている。馬はなんとか自由になろうと馬房の扉の横木に前脚を何度も打ちつけ、ついに破壊してしまった。荒れ狂う大きな牡馬を目にしてブリスは一瞬凍りついたが、即座になにが起きているかを悟った。

シアラは発情期に入っていた。種牡馬もまた種付けの意欲満々なのだ。

ブリスはシアラの手綱をほどこうと駆けだしたが、今や黒馬の巨体は壊した扉のあいだを無理やり通り抜けていた。中央の通路を彼女のほうに向かって全力で走ってくる。踏みつぶされないよう、ブリスはかろうじてよけた。

彼女がよろめきながら難を逃れているあいだに、種牡馬はシアラにのしかかって交尾を始めていた。ブリスは呆然《ぼうぜん》と見ていることしかできなかった。今二頭を引き離そうとするのは、とんでもない愚か者だ。シアラと結ばれるために傷だらけになったということだけで、牡馬の欲望の強さがよくわかる。馬の脚とわき腹にはいくつも傷ができ、そこから血が滴っていた。

「カーン、やめるんだ！」突然、怒り狂った男の声が響いた。

ブリスが振り返ると、先ほど窓からこちらを見ていた男性が厩に走ってくるのが見えた。だが、もう手遅れだった。牡馬は主人の命令に即刻従ったが、行為はすでに終わっていた。

男の鋭いまなざしがブリスに向けられた。「ちくしょう！　いったいなにをしたんだ？」

その男の堂々とした体軀《たいく》だけでなく、怒りを向けられたことにもあっけにとられ、しばしブリスは相手を見つめることしかできなかった。

にらみつけてくる目を見返しながら、彼女はようやく立ちあがった。「なにをした、ですって？」

「その頭には脳みそが入っているのか？　きみの馬は発情していたんだぞ！　牝馬の匂いに誘われて反応する牡馬がいるかもしれないと考えもしなかったのか？」

「わたしが考えたのは」しだいに怒りがこみあげ、ブリスは言い返した。「どの牡馬も牝馬に近寄れないよう、ちゃんと安全に囲われているに違いないってことよ。こんな面倒が起こるだろうと、どうして招待客のわたしが予測しなくてはならないの？」

男はブリスをねめつけた。顎が痙攣しているせいで頬の傷跡が引きつり、怒りの大きさが強調されている。この男性は種牡馬と同じくらい見事だわ。大きくて、立派で、どこまでも危険。今にも自制できなくなりそうな活力がみなぎっている。長身のがっしりした体には、なめらかなところがまるでない。絶えず激しく渦巻いている精神のエネルギーを一心に浴びるなんて、めったにできない経験だ。

「くそいまいましい親方はどこにいるんだ？」男性がうなるように言った。「絞首刑のあと、はらわたを引きずりだして、体を四つ裂きにしてやる」

ブリスはスカートについた干し草を払った。「これはミスター・リグビーの落ち度ではないわ。馬が一頭、柵を越えて逃げてしまったの。それでも彼はこの厩から離れようとしなかったので、わたしが行くように勧めたのよ」

彼女の愚行を自分の有利になるようどうもっていこうかと計算しているらしく、石英のように暗く冷酷な目が細くなった。「いつからきみがここの責任者になったんだ？」

ブリスはため息をついた。「いつまでそんなことを言い続けているの？ 何度か深呼吸するか祈禱《きとう》の言葉でも唱えたら、もう少し理性的になれるかもしれないわよ」

「ぼくが唱える言葉など、きみのお気に召さないだろう」

本当に我慢ならない男だわ。「誰かに傍若無人だって言われたことはない？　もしわたしがレディでなかったら、あなたに鞭をくれているところだわ」これが虚勢だと彼にはわからないだろう。

「それなら、ぼくはきみを膝にのせて尻を鞭打ってやるよ」

「あなたならやりかねないわね」

男の視線がゆっくりとブリスの体を下っていった。腕力ではぼくに太刀打ちできないぞ、と言いたげなまなざしだ。それから男はまた悠々と視線をあげ、彼女の目をとらえた。彼の強いまなざしには、今や怒りとは別の感情が煮えたぎっている。

「くそっ」男が大きなののしり声をあげた。牡馬がまだそばにいることに耐えられなくなったシアラが、後ろ脚で相手を蹴《け》り始めたのだ。「きみの馬を馬房に入れろ！」

男を押しのけるようにわきを通り、ブリスはシアラの手綱をつかんで、いちばん近くの空いている馬房に引っぱっていった。内心でぷりぷりしながら、牝馬にブラシをかけ始める。見さげ果てた野蛮人が自分の馬のわき腹に両手をすべらせているのを、ブリスは目の端で眺めた。種牡馬の立派な毛並みには点々と血がつき、あちこちにひどい裂傷ができている。

ブリスに見られていることに気づいて、男がぎろりとにらみ返してきた。脅しをこめた視線を向ければ、こんな女などおとなしくなるに違いないと思っている様子だ。

これほど不愉快な男に彼女は会ったことがなかった。威嚇するような態度を邪悪なベールみたいに身にまとっている。しわくちゃの白いシャツの襟にかかる黒髪が、挑戦的な姿勢を示していた。シャツの袖は肘までまくられ、大きな手と黒い毛のうっすら生えた引きしまった腕があらわになっている。

そこへハップが駆け込んできた。留守中になにが起きたのかを理解したとたん、気の毒にも顔が恐怖に凍りついた。

「いったいどこへ行ってたんだ？」男が親方をなじった。

むっときてブリスは言った。「逃げた馬を探しに行ったと、さっき話したでしょう」

男はベーリング海を思わせる冷ややかな視線をさっとブリスに向けた。「口を出すな」彼女が言い返す前に、悪魔のようなまなざしをふたたびハップに向ける。「膏薬《こうやく》とタオルをとってこい。今すぐだ」

「はい、旦那様《だんなさま》」怯えた兎《うさぎ》さながらに、ハップはあわてて飛びだしていった。

ブリスは親方が去っていくのを見つめた。怒りで全身が張りつめる。「弱い者いじめをするなんて最低ね」

男は不愉快そうな視線をブリスに向け、自分の種牡馬を引き連れてシアラがいる馬房のほうへゆっくり歩いてきた。扉の前で足をとめる。そばに牡馬がいるせいでシアラがそわそわしだした。「きみはまったくわかっていないな」男の口調は、きみもすぐにわかると言わんばかりだ。それから彼は種牡馬を奥の馬房へ連れていき、親方にうるさく指図をしながら一緒に傷の手当てを始めた。

ブリスは男がいかに見さげ果てた人間であるかについて悪態をついたが、それはたいていの若い女性は知らない、ましてや声に出したりしない言葉だった。

シアラの世話を終えた彼女はスカートのポケットから角砂糖をとりだした。好物を食べる愛馬のやわらかな鼻先がてのひらをくすぐる。

「もう大丈夫よ」馬の首を撫《な》でながら、ブリスはなだめるように言った。「あのけだものがおまえに近づくようなことは二度とないわよ」

馬房を出た彼女は厩の奥に目を走らせたが、そこには種牡馬と親方が立っているだけだった。馬の飼い主はいなくなっている。ああ、せいせいするわ。

〝悪魔〟が戻ってこないうちに、そして手近にあるピッチフォークで彼を串刺《くしざ》しにしたいという衝動に負けないうちにこの場を離れようと、ブリスは体の向きを変えた。そのとたん、煉瓦塀《れんがべい》みたいにかたいものにぶつかった。不運なことに、それは『ファウスト』に出てくるメフィストフェレスのごとき〝悪魔〟だった。

ブリスが顔をあげると、濃いブルーの険しい目がにらみつけていた。彫りの深い顔には、近づいてくる嵐《あらし》を思わせる暗く不気味な気配がある。

「どこかへ行くのか？」彼はウィスキーのような深みのある声できいた。

「そうよ」彼がそばにいるせいですっかり狼狽《ろうばい》したブリスは、なんとか返事をした。「あなたのいないところへね」彼を避けて進もうとしたが、相手が一歩横に寄り、通り道をふさいだ。「どいてちょうだい」

「きみのいまいましい牝馬のせいで種牡馬としてカーンを用いる計画が台なしだ」

まったく腹立たしい男ね！　「反対でしょう。あなたのいまいましい種牡馬が繁殖牝馬としてのシアラを損ねたのよ。あんなことをされては、シアラは二度と牡馬を受け入れようとしなくなるわ」

男からは歯ぎしりの音が聞こえてきそうなほどで、その目つきはブリスを締め殺したくてたまらないという感じだ。「ここで起きたことの意味が、きみにはわかっていないようだな」

「あら、それならその意味とやらを、女の弱い頭でも理解できているかどうか見てみましょうよ」ブリスは甘ったるい声を出した。「あなたの種牡馬がわたしの牝馬にのしかかり、天にものぼる恍惚の二分間を味わった。それだけのことじゃないの。なのにあなたは、とんでもない苦境に立たされていると文句をつけているのよ。なんでもよくわかっているつもりらしいけど、自分は正しいとうぬぼれすぎているんじゃないかしら。肥大化した頭のせいでつまずいて、ぽっかり口を開けた底なしの穴に落ちればいいんだわ」

男の顎がますますぴくぴくと痙攣している。「きみは男を攻撃する方法をよく心得ているようだな」

「いつもそう言われるわ。それさえなければ女性として完璧《かんぺき》なのよね。もっとも、ピアノを弾くときにしょっちゅう耳ざわりな音を出したり、カドリーユを踊るときにでたらめなステップを踏んだりするのを大目に見てもらえたらの話だけど」

男はにこりともしなかった。たとえユーモアを解する心を持っていたとしても、胸の奥深くに埋められていて、存在しないも同然なのだろう。「たった今きみの牝馬は恩恵を受けたんだから、種付け料を払ってくれ」

「恩恵ですって？」ブリスはぽかんと口を開けた。「冗談でしょう」

冗談ではないことは、男の顔つきからわかった。「カーンは純血のアラブ馬のアナザー・アラブ種の血統で、祖先をたどればアバスパシャにいきつくんだ」

カーンがすぐれた血統の馬だということはブリスにもわかった。馬体のあらゆるラインがそれを物語っている。両目から鼻面へと先細りになる品のある顔、鋭い頬骨の輪郭、うなじから背中にかけてのなだらかな山形の線、力強い腰と立派な臀部《でんぶ》、整った尾に短い芯部《しんぶ》、脛《すね》は引きしまって筋肉質だ。

どこから見ても実に見事な馬だった。もしシアラがカーンの子を産んだら、その子馬は姿が美しいだけでなく、風のように速く走るだろう。とはいえ、まるでブリスに非があると言わんばかりの態度で金を要求する権利など、この男にはないはずだ。

「シアラの母親は野生のデボンシャー・ポニーで、父親はナイトフォォリー直系のドンゴラ・アラブなのよ」ブリスは言い返した。

彼はまったくひるまなかった。「それでもきみには種付け料を払ってもらう」

「払うつもりはないわ」もしわたしが男だったら、この男の尊大な鼻をぶん殴ってやるのに。

彼がふたりのあいだのわずかな距離を詰めた。体が接するほど近寄られても、ブリスはあとずさりせずに踏みとどまった。強烈な熱さに襲われる。その熱は彼から発せられていることにブリスは気づいた。

「きみには料金を払ってもらう」彼が静かな声で言った。「さもなければ、どうなっても知らないぞ」

ブリスはまばたきもせずに男の目を見返した。「わたしを脅しているの？」

「そうだ」

相手の無礼さに驚愕《きょうがく》し、ブリスはしばしぽかんと見つめたあとで笑いだした。「あなたのそんな野蛮人みたいな態度に、みんな言いなりになっているの？　だからといって、わたしには通用しないわよ。わたしのまわりを荒々しく歩き、のしかかり、青くなるまで自分の胸をたたくといいわ。それでもなにも変わらないから。では、ごきげんよう」

緊迫した空気が張りつめるなか、ブリスは男の横をすり抜けた。彼の暗く射るようなまなざしが背中に突き刺さるのを感じる。

よくも代金など請求できたものだわ！　まるでわたしの馬が腰を振って厩に入り、甘い声でいなないてあの種牡馬をたぶらかしたような言い方じゃないの。実際は、彼の始末に負えない牡馬が自分の欲望を抑えられなかっただけなのに。

あの男はシアラに怪我《けが》はないかと尋ねもしなかった。そういえば、わたしにも大丈夫だったかときかなかったわ。いまいましいあの馬はわたしを踏みつぶしていたかもしれないのに。それなのに、あの男が気にかけているのは種付け料のことだけなんだから。

突然、ブリスは前に進めなくなった。なにかに引っかかったのかしら？　それとも誰かが引っぱっているの？　そう思うと怒りがこみあげる。彼女はくるりと振り向いた。すると、男のブーツを履いた大きな足がスカートの裾《すそ》を踏みつけていることがわかった。

「あなた、どうかしているんじゃない？」彼女は息巻いた。「すぐに足をどけてちょうだい」

男は足を離したものの、驚いたことにブリスの腕をつかんだ。体を自分のほうに向けさせて、怒りで紅潮した彼女の顔を胸に引き寄せる。鼻が男のシャツの襟もとに触れそうになり、ブリスは引きしまったブロンズ色の肌が目の前に見えた。かすかな白檀《びゃくだん》の香りが鼻孔をくすぐる。男らしく心地よい香りだ。

顔をあげて氷河を思わせる冷たいブルーの目をにらみつけたとき、奇妙な戦慄《せんりつ》がブリスの体を走った。

男の官能的な唇がブリスの唇に危険なほど近づくと、彼のつややかな髪がはらりと額に落ちた。「これで終わったわけではないからな」彼は強い口調で言った。

これまで味わったことのない感覚が血管を駆けめぐり、ブリスの鼓動が乱れた。「手を離して。大声をあげるわよ」

彼はブリスの唇を凝視した。そうすれば黙らせることができると思っているようだ。彼女はそんな脅しには屈しなかったけれど、大声をあげたい衝動に駆られた。この男には本当に腹が立つ。罰を受けて当然だわ。いまいましい田舎者なんだから。

男は手をゆるめたが、そのままブリスの腕に指をすべらせてあたたかな感触を残した。

そのさりげない接触に怒りを覚え、ブリスは彼にぴしゃりと平手打ちを食らわせると、向きを変えてその場をあとにした。

ケインはブリスが去っていくのを見つめ、腑抜《ふぬ》けになった気分で顔に手を押しあてた。彼女の手が飛んでくるのが見えたが、たたかれるままになっていた。くそっ、ぼくは棍棒《こんぼう》で殴られたって仕方がないんだ。彼女を見て、すっかり心が乱れてしまったのだから。

今もケインはブリスをじっと目で追っていた。魅惑的に揺れる腰に見とれているうちに、しだいに股間が熱くなってくる。脳と体は必ずしも一致して動くわけではないことが、今回も証明されたようだ。

エクスムア公爵の愛娘は、ぼくが現金を稼げる機会を台なしにした。そうなると、ぼくはますますオリビアの言いなりになるしかない。

〝この親にしてこの娘あり〟か。ケインは苦々しくそう考え、両手をこぶしに握りしめた。本来なら一一〇ポンドの種付け料が手に入るはずだった。それはぼくが、いつでも、どこでも、どんなときでも、自由に使える金だ。これまでぼくは運命に翻弄され、屈辱を味わってきたが、今回は負けるつもりはないぞ。

3

彼女はさりげなくふるまっているが、実は巧みに気を遣い、動じないふりをしている。

ウィリアム・コングリーヴ

ブリスは鏡に映った自分の姿をじっと見つめ、舞踏会用のサテンのドレスに批判的な視線を走らせた。最新のパリの流行をとり入れたドレスは、大きく開いたスクエアカットの胸もととハイウエストが特徴で、彼女の豊かな胸が強調されている。

そのドレスは物議を醸しかねなかった。襟ぐりが胸の頂ぎりぎりまで深く開いているので、深呼吸でもしたら公衆の面前で乳房があらわになりそうだ。けれども、ブリスは流行の最先端をいくのが好きだった。そうでなかったら人生はあまりにも退屈だ。

最初のうち、彼女はこのドレスを選んだのは単なる気まぐれだと自分に言い聞かせた。だが、自分をだましてはいけないと悟った。今夜、例の性悪な馬主が舞踏会に出席していたら、このドレスを見せつけて優雅に踊り、彼を完全に無視してやろうという魂胆が心の底にあったのだ。

扉をノックする音がした。「どうぞ」ブリスは声をかけた。彼女の首に、メイドがイヤリングとおそろいの優美なサファイアのネックレスをかけているところだった。

ブリスが振り向くと、コートが戸枠にもたれていた。薄茶色の髪はきれいにとかされ、髭《ひげ》もそりたてで、相手を包み込むような笑みを浮かべている。「とてもきれいだよ、ブリス」彼のまなざしにはあたたかい賛嘆の色があった。

「ありがとう」ブリスはサテンのスカートに手をすべらせた。ダークブルーの生地には銀の糸が織り込んであるのでかすかな光沢があり、動くたびに真珠のような光を放った。

コートが腕を差しだした。「では、行こうか?」

「ええ」いとこと腕を組んだとき、思いがけず緊張で胸が締めつけられたが、その慣れない感覚をブリスは無理やり抑えつけた。

階段の踊り場から見ると、長い廊下がほのかにきらめいていた。壁にずらりととりつけられたガラスと真鍮《しんちゅう》の突きだし燭台《しょくだい》が金色の光を投げかけ、磨きあげられた木の床は暗くなめらかな水面のように見える。

もっと大きな屋敷も見たことがある。ブリスが感銘を受けたのはノースコート・ホールの広さではなく、邸内の装飾や調度品だった。階段に敷きつめられた赤や緑や金の鮮やかな色合いのトルコ絨毯《じゅうたん》に、薔薇色《ばらいろ》の花崗岩《かこうがん》でしつらえられた玄関広間、ロココ様式からなる桜材の立派な鏡板につくられた数多くの朝顔口と壁がんには、青紫色の縁どりのセーブル焼きの器や、華麗な銀の枝付き燭台が置かれている。イタリア産の大理石でできたアーチ式の門をくぐると、そこが舞踏室になっていた。ドーム型の天井に一風変わったシャンデリアがきらめき、その小さな光は夜空にきらめく無数のダイヤモンドのようだ。

ノースコート・ホールは屋敷でありながら精神を宿しているみたい、とブリスは思った。あるいは彼女の画家としての感性が、この家の格調高い直線と優美な曲線にロマンティックな性質を見ているだけかもしれない。

「バクストン侯爵末亡人の手で改装されて、この家は昔のすばらしさをとり戻したんだ」屋敷の歴史について尋ねたブリスに、コートが答えた。「でも、この家には暗い過去があるんだよ。前の持ち主の第一〇代ハートトランド伯爵は借金ですべてを失い、崖から身を投げたんだ」

ブリスは思わずよろめいた。彼女は今日その崖の縁に立ち、広大な景色に人間の小ささを感じながらも、見事なまでの美しさに魅了されていた。自分の命をそのような残酷なやり方で絶つなんて、その方はどんな苦しみを味わったのかしら？

「たしかに悲劇的だよね」コートがブリスの表情を見て言った。「だがもっと悲劇的なのは、この屋敷にその伯爵の息子がとりついているということかもしれない」

ブリスは目を大きく見開いた。「この屋敷には幽霊が出るってこと？」

「いや、第一一代ハートトランド伯爵はちゃんと生きているよ。父親が亡くなったとき、彼はほとんど無一文でこの世の中に放《ほう》りだされたんだ。家はバクストン侯爵に買いとられたが、侯爵は一年ほど前に亡くなった。伯爵の息子が戻ってきたのは、それからまもなくだ。今ではここに住んでいる」

「レディ・バクストンのご親戚《しんせき》かなにかなの？」

コートは気まずそうな視線をブリスに向けた。「ぼくはよけいなおしゃべりをしてしまったらしい。上流社会にふさわしくない話題を持ちだしてしまった」

「上流社会ですって？」彼女は小さな笑い声をたてた。「あらあら、コート、わたしを不適切な言葉を聞いただけで卒倒してしまう頭の弱い女性みたいに扱うつもりではないでしょうね？　あなたはわたしのことをよく知っているから、そんなことはしないと思っていたけれど」

「しないさ」コートは親愛の情のこもった少年のような笑みを浮かべた。「きみはほかの女性とは違うということを、ときどき忘れてしまうんだよ」

「それは褒め言葉と受けとっておくわ。それはそうと、伯爵の息子ってどういう方なの？」

彼は口ごもった。「名前はケイン・バリンジャーというんだ」

ブリスは顎の先を指でたたいてしばらく考えた。「バリンジャーね。その名前は前に聞いたことがあるわ」

「そうだろうな。その男の不行跡はゴシップ紙をにぎわしていたからね。女、酒、賭博と三拍子そろった放蕩者で、なかでも女性関係が派手だった。しかし、寝室で女性をうまく口説き落とせても、その力を賭け事のテーブルで発揮することはできなかったようだ。幸運の女神さえほほえんでくれたら、賭けで大もうけすることもできただろうが。どうやら女神は無数の罪を犯した彼にお仕置きをしていたらしい。

ブリスは大いに好奇心をそそられた。「どの人か教えてくれる？」

ふたりは二階の回廊に着き、舞踏室に通じる階段をおりようとしていた。そのときコートが足をとめ、彼女の体を自分のほうに向けさせた。「彼に近づいてはいけないよ、ブリス。いいかい、彼と一緒にいるところを人に見られたら、きみの評判は永遠に地に落ちてしまうからね」

ブリスはおかしくなって、笑みを浮かべずにはいられなかった。「わたしの評判ですって、コート？　このドレスをごらんなさいな。あなた、わたしの銃の腕前を褒めたことはなかった？　馬にまたがって乗るなと忠告したことは？　パリに来てわたしの絵を見たことはないの？」最後の質問を聞いて、コートは居心地悪そうにもじもじした。「わたしの評判なんてその程度のものよ。これ以上悪くなるなんて考えられないわ」

「ケイン・バリンジャーとかかわりがあると思われたら、取り返しがつかないほどの悪評が立つよ。きみがこれまでしてきたことなんて比べものにならない。本当だ」

ブリスは舞踏室を見おろし、人込みのなかに悪の化身のような男を探した。でも、そういう男というのはどんな容貌をしているのだろう？「今夜、彼はここにいるの？」

「ブリス」コートが警告する口調で言う。

「彼は舞踏室にいるのかしら？　あなたは彼の顔がわかるの？」

「しまった、ぼくはなんておしゃべりなんだ」コートは髪をかきあげた。「今回だけはぼくの忠告を聞いてくれないか？」

「わたしの父みたいな口調になってきているわよ」

「気の毒に、きみのお父上も悩みが多いね。きみときみのお母上のことで……」コートは顔をしかめた。

「そうね」ブリスは彼にやさしくほほえみかけた。「わたしたちアシュトン家の女は、男にとっては悩みの種なのね」

コートは片頬だけの笑みを向けた。「フランス人の血のせいだな」

「ええ《ウィ》、悪いのはフランス人の血よ」ブリスは妹のようなしぐさで、彼の額から巻き毛の房を払った。「なかに入りましょうか？」

コートが彼女の肘に手を添え、まじめな顔になった。「ばかなことをするつもりはないと誓ってくれるかい？」

ブリスは無邪気で正直そうな顔をしてみせた。「〝ばかなこと〟ですって？　まあ、コート、いったいいつわたしがばかなことをしたというの？」

彼の視線は辛辣《しんらつ》だった。「きみの愚行を数えあげてほしいのかい？　夜が明けてしまうよ」

「安心していいわ、非の打ちどころのない立派なふるまいをするから」

「ぜひそう願いたいね」それからコートは、今からさらに俗世間的な忠告をするつもりだということを目で知らせた。「舞踏室に足を踏み入れる前に、ケイン・バリンジャーについてほかにも知っておいてほしいことがあるんだ」

「ほかにも？」すでに過剰なほど興味をそそられているのに。

コートの顔に緊張が浮かんだ。「彼は……」

「なんなの？」口ごもるコートを促す。

「彼は囲われ男なんだ」

ブリスは聞き間違えたに違いないと思った。「囲われ男？」

「侯爵未亡人の」

いとこの言葉の意味がようやく理解できた。「つまり、彼はレディ・バクストンの愛人だというのね？」

コートはそっけなくうなずいただけだった。彼はこの話題に神経をとがらせているようだけど、それはばかげているわ。「その男性は新たなことに挑戦するのが好きな方みたいね」

考え込みながら、彼女は言った。

「ブリス、いいかげんにしてくれ！　わざと鈍いふりをしているのか？」

「なぜこの話題にそれほどぴりぴりしているの？　もし状況が逆だったら、あなたは口にするほどのことではないと思ったんじゃないかしら？　実際、男性が愛人を囲う段になったら、互いに集まって背中をたたき合い、幸運を祝して乾杯し、自分たちの不道徳ぶりを公然とひけらかしているわ。女には男のしていることを察するだけの鋭い洞察力はないという間違った思い込みをしながらね。それなのに、もし女性が同じように男性を囲ったら、世間の人は息がとまるほど驚き、道で卒倒するほど激怒する男性もいる。困った側の女性は公衆の面前でののしられ、忌み嫌われる。そういうのって不公平だと思わない？」

　当然ながら、コートは彼女に眉をひそめてみせた。それは彼もまた男性的な考えの持ち主であり、それゆえ、独立心が旺盛《おうせい》で経済的に自立した女性など理解できないのだということをブリスに思いおこさせた。

「ぼくたちは男なんだよ」そのひとことですべてを説明できるかのようにコートは言った。

「女性と同じようには考えられない」

「どうして？　男性は世界を創造したと信じているから？　女性は男性の欲望の受け皿にすぎないと考えているから？」

「きみは本の読みすぎだ」

「本を読むのはいいことではないというのね？　女の弱い頭にとっては」

「なぜぼくの言うことにいちいちひねくれた反応をするんだい？」

「あなたがなにもわかっていないからよ」

　金切り声をあげたくなるほど腹の立つことを、これ以上コートに言わせておくわけにはいかないわ。ブリスは召使が彼女の入室を告げるのもそこそこに、階段をおりていった。

　コートがそっと腕をとり、階段のいちばん下で彼女を立ちどまらせた。「ごめんよ。ぼくはただきみに傷ついてほしくないだけなんだ」

　ブリスの怒りはやわらいだものの、男女差別の問題は依然として気にかかっていた。いつになったら男性は、女性を子供を産む道具や単なるお飾りとしてではなく、ともに語り合えるパートナーとして見るようになるのかしら？

「慎重に行動すると約束するわ」彼女を守りたいというコートの願いを満足させようと、ブリスは言った。「あら、あそこにいるのはレディ・レベッカよね。少なくとも八人の紳士に囲まれているわ。それにしても彼女は天使みたいね」

舞踏室を見渡したコートが、愛する女性を見つけてじっと視線を注いだ。レベッカのまわりには男たちが群がり、彼らが近寄りすぎないよう母親が厳しい目でにらみつけている。コートが顔をしかめたのを見て、慎み深いレディ・レベッカはいとこにとって大切な女性なのだとブリスにはわかった。コートはブリスのそばでエスコート役を務めねばという義務感と、愛する女性の賛美者たちを追い払いたいという願望の板挟みになっているようだ。しばらくひとりになりたかったので、ブリスは促した。「彼女のところへ行っていいわよ、コート。わたしなら大丈夫だから」

彼は葛藤《かっとう》にさいなまれた視線を向けた。「本当に大丈夫かい？」

「もちろんよ。急いだほうがいいわ。ほら、ダンリッジ卿《きょう》が彼女に近づいていくもの」その言葉に背中を押されて、コートは舞踏室を横切っていった。

ブリスは安堵《あんど》の息をついた。これで気がねなく謎《なぞ》に満ちたケイン・バリンジャーを探せるわ。彼女は通りかかった召使からシャンパンのグラスを受けとり、舞踏室の壁際にさがってパーティの出席者を眺めた。女性に関する伝説的な武勇伝を持つ男性とはどんな姿をしているのかしら、とあれこれ想像する。

　奇妙なことに、厩でずうずうしくブリスに近づいてきた大柄な男性の顔が心に浮かんだ。水晶を思わせる濃いブルーの目と、黒貂《くろてん》の毛皮のようにふさふさしたやわらかそうな髪も。それにぎざぎざの傷跡。

　どこであんな怪我をしたのかしら？　きっと妻を寝とられた夫に剣で切りつけられたんだわ。あの男は礼儀知らずで、わざと人を怖じ気づかせるような態度をとり、紳士らしさのかけらもなかった。けれど、体格は実に堂々としていてたくましく、身長は一九〇センチ以上、体重は一〇〇キロ近くあるだろう。ふと気づくとブリスはその男性を探していたが、いないとわかって自分でも驚くほど失望を感じた。

「あら、ここにいらしたのね」

　女性の声にブリスははっとした。振り向くと、この屋敷の女主人が身をかがめてきた。ブリスのドレスを眺める顔は仮面のようだ。

「目を奪われるほどすてきなドレスですこと」

「ありがとうございます」ブリスもレディ・バクストンにすばやく目を走らせた。紳士クラブでも貴族の客間でも常に話題になるほどの悪党を思うがままに支配するのは、いったいどんな感じなのかしら？

「そのパリのファッションはとても斬新《ざんしん》ね」ブリスのドレスを値踏みしながら、女主人が言い添えた。

レディ・バクストンには今朝到着したときにちらりと会っただけだったので、彼女の性格までも知ることはできなかった。けれども今、短いあいだにじろじろと観察され、判断され、決めつけられて、彼女とはうまくやっていけそうもないとブリスは悟った。

「フランス人は服装についての好みが直感的なんです」彼女は応えた。「女性のドレスは優美なひだをつけ、体の輪郭を際立たせ、強調するところは強調すべきだと考えているんです」ブリスの鋭い視線は年上の女性の服装をすばやく見てとった。くすんだ赤ワイン色のドレスはレディ・バクストンの青白い肌を引きたてていないし、太めの体形を隠してもいない。

侯爵未亡人は形だけの笑みを浮かべた。「いとこの方から、あなたは絵をかじっているとうかがっていますのよ」

コートはそんな言葉をつかわなかっただろうとブリスは推測した。「ええ。最近〝かじった〟のは、マリー・アメリー・ド・オルレアンの肖像画でしたわ」

女主人がぽかんと口を開けた。「プリンセスのマリー・アメリー？　ご誕生になったばかりのルイ王のお嬢様を？」

ブリスはうなずいた。レディ・バクストンの話術に乗せられて、相手のレベルまで自分をさげてしまったことをわれながらさもしいと反省する。「依頼があって、お引き受けしました。肖像画の謝礼金は孤児たちを助けるのに役立てられますので」

「謝礼金ですって？　つまり、あなたはお金をもらって絵を描いているということですの？」レディ・バクストンの仰天した表情は、この問題に関する彼女の見解を如実に示していた。

女性は自分でお金を稼いではならない、なんであろうと男性から与えられるものに全面的に依存して生きるべきだ、という見解を。だが、ブリスはせっかく神様から二本の腕と二本の脚、それに頭脳をいただいたのだから、人生を導いてくれる男性を待っているあいだにそれらを退化させてしまうつもりはなかった。

「ええ」ブリスは認めた。「自分のためだけに描いている絵もありますけれど」描かれた題材のせいで、誰もほしがらない作品もある。人間は自分たちの面汚しになる事柄を日々目にしたいとは思わない。そんなものはとにかく無視して、存在しないふりをするほうがいいのだ。

「ご家族はきっと賛成なさらないでしょうね」

「いいえ。賛成していますわ」主に母が。父はブリスの美術への情熱を黙認しているにすぎない。早くそんな情熱が消え去り、知性の足りない退屈きわまる貴族と結婚して、良妻らしく次から次へと子供を産んでほしいと願っている。

レディ・バクストンは、最初の調査で見落としたものがあるのではないかという目でブリスをじろじろ見た。「あなたにはホレイショーの絵を描いてもらおうかしら」

「ホレイショーといいますと？」

「わたしの飼い犬よ」

ブリスはレディらしからぬしっぺ返しを差し控えた。にっこりほほえんで舞踏室の客たちに視線を移す。この女性のもとから早く立ち去りたい。今はあの厩の野蛮人でさえ歓迎したい気分だわ。

ブリスの心を見抜いたかのように侯爵未亡人が切りだした。「厩での一件について聞きましたわ。さぞ怖かったでしょう。お怪我がなかったらいいのですが」

「一途《いちず》な愛の邪魔をしなかったので、危険ではありませんでしたわ」

「カーンは気性が荒いのですが、実にすばらしい種牡馬なんです」

馬の持ち主と同じようにね。

「カーンは数針縫うだけですみました。一週間もすればすっかり元気になるでしょう」

それを聞いてブリスははっとした。カーンの傷の具合についてなんの心配もしていなかったとは、なんて思いやりがなかったのかしら。わたしは馬が大好きだし、子供のころはエクスムア邸の厩に入りびたっていたというのに。

ブリスは罪の意識を覚えた。ふだんはそれほど不注意ではないのだが、あのときのわたしは荒々しいまなざしとくしゃくしゃになった髪のことばかり考えていた。そんな彼女の前に、その当人が近づいてきた。怒りが消えてさまざまな感情がわきおこり、体の奥が熱くなってすっかり動揺してしまう。

「失礼してもよろしいでしょうか？」

侯爵未亡人がうなずいた。「もちろんですわ」

ブリスは急いでその場を離れ、外の空気を吸いにバルコニーへ出た。彼女は舞踏会があまり好きではなかった。そのため社交界にデビューした最初のシーズンにひどい失敗をしてしまったのも無理はないわ。翌年は大失態を繰り返さないよう努力したものの、出席している人たちが関心を抱いていることに興味が持てないので、うまくなじめなかった。わたしに必要なのは刺激、冒険、それに挑戦なのだから。

濃いブルーの目と人を寄せつけない険しい口もとをした人物が、心に割り込んできた。その目と口に浮かんでいるのは挑戦だ。彼は飼い慣らされることを拒否した男なんだわ。

あの見知らぬ男の大きな手が腕に置かれたことを思いだしただけで、あたたかな夜なのにぞくっと身震いがした。ブリスの視線は屋敷を離れ、坂を下って厩に向かった。ふいにシアラとカーンに会いたくてたまらなくなった。

どこか、この舞踏室以外の場所へ行きたい。

4

令嬢は気まぐれな思いつきでふるまい、
ひどく腹立たしいことに、彼を誘惑した。

ヒレア・ベロック

ブリスが厩に入っていくと、シアラがいないた。彼女は誰にも気づかれずに屋敷を抜けだしてきたが、その前にリンゴをふたつと角砂糖を二、三個失敬しておいた。それからスカートをたくしあげ、急いで坂道を下ってきたのだ。

かすかに息切れがして、ほつれた髪が首と胸もとをくすぐっている。空気が湿り気を帯び、肌が少しべとつくようだ。

開け放たれた厩の扉からひんやりした夜風が入ってきた。その風はブリストル湾の潮の香りを運んでいた。午後ににわか雨が降ったせいで、湿った土のいい匂いがする。蟋蟀《こおろぎ》の鳴き声にまじって、遠くで波が岩にぶつかる大きな音も聞こえてくる。

ブリスは心の安らぎを覚えた。この屋敷に伯爵の息子が〝とりついて〟いる理由も理解できる。わたしだって、ずっとここにいたくなるだろう。世界がまさにこの断崖から始まり、そして終わるかのようだ。まるで神様がこの土地に生える草の緑をもっと色濃くして、空気をよりかぐわしくしようとお決めになったかと思うくらい。

シアラにそっと手をつつかれて、ブリスははっと現実に戻った。馬の耳のあいだをかいてやり、角砂糖をひとつ与える。「そうよね。わたし、どうかしているわ。でも今日の午後のふるまいを見れば、おまえだって偉そうなことは言えないわよ。言い寄ってきた初めての牡馬に好きなようにさせてしまうなんて、恥ずかしくないの？　男はすぐに体を許す女は好きではないのよ」

「そういう女を好きじゃないのは愚かな男だけ、ってことだろう」

一日じゅう頭から離れなかった低く深みのある声が聞こえたので、ブリスはさっと振り向いた。筋骨たくましい巨漢がカーンの馬房にもたれていた。馬房の扉には新たな仕切り板が打ちつけられて、補強がなされている。

男の体はほとんど闇《やみ》に隠れていた。そのせいで入ってきたときに気づかなかったのだろう。けれどもブリスは、男の目は見ることができた。暗闇から不機嫌ににらみつけるその目は、眠りから覚めたばかりの狼《おおかみ》を思いださせた。

「こっそり忍び寄るなんて、褒められたことではないわ」ブリスはとがめるように言い、大胆にも日焼けした肌を見せているシャツのV字形の深い開きや、筋肉質の脚を包む淡黄褐色のぴったりしたズボンには目を向けないようにした。

彼は長くほっそりした指で、ブランデーの瓶をぶらさげていた。その瓶でずっと左の腿を軽くたたいている。それだけが彼の心の乱れを示すしるしだ。わたしが来たせいでいらいらしているだけなの？　それとも、今朝のことをまだ恨んでいるのかしら？

「こっそり忍び寄ったわけじゃない」抑揚のない声で、彼はようやく応えた。「ぼくはずっとここにいたんだから」

「だったら、そこにいることを知らせてくれてもよかったのに。それこそが礼儀正しい行いでしょうね」

「そうだな」男はうなずいた。「実は、ぼくは礼儀正しいことは絶対にしないんだ。人生がつまらなくなってしまうからな。もし礼儀を守ったりしたら、馬に話しかけるきみの言葉を聞きそこねただろうし、そのあとのもじもじした態度も見られなかっただろう」

　そこで初めてブリスは、自分の指がスカートをぎゅっと握りしめていることに気づいた。彼の目がなにごとも見逃さないことに内心で悪態をつきながら、スカートの布を放して裾をおろす。「もじもじなんてしていないわ」

「きみは神経が高ぶっているし、この場から逃げだしたいという衝動を勇敢にも抑えようとしている。どうしたんだい、レディ？　ぼくがいきなり頭から湯気を立てて怒りだすのではないかと心配しているのか？」

　ブリスはあざけるように答えた。「心配なんてまったくしていないわ、あなた《サー》」嘘《うそ》つきね。

「もしわたしという人間を知っていたら、どんなに的外れなことを言っているかわかるでしようね」

彼は疑念と嘲笑《ちょうしょう》をこめて片方の眉をぐいとあげ、ブランデーの瓶を唇に近づけた。ブリスを気まずくさせようというのか、軽い賞賛を示すまなざしで彼女を眺めまわす。ねらいどおり彼女はどぎまぎしたが、それを決して顔に表すまいとした。

手の甲で口を拭《ふ》き、彼が挑むような目でブリスに瓶を突きだした。「さあ、きみもどうだい？　誰にも言わないから」

「いいえ、結構よ」

「威勢よく見えるが、たいしたことはないんだな」

彼の意見が間違っていることを証明しようと、挑発に乗って思わず瓶をひっつかみそうになる。そんな自分にブリスは困惑した。「あなたって飲んだくれに見えるけど、たいしたことないのね」

一瞬、微笑らしきものが男の唇の端をよぎった。「そうか、きみは犯行現場に舞い戻ってきたわけだな？」

的確な指摘にうろたえて、ブリスは顔をそむけた。「新鮮な空気を吸いに来ただけよ」

「ここには新鮮な空気がたくさんある。好きなだけ吸うといい。見ていてやろう」

男の突き刺さるような視線にたとえわずかであろうと狼狽させられていることが、彼女には不本意だった。「夜のこんな時間にここでなにをしているの？」

「同じことをこっちが尋ねたいね。きみは売春婦みたいな服を着て厩で過ごす癖でもあるのかい？」

　わざと愚弄するような言葉と態度にブリスは怒りを爆発させた。「なんて見さげ果てた男なの！　あなたの悪意に満ちた意見と被害者面をした態度にはうんざりよ。わたしの着ているものが気に入らないなら、見ないでちょうだい」

「気に入らないとは言ってない」男の陰気なまなざしがふたたびブリスの体の上をゆっくりと移動し、彼女がもじもじしたくなるほど長く胸のあたりにとどまった。それから視線は室内履きを履いた足もとまでさがっていく。「それどころか」彼は間のびした口調で言うと、またブリスの目をのぞき込んだ。「かなり気に入っている」

　彼女は肌に戦慄が走るのを感じた。「それはうれしいこと。あなたの賞賛を得られなかったら、もう生きていけなかったでしょうね」

　彼の目にはおもしろがるような色が浮かんだものの、すぐに闇が訪れ顔を暗がりに隠してしまった。「そのサファイアもドレスによく合っておられますよ、女王陛下」

　そのからかいにブリスはかっとなり、男にリンゴを投げつけた。男は上手に受けとめると、リンゴにかぶりついて、ばかにしたようににやりと笑った。

「あなたの馬にやったのよ、不愉快な人ね」

「おや、レディは気がとがめておられるようだ」彼はあざけり、リンゴの残りをカーンに与えた。カーンは男のてのひらからリンゴをひと口で食べた。「どう思う、カーン？　女王陛下はご自分の馬が股を広げておまえを堕落させてしまったもので、恐れ多くもおまえを哀れんでくださったんだよ。これは奇跡的な事件として歴史書に書きとめておくべきだな」

ブリスは男を平手打ちしたくてたまらなかった。これほどけんか腰で、これほど暴言を吐く男は初めてだ。彼女をレディとして扱うそぶりさえまったく見せない。けれどもそれより悪いのは、彼に対する自分の感情が怒りだけなのかどうか、よくわからないことだ。

「あなたときたら、頭がどうかしていて、まったくの礼儀知らずで、どこか未開の土地の動物みたいね」

「聞いたか、カーン？　このレディはおれたちを野蛮な動物と考えているらしい。そのとおりかどうか、はっきりさせてやろうじゃないか」目に邪悪な光を宿して、男がブリスのほうに近づいてきた。

彼女はシアラの馬房の外の釘にかかった鞭をつかみ、剣のように突きだした。「これであなたの頭を打ちすえないと思っているなら、考え直したほうがいいわよ」

力なら男のほうが圧倒的に強い。それはふたりともわかっていた。だが、彼は足をとめた。もっとも、ブリスにとって心の平静を保てるほどの距離が空いているわけではない。彼は一歩足を踏みだすだけで、ブリスをつかまえることができる。

男が上を向き、ブランデーの瓶を口に当ててさらにひと口飲んだ。大酒飲みだこと。路地に座り込んで酒場が開くのを待つ自堕落な連中にそっくりだわ。

ところが男は一杯機嫌になるどころか、うっすらとのびた髭のせいで顎は険しく見えるし、より危険な雰囲気を醸しだした。

ブリスは首を少しそらして男の全身を眺めた。シャツはたくましい胸でぴんと張りつめ、力強い腕を強調している。ウエストにはまったく贅肉《ぜいにく》がない……そして、ズボンは思わず見とれてしまうほどぴったり腰を包んでいる。

男の咳払《せきばら》いが聞こえたので、ブリスははっと顔をあげた。彼は片方の眉をぐいとあげ、唇の端を皮肉っぽくあげて彼女を見つめていた。「今、目にしているものがお好きなのかい？」

ブリスは顔を赤らめ、薄暗さがそれを隠してくれますようにと祈った。「ちっとも好きではないわ。それどころか、あなたは病院へ行ったほうがいいんじゃないかと考えていたのよ」

しばしの沈黙のあと、男が厩を揺るがすくらい大きな声で笑いだした。その魅惑的な響きにブリスはぞくぞくした。

笑いがおさまると、男は例の癪《しゃく》にさわるにやにや笑いを浮かべた。「これまで腹立たしい女には何人か出会ってきたが、きみほどの女はいなかったな」男の口調と目の色から、彼がブリスを心底嫌っているわけではないことがわかる。どうでもいいことのはずなのに、彼女はうれしくなった——まったくばかげた反応だわ。「きみはぼくのことを無礼で傲慢な田舎者だと思っているんだな？」

「そのとおりよ。あなたは外で水浴びするような人なんでしょう？」

「ほう、するときみは髪をきれいにとかしつけた、身だしなみのいい紳士が好きなのか。干し草や土の匂いよりも、そいつらがつける異国風の香りのする香水がお好みというわけだ。それは申し訳なかったね、女王陛下」彼はあざけるようにお辞儀をした。「もったいなくも下層階級地区の哀れな者どもをお訪ねくださると知っていたら、一張羅を着て、オーケストラを雇っておきましたのに」

「女王陛下なんて呼ぶのはやめてちょうだい！」

「深くおわびをいたします。あなた様の繊細なお体にさわりませんように。それで、お名前をお聞かせいただけますか？　それとも、われわれ庶民はただ片足を引いてお辞儀をし、小声でうやうやしく〝奥方様〟とお呼びすべきなのでしょうか？」

「ブリスよ」彼女は鋭い口調で言った。「わたしの名前はブリスというの」

「ブリスか」まるで愛撫するかのようにその名前を口にし、彼はつけ加えた。「たしかにきみは〝無上の喜び《ブリス》〟とはほど遠いな」

「ひどい人ね」ブリスはくるりと向きを変えた。後悔するようなことをしてしまわないうちに、この場を離れる必要があるわ。

「ほら、また逃げていく」彼があざけった。「まったく驚いたと言わざるをえないな、カーン。もっと根性があると思ったのに。だが、待てよ。彼女が足をとめた。ほら、こっちを振り返った。ぼくたちに危害を加えるつもりらしいぞ、カーン。そうなんだろう、レディ・ブリス？　ぼくたちを鞭打って服従させようというんだな？」

　言い返してやるべき言葉が少なくとも一〇はブリスの唇にのぼりかけたが、そのどれひとつとってもレディらしくなかった。彼はそんな言葉が飛びだすのを待っているのだろう。そこで彼女は冷静に応えた。

「あなたはどうしてこんな厩にいるの？　仮病？　光のなかに出ていくのが怖いのかしら？　ひょっとしたらダンスを踊れないから？　それとも、手を使って食べるところを人に見られたくないの？」

これは効果てきめんだった。彼の顎がこわばり、目が細くなった。「きみは実にいやな女だな」

「いやな男のあなたといい勝負ね。さあ、毒舌の応酬はもう終わりのようだから、これで失礼するわ」

ブリスがまた向きを変えかけたとき、彼が問いかけた。「それで、きみがここに来た本当の目的はなんなんだ？」

黙って出ていくのよ、と彼女は自分に言い聞かせた。それなのに、この男がそばにいるといつも愚かなことを言ってしまう。「リンゴを与えたことでわかるでしょう。あなたの馬が元気かどうか確かめたかったの。信じられないかもしれないけれど、わたしだってまったく思いやりがないわけじゃないのよ。ただひとつの間違いは、あなたというまわしい人間がここにはいないだろうと思い込んでしまったことね」

「ぼくと一緒にいるのをきみが望んでいないと知って、気を悪くすべきなんだろうな」

「そのほうが、あなたにとってうれしいはずよ」

「ぼくがなにをうれしがるかなんて、きみにわかりっこないだろう」

この人は成長する過程のどこかで発育不全になり、すっかりひねくれ者になってしまったんだわ。「あのね、あなたの出すややこしい謎を解くつもりはないから、安心してちょうだい。直観力のある人だって、あなたの出す難題は解けないでしょう」

「きみは結婚していないんだろう？　きみの鋭い知性の剣で生きたまま皮をはがれたいと願う男など見つけられないだろうな」

「わたしが見つけられないのは、わたしの興味をつなぎとめておけるだけの知性を持った男性よ」

「ブリスという名前から考えて、きみの興味がどこにあるのか想像をたくましくする人間もいるだろう」彼はブリスのドレスの胸もとに辛辣な視線を向けた。まったく礼儀知らずな男だこと。「名前の由来をきいてもいいかな？」

「特別変わったことはないのよ、両親が、とくに母が命名したの。母はめったに規則に従わない人間なのよ。それはフランス人の血のせいだと母は言っているわ。わたしが生まれたとき、母はこれほどの喜びは味わったことがないと思ったんですって」

「そうか、それできみが無分別な理由がわかったよ。きみにはフランス人の血がまじっているんだ」

「それで、あなたはどこの遊牧民の出身なの？」認めたくはないが、ブリスはこの腹立たしい愚か者と口論するのを本当は楽しんでいるのかもしれなかった。

「残念だが、生まれはイングランドだよ。ぼくの洗練された口調でわからなかったのかい？」

ブリスがすばらしい返答を思いついたとき、男がもたれていた柱を離れて近づいてきた。彼女が手にしていた鞭は脚にだらりと垂れたままだ。彼はその鞭をそっととりあげ、自分の後ろに放り投げた。威圧するかのようにそばに立つ彼を怖がるべきなのだろうが、なぜか好奇心のほうがまさった。

「気のきいた応酬はもうおしまいか？」挑発するように男が言う。肌の下に小さな太陽を隠し持っているのではないかと思うほど、彼の体は熱を放出していた。

ブリスは彼の広い肩、太くて力強い首、ぐっと張りだした顎に視線をさまよわせ、さらに目を見あげた。その目は彼女に離れるよう警告を発しながら、できるものならやってみろとけしかけていた。

「わたしにどうしてほしいの？」ブリスはつぶやいた。

男のまなざしは、そんなことはわかっているはずだと言っていた。「それで、パーティ会場にいるまぬけな貴族たちは、きみの衣装というか、わずかばかりの布切れをお気に召したのかな？　愚か者の群れみたいによだれを垂らして、きみをちやほやしたんだろう？　それともきみは毅然《きぜん》と手を振ってやつらを払いのけたのか？」

ブリスは話している彼の口を見つめた。引きしまった口もとに厚い唇をしている。その気になれば魅惑的な微笑を浮かべることもできるだろう。この唇でキスをされたら、どんな気持ちになるのかしら？

「そんなに気になるなら、あなたも出席すればよかったのよ」ブリスは答えた。少し前はそうでもなかったのに、話していると息苦しくなってくる。

男が身をかがめてきたので、あたたかな息が彼女の頰にかかった。「きみは忘れているよ、ぼくは仮病を使って暗いところにいるのが好きなんだ」

ふいに乾いた唇をブリスは舌で湿らせた。「どうして?」

「きみは鈍感だな。忍耐強いのは長所になりうると、ぼくはわかり始めたんだ。ひょっとすると、今のぼくの長所はそれだけかもしれない」

「あなたは何者なの?」

「誰ならいいと思うんだい?」彼はブリスの首筋に顔を近づけた。つややかな髪で彼女の頰をくすぐる。ゆっくりと息を吸い込んだ。「きみは花と果物と。そうだな、薔薇とオレンジとかすかなバニラの香りがする。それに体がひどく熱い。なぜこんなにほてっているんだ?」そのかすれたささやき声に、彼女は胃が引っくり返りそうになった。

「な、なぜって、このあたりが暑いからよ」

「そんなことはない。海から吹いてくるそよ風はひんやりしている」

ブリスに感じられるのは、指一本触れずに迫ってくる彼の体だけだった。「あなたの名前は?　なんというの?」

「教えたら、キスさせてくれるかい?」

「いいえ」

「それでも、ぼくはキスをするぞ」

「どうして？　わたしのことを嫌っているくせに」

「そのとおりだ」彼は上気したブリスの顔を自分のかたい胸に引き寄せた。「きみのせいでそれを証明せざるをえなくなった」唇が迫ってきたので、ブリスは彼のしようとしていることしか考えられなくなった。

　彼のキスは甘くもやさしくもなく、経験の浅いブリスになんの配慮もなされていなかった。ひたすら手荒で、痛烈で、電気を帯びたかのように刺激的だ。ブリスはこのまま積極的にキスを続けるか、なすがままになるかしかなかった。両手がそわそわと自分の横を動き、必死につかまるものを探す。男には触れたくなかったのに、すっぽり彼に包まれていた。

　なにがこの男性を突き動かしているのか、どうして自分が彼の勝手なふるまいを許しているのか、ブリスにはわからなかった。彼は舌を絡ませながら、大きな手で彼女の体のわきをゆっくりと撫でた。そしてその手を胸にすべらせ、両方の親指をふくらみの下に這わせて、彼女の脚のあいだに自分の腿を押し込んできた。

　ブリスは体に火がついたように感じた。官能的に唇を重ねられ、舌で巧みに愛撫されると、喉の奥からうめき声がもれる。自分のなかに見知らぬ他人がいるみたいな不思議な気分だ。

　彼女は自分の情熱を抑え込むような人間ではなかった。実際、これまで複数の男性とキスしたことがある。だが、どれもこのキスとは比べものにならない。この男性は傲慢で腹立たしいけれど、心をとろかすほどの罪つくりな唇の持ち主だ。

　やがて、ひんやりした空気が胸の頂に触れた。胸を覆っていたわずかばかりの布地が押しさげられたのだ。かたくなった頂を親指ではじかれ、欲望が体の奥のほうへ稲妻のように走る。ブリスははっとわれに返った。

唇を引きはがし、彼の胸を手で押す。「やめて!」

彼は欲望に満ちた目でブリスを凝視した。その目の奥に冷ややかな光が灯《とも》っている。「怒り狂った乙女のようにふるまうのはよしてくれ。これは退屈なお遊びにすぎないんだから」

「いいえ、もっと単純なことよ。あなたとはこんなことをしたくないの」

男の顎がこわばった。「きみは発情していたんだぞ、レディ。きみの牝馬のようにな。ぼくなら喜んでお相手をしてやれるが、きみがあくまでその気はないと言い張るつもりなら手を引こう」親指でまた胸の頂をはじかれ、爪先まで快感が走った。彼はどんな形であれ勝てると信じて、わたしをもてあそんでいるんだわ。

「わたしは熱くなっているかもしれないけれど、あなたに種牡馬の役目をしてもらう必要はないわ」ブリスは激しく打っている心臓の許すかぎり落ち着いた声で応え、布地を胸もとへ引きあげた。

彼の目が怒りでぎらついた。「やってみなくてはわからないだろう?」一歩さがって、滑《こっ》稽《けい》にお辞儀のまねをする。「きみは自分の言葉に気をつけて、さかりがついているのをあまり露骨に見せないほうがいいだろうな」彼はポケットから両切り葉巻をとりだして火をつけると、うっすらとした煙越しにブリスを眺めた。「誰になら自分が喜ばせてもらえるのか、まったくわかっていないようだ」

男の下品な言葉がブリスの胸に突き刺さった。「わたしに近寄らないで。いいこと？　二度とわたしの近くに来ないでちょうだい。あなたが誰だか知らないけれど」

「ああ、そうか。きみはぼくが誰なのか知らないんだな？　それなら教えてあげよう」彼は容赦ない力でブリスの手をつかみ、自分の口もとまで持っていった。「ハートランド伯爵ケイン・バリンジャーでございます、レディ。なんなりとお申しつけを」

ケイン・バリンジャー。わたしの興味をそそり、怖じ気づかせる男性。堕落しているのに、ひどく気になる男性。オリビア・ハミルトンの愛人。ああ、もっと早く気づくべきだったわ。でも彼が誰なのかわかったからといって、この傷ついた心が多少なりとも癒《いや》されるわけではない。

ブリスはケインの胸を乱暴に突いた。暗い笑い声をあげて彼がブリスを放したので、彼女はさっと向きを変えて逃げだした。

わたしは彼らのあいだに立っていた。
しかし彼らの仲間ではない。
なぜなら、彼らとは異なる考えを抱いているから。

バイロン卿

5

ブリスが去っていくのを見るのは、ケインにとってその日二度目だった。自分の欲望があまりに激しかったので、初めての勃起《ぼっき》に顔を赤らめ息をはずませている気弱な若者よろしく、危うく彼女のあとを追うところだった。だが、彼はこれまで一度として女を追いかけたことはないし、それを今日から始めるつもりもなかった。

くそっ、世の中にはたくさん女がいるのに、ぼくがベッドをともにしたいと思うのが、なぜよりによってあのいまいましいエクスムア公爵の娘なんだ？　彼女の青い瞳に出合ったら男は魂を奪われ、人里離れた場所に閉じこもり、それでもなお地獄の業火のような欲情を燃やし続けることになる。

あの邪悪な男に、どうしてあれほど生気にあふれた魅惑的な娘が授かったのだろう？　そのうえブリスは頭の回転がすばらしく速い。どんな角度から攻撃しても、質問の刃をさっとかわしてしまう。彼女の美しさにも、知性にも、ぼくはすっかり参っている。

　ぼくの名前を聞いて、ブリスははっとした表情を見せた。自分の父親がぼくにしたことを知っているのだろうか？　父親の強欲のせいでヘンリー・バリンジャーが命を落としたと聞いたことがあるのか？　たとえ彼女がなにも知らなくても関係ない。どのみち彼女はぼくを憎んでいるし、そのほうが好都合だ。ぼくだって彼女を憎んでいるのだから。

　ケインは厩を出て入口の扉を閉めた。屋敷のほうに目をやると、踊っている客たちの人影が見えた。ぼくの舞踏室で、ぼくの召使たちにかしずかれ、ぼくの屋敷に泊まるのだ。

　これからの一週間、ケインは夜を厩で過ごすことになろうと、客たちと顔を合わせないようにするつもりだった。いずれにせよ、彼が大事にしているのは自分の馬だけだ。カーンは昔から変わらず彼のものとして存在するただひとつのものであり――父が残してくれた唯一のものだった。三年前、彼に黒い若駒《わかごま》を与えてくれたのが父だったのだ。

　髪をかきむしり、ケインは屋敷の裏口に向かった。自分の寝室までは召使用の階段をのぼることにしている。彼の部屋は建物の西翼の外れにあるので、無作法な紳士や淑女に間違って入ってこられる恐れはなかった。

　ノースコート・ホールは、屋敷のなかに秘密の通路が複雑に張りめぐらされているという独特のつくりだった。それはサクソン人の祖先が、川をさかのぼってエクセターにやってくるデーン人の侵略を防ぐためにこの屋敷を建設したからだ。秘密の通路の配置を知っていれば、誰にも気づかれずに屋敷内のほぼどこへでも行くことができる。

オリビアが開く長いパーティのあいだ、そうした暗い通路はケインの唯一の救いだった。一方オリビアは自分の新しい慰み物を見せびらかしたかったので、彼が姿を消してしまうのをいやがった。

かつてケインは女性とベッドをともにするのが好きだった。欲望のとりこになった女に激しく求められるとき、彼は女を支配する喜びにひたった。しかし、そうした喜びはオリビアの提案を承諾した瞬間、ケインのもとから消え去った。女の玩具《おもちゃ》になるとは、女の気まぐれに奉仕する奴隷になるとは、どんな気持ちなのか。それを自分が知ることになるとは思いもしなかった。だが今、彼はそれを身に染みて知っているし、そうした自分の姿は見たくもなかった。

足を踏み入れたとき、ケインの寝室は真っ暗だった。昔はランプに明かりをつけて寝具を整えるメイドがいたし、服の脱ぎ着を手伝う従者がいたものだ。

オリビアはそうした召使の必要性を認めなかった。もしケインが着替えを手伝ってほしいなら、自分のところへ来ればいいと言うのだ。もちろんケインはそんなことはしなかったが、それはオリビアが彼のもとに来ないということではなかった。

ケインがマッチをすって机の上のオイルランプに火をつけると、その弱い光が黒っぽい家具や重いカーテンに鈍く反射した。この寝室は若いころに使っていた部屋とは大違いだ。昔の寝室は睡眠をとる目的で使われることはめったになく、サテンのシーツと退廃的で豪華な家具調度はベッドでの興奮をいや増すために備えられているようなものだった。今、彼は孤独のなかにいて、そうした気分にぴったり合うのは荒涼たる断崖と荒れ狂う海だった。

シャツを脱いだケインは、ブリスにたくましい胸をじっと見つめられ、そのせいで何年ぶりかで本物の欲望が目覚めてきたことを思いだした。

ああ、どれほどブリスに触れてほしかったことか。彼女のまとっている不思議な雰囲気のせいで、ぼくは彼女が何者なのかをしばし忘れてしまった。苦しみと怒り以外の感情を味わったのは久しぶりだ。

「どこに行っていたの、ダーリン？」

ケインは鏡に映る自分の姿に目をやり、その背後にオリビアがいるのを見つけて体をかたくした。彼女は袖付きの安楽椅子に座って、片脚を肘掛けにのせていた。身につけているのは薄く透ける扇情的な下着だけだ。ああ、今夜は勘弁してくれ。別の女性が心を占領し、そのせいで体が熱くなっている今夜は。

「ここでなにをしているんだ？」ケインは嚙みつくように言い、シャツを脱いだことを後悔した。オリビアの視線が彼の背中を這いおり、ヒップのあたりから離れない。

「あなたを待っていたのよ、決まっているでしょう」

「ぼくの部屋には来ないようにと言ったはずだ」

「ええ、わかっているわ、ここはあなたが世の中から隠れるための避難場所ですものね。でもね、ケイン、部屋に閉じこもっていればそれで自分は守られているんだというあなたの思い込みにはもううんざりよ。ここは単なる部屋にすぎないんですもの」

「ぼくにどうしてほしいんだ？」

「こそこそ逃げまわるのはやめてほしいの。あなたがいなかったから、今晩はとてもつらかったのよ。お客様たちはあなたに会いたがっているわ。あなたのことを尋ねられても居場所さえ知らないなんて、わたしがどんな気持ちだったかわかる？」

「ぼくはきみの玩具ではない」ケインはうなるように言うと、床からシャツを拾った。

「シャツはそこに置いておいて」オリビアが喉を鳴らした。「わたしのほうを向いてちょうだい」

ケインは歯をきしらせて彼女のほうを向いた。欲望のこもったまなざしで見つめられ、彼はシャツを握りしめた。

「輝くばかりに美しいわ、伯爵様。あなたの体は女を喜ばせるようにできているのね。あなたがわたしのものだとは、なんてすてきなんでしょう――お金をあげている以上、あなたはわたしの持ち物なのよ。この取引をあなたは充分に感謝しているのかしら？」

「ぼくに無理強いしないでくれ、オリビア。賢明な行動とは言えないぞ」

「こっちへいらっしゃい、ケイン」彼女は指を一本曲げて招いた。「シャツはそこに置いたままで」

彼はオリビアを部屋から追いだし、ひとりになりたかった。今、殺人以外でそれを実現するにはひとつの方法しかない。

激しい怒りのままにケインはシャツを床に投げつけ、部屋を歩いて彼女の椅子の数十センチ手前で立ちどまった。

「そんなに怖い顔をしないでちょうだい」オリビアがまつげ越しに彼を見あげ、舌先で唇を湿らせた。「わたしのほしいものはわかっているわよね」

「睡眠をとらなくていいのか？」

「あなたがいるのに、睡眠なんて時間の無駄よ」彼女はなまめかしい目つきでケインの体を眺め、股間のふくらみが見られないことに気づくと不満げなふくれっ面をした。「怒っているときのあなたはとっても魅力的だし、ベッドでは荒々しく愛してくれるんですもの」

「だからきみはわざとぼくを怒らせるのか？」

オリビアは片方の肩をあげた。「そうすることもあるわ。陰気に考え込んでいるあなたを見ていても、おもしろくないんですもの」身を乗りだして、ケインのズボンの前に指を這わせる。「今夜、あなたはいけない子だったようね」オリビアは小首をかしげ、横目で彼を見た。「図星でしょう？」

ケインは顎をこわばらせた。「またぼくをこっそり見張っていたのか？」

「自分の所有物からは目を離さないようにしないとね」オリビアはズボンのウエスト部分をつかんだ。「さもないと誰かに盗まれてしまうかもしれないわ。それに、この所有物は」低く喉を鳴らす。「千金の価値があるのよ。なにかあったら大変でしょう？」

「きみとは取引しているかもしれないが」ケインはうなるように言うと、彼女の手首をつかんだ。「きみのそばにいないとき、ぼくは自由なんだ。今度ぼくのことを所有物だなんて言ったら承知しないぞ」

オリビアは子供みたいに唇をとがらせた。「怒らないでちょうだい」

「ぼくを見張るのはやめろ。うんざりだ」

「わたしが見張っているわけじゃないわ。そんなことは品性にかかわるもの。チャドウィックがしているのよ」

チャドウィックか。オリビアの個人秘書は、屋敷の管理という本来の仕事とは別に、彼女の手足となって動いているらしい。チャドウィックはぼくがブリスにキスするのを見たのだろうか？　ぼくがドレスの胸もとを押しさげたのを、あのうじ虫野郎は目撃したのか？　本当はどちらが誘惑しているのかわからなくなるまで、ぼくが彼女と戯れていたのをあいつは眺めていたのか？

「あの男をぼくに近づけないでくれ、さもないと、今度こんなことがあったらあいつの首を絞めてやるぞ」

「チャドウィックはあなたがエクスムアのあばずれ娘と一緒だったと言っていたわ。彼女には手を出すなと言ったはずだけど」

「きみの寝室以外の場所では、ぼくは好きなようにふるまうと言ったはずだ」

オリビアはケインをひざまずかせようと、ウエスト部分を下に押しさげた。彼は床に膝をついたものの、喉の奥に酸っぱいものがこみあげてきた。

「あなたが彼女と寝ないかぎりはね」オリビアが釘を刺した。

「なにを言うんだ」ケインは息が詰まりそうだった。声にあざけりがこもる。「ぼくが一日に何度できると思っているんだ？　男のしるしがかたくなっていようがいまいが、きみは常にぼくに迫っているんだぞ。ぼくのものはもう役に立ちそうにない。だが、もちろんぼくはどんな女ともやる。乳しぼりの女とも、教区司祭の妻や娘とも。きみの姪や姉上とも。ノースコート・ホールの女の半分とはやってやる。誰か見落としている女がいるか？」

「チャドウィックはあなたが彼女にキスしたと報告してくれたわ。本当なの？」

「ああ」チャドウィックのやつ、命はないと思え。「それがなにか？」

「彼女を嫌っていると思ったけど」

「もちろんそうだ」

「だったらどうして？」

「彼女を懲らしめるためさ」だが、苦しんだのはケイン自身だった。ブリスに対してわきあがった強烈な欲望は、拳闘家《けんとう》にみぞおちを一撃されたように彼を打ちのめした。

オリビアが椅子の背にもたれ、ケインをまじまじと見た。「面倒なことになってきたわね」

「彼女を追いだせと言ったはずだ」

「彼女はお客様なのよ。それに、姪があのレディのいとこのコート・ウィンダムに〝恋心《タンドウル》〟を抱いているらしいの。コートは地位も財産もあって結婚相手にふさわしい男よ。この縁組に水を差したくないわ」オリビアの目が、ケインがあまりにも知りすぎている色を帯びた。彼女はケインの顎に指を這わせ、さらに首筋をなぞった。「あなた、まだわたしに欲望を感じている？」

「なにが言いたいんだ、オリビア？」

彼女はしばしケインをじっと見た。「あなたはわたしに退屈し始めているわ。だから、ふたりの関係を前のように楽しいものにしたいのよ」

それはオリビアには絶対できっこないことだ。「もしきみがなにか倒錯的なことを考えているなら、いっさいお断りだ」

「考えていたのはレディ・ブリスのことなの。今夜、彼女と話をしたのよ」

ケインは身をかたくした。彼のベッドでの行為について、オリビアはこと細かにほかの女たちにおしゃべりするのが好きなのだ。その結果、女たちは彼をベッドに誘おうとあらゆる手を使ってくる。

それが女たちの純粋な好奇心ゆえなのか、あるいはケインの自制心を試しているのか、はたまたオリビアの持ち物に手に出してみたいだけなのか、彼にはわからなかった。そもそも女たちがなぜ自分に言い寄ってくるのか、彼にはずっと謎だった。

「きみの禿鷹《はげたか》みたいな友達のように、ブリスもぼくをベッドに誘うのではないかと心配しなくてはならないのか？」

オリビアは一瞬ぽかんとし、次に怒りをみなぎらせてケインを見つめた。そんなことが起きているとは考えもしなかったようだ。「わたしの友人があなたを誘惑しているというの？」

「知らなかったのか？」

彼女はふたたびケインのズボンのウエストをつかみ、彼を自分の腿のあいだに引きずり込んだ。「誘惑されたとき、あなたはどうしたの？」

「どうしたと思う？」

「もう、ケインったら。ちゃんと話して！」

「お断りしたよ！」

「よかったわ。だって、わたしは他人となにかを共有するのは好きではないんですもの」オリビアはほっとしたように肩から力を抜いた。その拍子に薄い絹地が肩をすべり落ち、胸があらわになった。いつもながら頂が赤らんでいるのを見て、ケインは胃がむかついた。「レディ・ブリスはわたしよりきれいだと思う？」

ブリスはまれに見る美貌の持ち主だ。彼女ほど美しい女性にはこれまで会ったことがない。とても小柄なので、自分が巨漢になったように感じる。彼女に手を触れたときは、思わず不安になった。あまりに華奢なので壊してしまうのではないかと思ったのだ。

さっきブリスにキスを中断させられたとき、彼は生まれて初めて女性から求められていないと感じた。彼女はケインの胸のぽっかり開いた穴をまっすぐにのぞき込み、もはや心というものがなくなっていることに気づいたのだろう。

「ああ、そう思う」ケインはそっけなく答えた。

「よくもそんなに残酷になれるわね」オリビアが傷ついた声で言った。

「答えてほしくないなら、尋ねないでくれ」

なにかを思いついたらしく、彼女の目がふいにきらめいた。「賭けをしましょう」

ケインは警戒して体をこわばらせた。「どんな賭けだ？」

「わたしたちには少し刺激が必要だわ。だから、ふたりとも満足できるようなあることを思いついたの」オリビアの目が打算的な光を帯びた。「あなたにレディ・ブリスを誘惑してほしいのよ」

「なんだって？」

「お父様が自殺したことへの、またとない復讐になるわ」

ケインは耳を疑った。「ぼくが今夜彼女と一緒にいたことに腹を立てたのを、もう忘れたのか？」

「それはわたしがあなたの行為を認めてあげる前のことよ」

彼は体のわきで両手をこぶしに握った。「すると、今では彼女をベッドに誘ってもいいというのか？」

「そういうわけではないわ。もしレディ・ブリスが処女でないなら――あなたの情熱はこれまでどおり、わたしのためにとっておいてちょうだい。もし処女なら、そんな彼女を傷物にすることで、父親を絶望の淵《ふち》に追いやることができる。自分の愛娘が名うての放蕩者に純潔を奪われるのよ。まさにとどめの一撃になるじゃない！」

〝復讐〟その言葉がケインの頭のなかに響き渡った。長いあいだ、彼は父の仇《かたき》を討てたら、自分を駆りたてている執着心から自由になれるだろうと思っていた。未来へ前進して人生になにか新たな意味を見いだせるかもしれない、と。

これはたしかにエクスムア公爵に打撃を与えるいい機会かもしれない。ぼくの父親の命と引き換えに女性の名声を奪うのだ。それで父が生き返るわけではないが、公爵への手痛い一撃にはなる。

「あなたが心のなかで悪魔と闘っているのはよくわかるわ」オリビアは自分の下腹部を覆っている薄い絹地をさっと払い、そこにケインの手を置いた。彼がひだのあいだに指をすべり込ませるまで、しきりに身をくねらせる。「だからもうひとつご褒美をつけ加えて、あなたの気持ちを奮いたたせてあげる」彼女はケインの指を突起へ導き、低いうめき声をあげながら言った。「それはこの家よ」

彼の全身の筋肉がこわばった。「今、なんと言った？」

「ほら、やめないで」ケインの指が快楽のための動きを再開すると、彼女は続けた。「レディ・ブリスの誘惑に成功して、彼女があなたに恋するようになったら、そのときはこのノースコート・ホールをあなたに返してあげるわ」

〝家をとり戻す〟それはこの二年間、ケインをとりこにしてきた夢だった。彼は夢がかなう喜びにひたりかけた。だが、誘いに乗ってはいけないし、手の届かないものに渇望を募らせてはならないと自分を戒めた。オリビアのことは知りすぎるほどよく知っている。彼女は目的を持って罠《わな》を仕掛けるのだ。

「ぼくからの見返りは？」ケインは言った。「なにか考えがあるんだろう？」

「そこがこのすばらしい計画の重要な点よ。誘惑の達人であるあなたが彼女を落とせなかったら、なにをもってわたしに償うべきかしら？　夫のアルフレッドは亡くなったあとも、わたしが何不自由なく暮らせるようにしてくれたわ。だから、わたしにはこの家が本当に必要なわけではないの。でも、この家はおいしいごちそう付きだから、食べないでいられるはずがないでしょう？」オリビアはもう一方の脚も肘掛けにかけ、彼の手を下にいざなった。

「白状しろ。いったいなにが望みなんだ？」

「当ててみて」

「お遊びはやめてくれ」

オリビアは身をかがめ、彼の耳にささやいた。「子供がほしいのよ、ケイン。あなたの赤ちゃんが」

夢が見る見るしぼんでいくのがケインにはわかった。「それはできない相談だ」

オリビアは信じられないといった面持ちで彼を見つめた。「自分の家をとり戻せるかもしれないのに、わたしに子供を授けはしないというの？」

「たとえ罪からの救済を約束してくれようともお断りだ。それに、きみは恥ずかしげもなく婚外子を産む気はないだろうし――ぼくも自分の子供を婚外子として成長させるつもりはない」

「まあ、あなたって、ときどきうんざりするほど感傷的になるのね。そういうところが最近ますます癪にさわるようになってきたわ」

「でも、そのせいでぼくのほかの部分までいやになることはないんだろう?」ケインは潤った突起への愛撫を強めた。

彼女がのけぞり、息を乱してささやいた。「いいえ……あなたのたくさんある……ああ……すばらしい才能まで……いやになることはないわ」

オリビアをまだ果てさせたくなかったので、ケインはわざと愛撫の手をゆるめた。彼女を絶頂寸前の状態にとどめておく必要がある。喉から手が出るほどほしいものを、オリビアは彼の前に差しだしているのだから。

「いずれにせよ、きみの計画はうまくいかないよ」

ケインのゆっくりした動きにじれて、オリビアは自分から彼の指に体をこすりつけた。

「どうして?」

「あの娘が決して忘れそうもないことを、いろいろ言ったからだ」

「まあ。野蛮人みたいなふるまいをしてしまったのね?」オリビアはため息をつき、かぶりを振った。「そういえば、あなたは彼女を見てどちらかといえば不快そうだったわね。でも、あなたは説得上手よ、ダーリン。それにベッドでの技巧ときたら……ああ、この世のものではないわ」彼女は身を震わせ、さらなる快楽を求めてケインの手に自分の手を重ねた。

「だから、ぼくはブリスと衝突してしまったんだ」

「そうともかぎらないでしょう」

「きみに赤ん坊を産ませるつもりはないしね」

「まあ、でも考えてもみて、ケイン。もしわたしたちが結婚すれば、お互い今までのように別々の生き方をしながら、あなたの子供をここで、この家で育てることができるのよ。その子に家名を継がせることができるわ。わたしたち……家族になれるのよ」

家族といっても、オリビアが主導権を握って、暮らしの細部や月々の小遣いまでとり決め、ぼくを意のままに扱い続けるに違いない。彼女と結婚しても、ぼくの状況が変わるわけではない。一時的な精力絶倫の愛人から、死ぬまで働かされる種牡馬になるだけの話だ。ああ、ぼくは安らぎがほしい。

心の安らぎが。魂の平安が。

それを見つけたいという思いにさいなまれ、思わず言葉が口をついて出た。「もしぼくが承諾したら、この取り決めをきちんと書面にしてくれるかい？」

勝利は目前とばかりにオリビアがほほえんだ。「弁護士のミスター・カールトンに書類をつくらせるわ。彼はとても口がかたいから、このことは誰にも知られないわよ」

この家が空虚な心を満たしてくれるはずだという思いと、自分がこれからしようとすることの残酷さのあいだで、ケインは板挟みになった。

もちろんぼくはブリスを誘惑してみせる。賭けに勝たなくてはならない。あまりに多くのことがこの手にかかっているのだから。オリビアと結婚して、彼女に子供を授けるなんて論外だ。となれば、ぼくに残された選択肢はただひとつ。なにがあろうとブリスを誘惑するしかない。

「いいだろう」ケインはきっぱりと言った。「書類を作成してくれ」

どのみち、ぼくは呪われた人間なのだ。

彼はばったりと倒れた、
騎士道精神を忘れて。

ホメロス

6

ケインは半円形のドーリス式ポーチの陰に立ち、前の晩に合意したことについて考えていた。彼はすっかり落ちぶれて恥辱の底に沈み込み、まだ残っていた魂のかけらまでオリビアに売り渡してしまった。

昨夜ケインはオリビアを三回絶頂に導いた。そのあと彼女は眠りに落ちた――いまいましいことに彼のベッドで。自室に運んだりすれば、オリビアが目を覚ます恐れがある。そうしたら、また喜ばせなくてはならない。そこで彼は脱いだシャツをもう一度着て、屋根にのぼった。屋根には端から端まで通路があり、どの角度からも空を見あげることができた。

ケインはひんやりとした石葺《いしぶ》き屋根にもたれ、夜空を見つめた。空には銀色の月とわずかな星が出ていた。聞き慣れた、寄せては返す波の音が心を癒してくれる。かつてはこの屋敷に活気と愛が満ちていた時期もあった。だが、今はここにまつわるつらい思い出が潮のように押し寄せてくる。

　この屋根は少年時代のケインのお気に入りの場所だった。日課をさぼってよく逃げ込み、海賊船の空想をしたものだ。どくろと大腿骨《だいたいこつ》の旗をなびかせた海賊船の一団が、断崖を砲撃し村から略奪しようと入り江にまっすぐ向かってくる。すわ一大事と、彼がひとりで村人全員を救いだすのだ。

　八歳の子供にしては大それた空想だが、ケインは自分の勇敢な奮闘に対して女王陛下がナイト爵に叙してくださると信じていた。勝利の英雄を称《たた》えて天使たちが〝ブリタニア万歳〟を合唱するなか、怒濤《どとう》のように鳴り響く拍手と歓声が耳に聞こえるようだった。

　そして今朝、ケインは太陽が水平線からのぼり、赤と金色の曙光《しょこう》が海面に広がってしだいに陸地に達するのを見つめていた。

　最初の陽光が肌に当たって熱が徐々に染み込み、冷えきった体をあたためて、心のなかのなにかを生き返らせるのを、ケインはじっとしたまま昔のように待つ。かつては英雄になることを熱く夢見たものだ。だが、英雄にはなれなかった。今も英雄とはほど遠い。

　ぼくは悪魔と取引をして、それを唇と舌と手で承認した。だから、憎むべき女への誘惑を最後までやりとげなくてはならない。ブリスを身も心も夢中にさせるためにあらゆる技巧を用い、ぼくを愛する価値のある人間だと彼女に信じ込ませるために魅力を振りまくのだ。

　ぼくの体はブリスを求めている。これは否定のしようがない。なのに、なにかが心をさいなむ。ぼくは良心を捨て去った人間なのだから、それが罪の意識であるはずはないだろうに。

そう、そんなはずはない。単に狩りの期待と勝利の予感で体がぞくぞくしているだけだ。女を誘惑するのはぼくにとって気晴らしにすぎない。屋敷をふたたび手に入れ、人生を、あるいはせめてそれらしきものをとり戻すのだ。父のために、大切なノースコート・ホールのために、バリンジャー家の祖先のために、ぼくはこの誘惑を実行しなくてはならない。

ブリスが屋敷を出て、芝生を横切っていくのが見えた。ケインは人目につかないポーチからおりてあとをつけた。彼女の弱点や願望はまだつかみきれていないが、そのうちわかるだろう。

庭園の外れを迂回し、小さな林を通り過ぎたところで、ブリスの姿が見えなくなった。彼女がたどっているのは海に向かう小道で、その道は岬のすぐ東に出る。岸壁の上に突きだした岬は、のこぎりの歯のようにぎざぎざしている。

父の死後、ケインは岬に行ったことがなかった。断崖に近づくことができなかったのだ。もし近くへ行ったら思い出が怒濤のように押し寄せてきて、認めたくないことから自分を守ろうとして築いた壁が壊れてしまいそうだった。

そのためケインは、岬から離れたところにある一本の低い樫《かし》の木の陰に隠れた。まわりは自然林で、木々はどれも幹がコルクの栓抜きのようにねじ曲がり、枝は西からの強風を受けて東にのびている。

木々は断崖に近づくにつれて姿を消し、代わってヒースや羊歯《しだ》、ハリエニシダが生えていた。上空では鵟《のすり》が上昇気流に乗ってほとんど翼を動かさずに浮かぶように漂い、耕作地から戻る途中の鷗《かもめ》が海へ向かってまっすぐに飛んでいた。

ケインは葉巻に火をつけた。ブリスが断崖のへりに近づくのを見ているうちに、緊張で体がこわばってきた。一歩でも足をすべらせたら、崖から転がり落ちてしまう。彼が歩み寄ろうとしたとき、ブリスがまわりの景色に見とれたまま後ろにさがった。

彼女は長いあいだ空を見あげていた。日差しが降り注いで、彼女を金色の光で包み込む。それはまるで、人を誘惑し苦しめるために地上に送られた栗色《くりいろ》の髪の天使だった。その姿を見ているうちに、思いがけずケインの体に欲望がこみあげてきた。

ようやくブリスが草の上に腰をおろした。スカートの乱れを直し、スケッチブックを開く。ケインは彼女の持っているものにまったく注意を払っていなかった。彼の関心はほっそりした背中の線や、細いウエストのくびれ、軽快に揺れるヒップ、風に乱れる髪に注がれていたのだ。強風のせいでとめていたピンが外れ、つややかな髪がほどけてほとんど背中に垂れていた。

ブリスの髪は美しい。ケインはゆうべのように、その髪に触れたかった。てのひらでなめらかな髪の感触を堪能しながら、彼女をのけぞらせて首に唇を押しつけたい。そっと寝かせたら、草の上に豊かな髪が広がるだろう。ブリスの頭の上で指を絡ませ、体に覆いかぶさって……。

くそっ、しっかりしろ。ブリスを誘惑して堕落させるのはぼくの使命なんだぞ。彼女のほうに向かって歩きだしたとき、ケインはこの任務を楽しんでやりとげるという確信に満ちていた。

ブリスのもとにひとつの影が差した。明らかに人間の影で、太陽をさえぎるほどの広い肩幅は男性だ。誰なのかを知るために顔を見る必要はなかった。肌がぞくぞくしたので、すぐにわかったのだ。

顔をあげたブリスは、ケインの姿を見てはっとした。ビロードを思わせる濃いブルーの瞳は嵐の海よりも強烈で、漆黒の髪には金色の筋が入っている。彼の姿は光のなかにくっきりと浮かびあがり、天界から追放された堕天使が人間を官能の世界にいざなおうと地上におりたったかのようだった。

ブリスは昨夜ほとんど眠れなかった。ケインの顔や、興味をそそられる頬の傷跡、重ねられた唇や大きな手に自分の胸が包まれたときのことが、次々と頭に浮かんできた。彼の背中に短剣を突きたてたいという願望と、彼の体の下に横たわりたいという欲求が心のなかでせめぎ合った。疲れきってようやく眠りについても、夢のなかでケインがののしり続け、眠りを妨げた。でも、今日は彼の好きにはさせないわ。

「光をさえぎらないでちょうだい」ブリスはそう言うと顔をそむけた。ケインの目にあざけりと傲慢さと苦悩がこもっていることに気づいて嫌悪を覚えたのだ。無防備なところなどかけらもない。当たり前よね――彼ときたら、がらがら蛇と同じくらい攻撃的なんですもの。

ケインが無言のままそばにひざまずいたので、ブリスは驚いた。彼の行為でこれほど落ち着かない気分にさせられたことはない。

「なんのご用?」彼女はそっけなく尋ねた。「ここの草地はあなたの所有地だというの? それとも、わたしのドレスの色がよくないの? 今日はいったいなにがあなたの繊細な感情を逆撫でしたのかしら?」

「ぼくの所有地ではないよ」ケインはゆったりした口調で答えた。「それにドレスは……」彼女の体をまじまじと眺めたあと、また視線を合わせる。「きみのドレスは申し分なくすばらしい。胸がとても魅力的に見える。きみは小柄なわりに驚くほど胸が豊かだな」

ブリスは思わず頬がかっと熱くなった。これまでどんな男性からも、言葉だけでこんなに動揺させられたことはない。わたしが柄にもなくとり乱したことで、ケインは悦に入っているようだ。

「あなた、酔っているの?」ブリスはきいた。彼のやつれた表情や、朝なのにのびた髭、ぼさぼさの肩までの髪と、ややだらしない服装から察するに、彼はわたしが厩を去ったあともきっと酒を飲み続けていたのだろう。

ケインが片頬だけの笑みを浮かべた。「少しね」

ブリスは彼から目をそらした。「転んで首の骨を折っても、わたしが助けるだろうなんて期待しないでね」

「きみのかなり注目すべき特徴を横目で見ている男に、いつもそんなに冷たいのかい?」

「横目で見たりする男性はあなただけよ」

「それは信じがたいな。パリのにやけ男どもは、きみを見てよだれを垂らさないのか？」

「仕事が忙しくて寝室のなかでのことばかりにかまけていられない人もいるのよ」

ケインの目がかすかに細くなったので、彼の生活をうまく言いあてたようだとブリスは思った。「ぼくの寝室内の活動に興味があるなら」彼は穏やかに言った。「素直に尋ねたらどうだい？　喜んできみの好奇心を満足させてやるよ」

「自分は女性にすばらしい恩恵を施しているなんて、本当に信じているの？」

ケインはたくましい筋肉のついた広い肩をすくめた。「まあね」

たぶんそうなのだろう、とブリスは思った。彼は目にもとまらぬ早業でわたしの胸に手を当てたではないか。さらに悪いことに、わたしはその大きな手に満足のため息をもらしてしまった。

考えが表情に出ていたらしく、ケインが言った。「ゆうべのことを思いだしているんだな。いいぞ。いつまでも忘れないでほしい。ぼくも頭から離れないんだ」

その言葉に彼女は驚いた。厩での出来事など、ケインは五秒もたたずに忘れてしまうだろうと思っていたのだ。だが、くすぶるようなまなざしから、彼がすべてを覚えていることが伝わってくる。

「あなたって、ひとつのことしか考えられないのね」ブリスは辛辣に言った。「もう少し視野を広げたら、話題が増えるかもしれないわよ」

ケインの目がおもしろがるように輝いた。「視野を広げるだって？　それは興味をそそられる提案だな。よし、試してみよう。きみはどんなことを話したいんだ？　プラトン？　アリストテレス？　それとも、この天空をじっくり観察して、そもそも世界がどのように成りたっているかを考えようか？」

「平等よ。わたしは平等について話したいの。もっとも、あなたにとっては聞き慣れない話題でしょうけど」

無礼だぞと言わんばかりに、彼は黒い眉をつりあげた。「誰と誰の平等について話そうというんだ？」

「男女の平等についてよ」

「ああ、そうか」ケインがうなずく。「きみはあの泣く子も黙る男女平等論者なんだな。街頭で大きな声をあげて、男性に変革を迫る女性なんだ」

「女性は男性と平等であるということが、あなたにはまったくわからないでしょうね。ベッドでもベッドの外でも、あなたは女性を自分の下にいさせるのがお好きなようだから」

「女性を扱うときは、そのほうがずっと気持ちがいいからね」そう言ってブリスに向けられた片頬だけの笑みは、拍子抜けするくらいに無邪気だった。「ところで、白状したらどうだい、きみはぼくのことが好きなんだろう？」

これほど腹立たしい男はいないわ。「あっちへ行って」

ケインは自分の足首を交差させた。「きみとこの草地で取っ組み合いをすることを考えるだけでわくわくするよ」

「あなたがよそへ行ってくれないなら、わたしのほうが失礼するわ」ブリスが立ちあがりかけると、ケインがウエストに手をまわして引き戻した。ふたりは不安定に向き合った体勢になり、彼女はケインの腿の外側に手を当てて体を支えた。彼の体が発する熱に包み込まれる。

「思ったとおりだ」ケインがつぶやいた。その口は危険なほどブリスの口の近くにある。

彼女はごくりとつばをのみ込んだ。「なにが?」

「きみの瞳だよ。大海原のように青くて深みがある」彼はブリスの顔にかかる髪をそっと払った。指の関節が頬をかすめ、彼女は肌に軽い戦慄が走るのを感じた。「行かないでくれ。おとなしくしていると約束するから」

「どうやっておとなしくするかも知らないでしょうに」

「そのとおり」そう応えたケインの表情は愛らしい少年のようだった。「でも、ふりをするからいいだろう?」

ブリスは微笑を噛み殺した。この男性は自在に人をうっとりさせられるんだわ。彼の魅力に勝てる女性なんてほとんどいないだろう。でも、なぜ彼はわたしをうっとりさせようとしているの?

誘惑――それに違いない。ケインのふるまいはしつこいとしか言いようがないもの。けれど、もしほほえみだけで――たしかにすばらしく官能的だけど――わたしの心をとかそうと思っているなら、いつまでも待つことになるでしょうね。

ふいにブリスははっとした。自分がまだケインに覆いかぶさるような格好になっていて、彼は手も触れていないことに気づいたのだ。急いで離れて、座り直す。

　ケインが青い釣鐘草を一輪摘んで、ブリスに差しだした。小さな花を目にすると、彼女は思った以上に心を動かされた。彼はふりではこんなことをしないわ、という声が心のなかでささやく。だが、まだケインを信じることはできなかった。

　ブリスは目の前に広がる景色に注意を戻し、懸命に彼を無視しようとしたものの、うまくいくとは自分でも思っていなかった。

　スケッチブックの新しいページを開いて、なんとか写生にとりかかろうとする。それを妨げるようにケインが紙の上に釣鐘草を置いた。ブリスはその小さな花をつまみあげかけたが、寸前のところでやめて、草の上に払い落とした。ケインは彼女の拒絶にひどく傷ついたと言いたげに自分の心臓の上に片手を当てた。

　ブリスは炭筆をとりだし、眼前の雄大な景色をじっと眺めた。大きな岬がいくつも海に突きだし、ハリエニシダが一面に茂る突端は急な断崖になっている。背が低く黒っぽい岩が泥炭と草で覆われたくぼ地を囲み、泥炭の塊はいろいろ形を変えながら風で東へゆっくり吹き流されていく。

　ブリスの手は、頭で形や色を認識する前にスケッチブックの上を動きだしていた。それが彼女の描き方だった。考えて描くのではなく題材に導いてもらう。思考は彼女が創造しようとするものを台なしにすることがあるからだ。

そばにいる男性をなんとか頭から締めだすことができたころ、彼がつぶやいた。「トーマス・カーライルか」

無視するという誓いを忘れて、ブリスはケインにちらりと目を向けたが、それが間違いだった。彼の横顔は堕天使ルシフェルさながらの危険な美しさを宿し、彼女が描いている断崖と同じような陰鬱な寂しさを感じさせた。ケインは彼女の持ってきたカーライルの著書『衣服哲学』をぱらぱらとめくっている。

「あなたも本の題名くらいは聞いたことがあるでしょう？　とてもためになることが書かれているのよ。一度読んでみるといいわ」

「これまで何度か読んだことがあるよ。内容を話してみようか？」ブリスに向けられた横目はいたずらっぽくきらめいている。

「結構よ」ケインにとってためになったのは、女性の体の構造を詳しく解説した部分だけだろう。「あなたの鋭い知性は、わたしにはとても理解できないでしょうから」

低くて妙に韻律を感じさせる彼の静かな笑い声が響いた。「さて、ぼくの〝鋭い知性〟は、果たしてカーライルの伝えようとしている内容をちゃんと覚えているかな。たしかカーライルは、貴族階級に属する人たちは手厚く守られた怠惰な学問好きにすぎず、社会的な寄生動物にほかならないと考えている。貴族たちは雉《きじ》を撃ってののんびり暮らし、ロンドンでの華やかな社交シーズンのあいだはパーティにうつつを抜かしているからな。貴族は自分たちの属する豊かな社会階層のことしか考えず、現実の世界を知ろうともしない。だいたいこんなところかな？」

　ケインはカーライルの著作について見事にまとめていた。彼に感服したくはなかったが、ブリスは驚かざるをえなかった。「カーライルの本質をとらえた見事な要約でしたわ。すばらしいわね」

「レディ、きみは相変わらずとても美しい意地悪女だね」

　口あたりはよくても辛辣な言葉がブリスの胸に刺さった。「この本の話はもう終わりにしましょう」彼女はケインの手から本を奪いとって立ちあがろうとしたが、手首を握られた。

「ここにいてくれ」

　ブリスは同じ手に引っかかるつもりはなかった。「放してくれないなら、顔を引っぱたくわよ」

「そうされても仕方ないだろうな。だけどここにいてくれたら、あそこの、きみが今描いている島のことを話してやるよ。おもしろい歴史があるんだ」

　たとえ興味を引かれてもケインの申し出に惑わされてはならないと、ブリスは自分に言い聞かせた。きっと後悔するに決まっているのだから。この男性は災いの気配がする。なのに、そのせいでわたしは彼に引きつけられているんだわ。

　コートからケインの話を聞かなければよかった。ケインがどんなに屋敷に執着しているか、父親がどういうふうに自殺に追い込まれたかを聞かなかったら、これほど彼に魅了されることはなかっただろう。

でも、ケインに同情の余地はないわ。人の親切を拒絶することに満足を覚えているんですもの。だが、謝るものかという冷ややかな態度をとりながらも、彼女にここにいてほしがるような頼りなげな一面も見せている。

ブリスはケインの手から自分の手首を引き抜き、顔をそむけた。「歴史って?」

彼はブリスの膝の上からすべり落ちたスケッチブックを彼女に手渡した。「あの島は海賊たちのお気に入りの隠れ家だったんだ」

「そんなに珍しいことではないわ」デボン州はずっと海賊や密輸船にとって便利な土地だった。人目につかない入り江や秘密の洞窟《どうくつ》は略奪品を隠すのにうってつけだったのだ。

「それはそうだが、あの島には昔テンプル騎士団が住んでいた。ヘンリー二世が許可したという話だ。それに巨人が住んでいたという伝説もある」

「巨人ですって?」ブリスは鼻であしらった。「いいかげんなことを言わないでちょうだい」

「いや、島民の一団が巨大な石棺を見つけたんだ。そこには二メートル五〇センチ近い身長があったと思われる骸骨《がいこつ》が入っていた」

「あなたはその末裔《まつえい》ではないかしら」彼女はケインの体を眺めながらうわの空で言った。ブリスの視線は彼が前にのばした筋肉質の長い脚に、ゆうべ彼女に押しつけられた引きしまった胴に、それから顔へと向かう。ケインの眉がぴくりと動いたので、彼女は自分のしていたことに気づいた。「つまり……あなたは背が高いでしょう。並外れて長身だわ」

「一九三センチはきみには巨人に見えるんだろうな。きみは、そうだな、一五五センチもないだろう?」

「一五七センチよ」

「実におちびさんだ」

その言いぐさにブリスは憤然とした。「たしかに小柄かもしれないけれど、自分と比べて小さいと言うのはそれくらいにしてちょうだい」

やはりと言うべきか、ケインの濃いブルーの目がブリスの胸にじっと注がれた。悔しいことに頂がかたくなっていく。

「そうだ、小さくはない」彼はかすれた声でつぶやいた。「それどころか立派だ。はっきり言って、気をそぞろにさせられる。ぼくの記憶に間違いがなければ、片手におさまりきらないほどだった」

ケインに手で胸を包まれたことを思いだして、彼女は体の奥が熱くなった。「あなたって、年がら年じゅう下品なことばかり考えているのね」

「まったくそのとおりさ。ぼくは高潔さとは無縁な、恥知らずな悪人なんだ。今日はいつにもまして自分を抑えられない。きみには性欲を刺激するなにかがあるんだ」

「それは光栄ですこと。だけど、あなたを刺激する女性はわたしだけではないようね」レディ・バクストンの冷ややかで美しい顔が心に浮かんできた。彼女とケインがベッドで体を絡ませている光景まで見えるようだ。荒々しくブリスに触れた彼の熱い唇と手が、激しく求める未亡人を愛撫している。「あなたを気もそぞろにさせてしまっているなら、もう失礼させていただくわ」

「きみがいやなら、触れないと約束するよ」ケインが身を寄せてきた。海からのそよ風に髪をなびかせてささやく。「だが、ぼくは触れたい。触れたくてたまらない。気持ちを抑えられないんだ。ドレスのボタンから目が離せないんだよ」

ブリスはケインの視線をたどった。小さな貝ボタンが首もとからウエストまできれいに並び、貞操を象徴するロザリオのように冷たく光っている。さしずめ放蕩者を寄せつけない盾といったところだ。

顔をあげたブリスは、名うての放蕩者がじっと自分を見ていることに気づいた。「わたしを誘惑しようというのね？」

「そうだ」彼は白状すると、少年のような期待をこめた表情になった。「作戦はうまくいっているかな？」

ケインの正直な返事を聞き、ブリスは首を振って微笑を浮かべた。もっとも、彼に見られないよう顔をそむけたが。どうして彼が放蕩者として名をはせているのかよくわかるわ。

ケインがブリスの顎に指を添えて顔を動かし、自分の目をのぞき込ませたので、彼女ははっとした。「きみの名前について言ったことは嘘だよ」彼の息がこめかみの毛をそよがせる。

「きみにぴったりの名前だ」

ケインの目の奥に真の意図をかいま見て、ブリスは彼の胸に両手を当てた。「やめて……」

「なにを？」

「わたしにキスをしないで」

「一度だけだ」ケインは息がかかるほど唇を近づけた。ブリスの手をとって自分の上着の下へ導く。てのひらに彼の安定した鼓動が感じられた。

「いやよ」

抗議しても、ケインは無理やりキスするだろう。ところが意外にも、彼は耳もとでささやいた。「ぼくの指が胸のつぼみを愛撫したのを覚えているかい？」そそるように言われて、彼女の背筋を熱いものが走り抜けた。

みだらなことを言うケインをブリスは叱《しか》りつけたかった。それなのに彼女は小声で答えていた。「ええ」

「きみの頂はかたくなっていた。ぼくはそっとくわえて、どれくらい甘美なのか知りたかったんだよ」顎の下に置かれたケインの指が、ゆっくり喉もとを下っていく。「きみは男の口で胸を愛撫されたことがあるかい？　男のしるしがきみの腿のあいだに分け入り、このうえない喜びをもたらしてくれたことはあるのか？」うっすらのびた髭が、彼女の頬をかすった。

「きみは処女なのかい、ブリス？」

彼女を覆っていた官能の靄《もや》がさっと消えた。「なんてことをきくの！」ケインの胸を突いたが、彼はほとんど身じろぎもしなかった。

「ぼくは答えを知っているよ」ケインはブリスの手をとり、てのひらに親指を這わせた。

「どうしてこんなに長く純潔を守ってこられたんだ？」

彼女は手を振りほどいた。「あなたみたいな男性に近づかなかったからよ!」

「女性には本当に求めているものを与えなくてはならない。そういうことについてなにも知らない男とぼくを一緒にするなんてひどいな。そうした男は自分の快楽にしか興味がないんだ。ぼくは処女とベッドをともにしたことはないが、きみの純潔を奪うときは細心の注意を払うつもりだ。きみを熱く燃えあがらせ、痛くないように挿入する。きみはなめらかな熱いものが入ってきたくらいにしか感じないはずだ」

露骨きわまりない彼の描写に、意思とは裏腹に体が奥からほてってくる。だが、ブリスはそんなそぶりも見せずに言った。「この程度の愛の言葉がレディ・バクストンには効き目があるのね? もしそうなら、彼女はわたしが思っていたよりも低俗な趣味の持ち主だわ」

ケインの目が険しくなり、顎がこわばった。「彼女はきみとのことになんのかかわりもない」

「そうかしら? わたしは大いに関係があると思うわ。彼女は許さないでしょうね、だってあなたは彼女の――」

あっというまにブリスは仰向けに押し倒された。両手はケインの手で地面に押しつけられている。彼の目には激しい怒りが宿っていた。

「やめて」彼女はか細い声をあげた。ケインのどっしりした重みが体にのしかかってくる。岩のようにかたい筋肉がシャツ越しに動くのがわかった。こうなると自分がいかに無力であるかをブリスは痛感した。

ここは屋敷からだいぶ離れているので、悲鳴をあげても誰にも聞こえないだろう。ケインがどれほど激しやすい気性の持ち主であろうと、わたしを深く傷つけることはないと信じたい。

「ぼくは誰の指示も受けない。オリビアであれ、ほかの人間であれ。わかるか？」彼女がすぐに返事をしないと、ケインは怒鳴った。「わかるか？」

「ええ！」

彼はいらだたしげに歯噛みした。「くそっ……きみのせいで頭がどうかなりそうだ」その声には苦悩がにじみ、目にはまたもや頼りなげな色が浮かんでいる。「お願いだ……ぼくにキスしてくれ」

「ケイン……」ブリスは拒絶すべきだとわかっていた。それなのに彼にのしかかられて、すべてを忘れてしまった。

なぜかはわからないままブリスはケインの肩にそっと手を置き、その手を首まですべらせた。彼の豊かでつややかな髪に指を差し入れ、無意識に唇を湿らせる。ケインは彼女の唇に視線を向けてから瞳を見つめ、そのままゆっくりと唇を近づけた。

重ねられた唇は熱く、ブリスは全身に快感が広がった。彼が舌を絡ませてくるたびに、脚のあいだが脈打つようにうずく。

覆いかぶさっているケインの重い体には生身の存在感があふれていて、ブリスはうれしかった。もっとも、ケインが彼女に全体重をかけないよう気を配っているのはわかっている。

そのことで彼女は自分が繊細で女らしい、守られている存在だと感じた。

ケインに押し倒されたことを考えると、〝守られている〟という感覚は奇妙だったが、ブリスは穏やかさなど望んでいなかった。彼女が欲していたのは、活力にあふれ、強く、堂々とした男性だ。これまではどんな男性もブリスの意志の力に太刀打ちできなかったが、ケインは彼女にまさるとも劣らない意志の強さを持っている。

彼は片手でブリスの両手首をつかみ、彼女の頭上に押さえつけて自由を奪った。もう一方の手で胸のふくらみを愛撫する。ブリスは口づけされたままあえぎ声をもらした。胸の頂はかたく敏感になっている。

〝きみは男の口で胸の頂を愛撫されたことがあるかい？〟

いいえ、一度もないわ。でも、あなたにそうしてほしいの。そわそわと彼女が身じろぎするうちに、腿がケインのこわばりをかすめた。

彼は絞りだすような低いうめき声をあげ、ブリスの胸をぎゅっとつかんだ。親指でドレス越しに頂を愛撫し、唇を彼女の喉に這わせて敏感な場所を見つけていく。

ケインの手がドレスのいちばん上のボタンにのびた。ボタンをひとつ外すたびに、あらわになった肌に口づけをする。ブリスの胸は激しく高鳴った。

彼の唇が胸の谷間に達したとき、ブリスは甘いうめき声をもらした。ケインが肌から顔を離したのを感じて重いまぶたをあげると、じっと見つめる彼の目と合った。ケインは残りのボタンを外し、ドレスの胸もとをゆっくりはだけた。彼の焼けつくようなまなざしから素肌を守っているのは、今や薄いシュミーズだけだ。

下着越しに舌で頂を愛撫されると、ブリスは体を弓なりにして胸を彼の口へ近づけた。脚のあいだのうずきがますます激しくなってくる。やがてケインの唇が鋭敏になった頂を包み込み、彼女の好みを本能的に知っているかのような絶妙の強さで吸った。

ところで、ケインはさっき、わたしを熱く燃えあがらせてから奪うと言わなかった？　彼は女性を誘惑することにかけては達人だ。それに、わたしを憎み懲らしめたがっていたのはつい昨日のことだ。

ひょっとしたら、これは懲らしめの続きかもしれない。

もし誰かが偶然通りかかって、この男性の下で身をよじっているところを見られたら、わたしの評判は地に落ちるだろう。なにしろケインは、わたしには想像もできないほど多くの女性をものにしてきた名うての女たらしなのだから。そのうえ彼はバクストン侯爵未亡人の庇護下にあり、彼と愛を交わせるのは夫人ひとりということになっている。ケインはわたしを口説き落としたと主張することで、なにかを証明しようとしているようだ。それなのに、わたしは彼に好きなようにさせている。

「やめて！」ケインがすぐに反応しなかったので、ブリスは彼の髪を引っぱった。胸の頂が彼の口からこぼれた。シュミーズはすっかり濡《ぬ》れ、生地越しに乳輪が黒っぽく見える。彼女は急に恥ずかしくなった。

ケインが物憂げに横向きになった。ブリスは彼の下から這いでて立ちあがった。彼女を見あげる濃いブルーの目には欲望があふれていたが、急に打ち切られたことへの怒りも浮かんでいた。

「強く吸いすぎたかな、レディ？　きみがまた横になってくれたら、もう一度やってみるよ。今度はきっとうまくやれるはずだ」

ブリスは胸が締めつけられるような思いをこらえ、ぎこちない手つきでドレスのボタンをはめた。「もうわたしにはかまわないで」震える声で言うと、くるりと向きを変える。脚から力が抜けそうだったので、走らないよう自分に言い聞かせながら屋敷へ戻った。

7

月光を浴び、露に濡れて黒ずみ、
原因も理由も問うことなく、
幽霊のようにおぼろで、柱のように動かない輩《やから》がいる……。

ウォルター・デ・ラ・メア

水平線に沈んだ夕日の残照で海が赤く染まり、しだいに夜の帳《とばり》がおりてくる。まもなくあたりは闇に包まれた。それでも、ケインには、岸壁をとり囲む巨大な岩の輪郭を見分けることも、モーウェンストーまで続く断崖付近に広がる青い霧を眺めることもできた。

はるか下のほうに村があり、白い漆喰《しっくい》壁の農家と田舎家が暗い海での浮標のようにくっきり見える。そこでは村人たちがまったく別の人生を送っている――ノースコート・ホールの主《あるじ》となる運命でありながら、快楽を求める生き方のせいで自分の世界を忘れた男とはかけ離れた人生を。

かつてはケインの父親の小作人で、今はオリビアの小作人になっている者たちだけが、ケインをノースコート・ホールの若主人と見てくれた。大人になって〝悪党〟になろうと、子供のころと変わらずに接してくれた。それでもケインは自分と村人とのあいだに高い壁ができ、心を通わす手段がなくなったように感じていた。

ケインがこの地から離れられないのはノースコート・ホールへの執着だけでなく、彼と同じように苦境に陥っている村人たちを見捨てておけないせいかもしれない。オリビアはよそ者だ。この土地のことをなにもわかっていない。

ケインはブリスにあてがわれた部屋の窓に歯がゆい視線を向けた。カーテンは閉じているが、彼女がなかにいることはわかっている。室内をしきりに歩きまわっているらしい影が見えたからだ。もしかすると、彼女もぼくと同じく苦しんでいるのかもしれない。

今朝の自分の勝利――たしかに勝利だった。ぼくはブリスを草の上に押し倒して唇を奪い、彼女を熱く反応させたのだから。その余韻が忘れられず、今もぼくの体はほてっている。祝いたいのはやまやまだが、そういう気分にはなれなかった。

ぼくらしくもないことに誘惑に失敗してしまった。彼女をエクスムア公爵の娘としてだけでなく……ブリス本人として見てしまったことが原因だ。だが、気持ちを乱されてはいけなかった。これまでと同じように割りきって誘惑しなくてはならなかったのだ。それなのに、長いあいだ頭に浮かびもしなかったことをぼくはふと感じてしまった。自分は人間らしさを失っているということを。

「ここにいたのね、ダーリン」

暗闇からオリビアが現れ、ケインは身をかたくした。クリーム色のドレスを着たふしだらな女はきれいに飾りたてても、まるで蠟人形《ろうにんぎょう》のように魅力がない。彼女自身は自分が若く純真に見えると信じて疑っていないみたいだが、とんだお笑い草だ。たとえオリビアに純真さがあったとしても、それはとうの昔に消えてしまった。

一八歳のときに父の親友のひとりを誘惑したと、オリビアはケインに打ち明けたことがある。妻を亡くして寂しそうなその男性から見つめられていることに気づき、彼は自分をほしいのだろうと思ったそうだ。

オリビアはその男性をベッドに誘い込むと、若い娘らしからぬ異様なふるまいに及び、彼を死ぬ寸前の目に遭わせた。そのあと、清らかな処女の純潔を奪った薄汚い老人だとあざけり、強姦《ごうかん》されたと父に告げ口してやると脅した。ロンドンじゅうの人が彼の行為を知るだろうという言葉がとどめの一撃となった。

その晩、男性は拳銃で自殺した。

オリビアを見るといつもよりいっそう気分が悪くなって、ケインは顔をそむけた。今日、ぼくは穢《けが》れないものに触れた。そしてまったく男性経験のない女性を、この手と唇で花開かせたのだ。

ブリスの豊かな胸ととがった頂を思いだすだけで、ケインは下腹部がかたくなった。彼のウエストに両腕をまわしたオリビアがこわばりに気づき、いつものように手で撫でまわした。

「欲情していることを教えてくれたらよかったのに」オリビアは喉を鳴らして執拗に愛撫し

た。「わたしなら、いつでもお相手してあげられるんだから」

ケインは妄想にふけった。自分に触れているのはブリスだと思い込もうとする。ブリスがズボンのボタンを外し、熱い高まりを引きだし、両手で握ってくれている。

今朝、ケインの下に横たわって子猫のような声をもらしていた彼女を思いだす。情熱に身を任せたブリスを見ていると彼は目もくらむような欲望を覚え、手が震えて背中が汗びっしょりになった。ケインの頭のなかには、ブリスを絶頂に導いて、自分の愛撫を彼女の脳裏に刻み込みたいという思いしかなかった。

それでも心の片隅にはわずかに正気が残っていて、ブリスが彼を罵倒《ばとう》し、押しのけ、勝手な行為は許さないと怒鳴ることを願っていた。くそっ、彼女はぼくがろくでなしだということを知らないのか？　自分が大きな危険を冒していることがわからないのか？

だが、ブリスはぼくの言いなりになって誘惑に屈した。今、ケインは妄想のなかで、あのとき自分がしたかったことをしていた。彼女のスカートをウエストまでまくりあげ、なめらかな腿を開かせ、そのあいだに身を置いた。ブリスの目は彼がほしくてたまらないと言っている。

ケインは彼女の熱く秘めやかな場所にゆっくり入っていった。処女であることを示す薄い膜に侵入を阻まれ、彼はためらった。これまであまりに多くの女性と交わってきたので、彼女たちのことはみな同じように思える。でも今度は別だ。ブリスは特別なのだ。これまでと違って、へまをするわけにはいかない。

ところが、気おくれするケインを救ったのは彼女だった。彼女のほうから腰を持ちあげてケインを深く引き入れ、締めつけてくれたのだ。彼女への愛で体が燃えあがった。ぼくが突くたびに快感を覚えてほしい。甘いキスをするたびに情熱をそそられ、もっと多くを求めてほしい。

ぼくのことを覚えていてほしい。

必要なときにいつでも利用できる種牡馬としてではなく、処女を捧《ささ》げる運命だった唯一の男性として記憶してほしい。

ケインは彼女を深くうがち、じらすように動かし、かたくなった胸のつぼみを味わうたびに、彼のような臆病者《おくびょうもの》を彼女がすばらしい人間だと認めてくれたことを神に感謝した。同時に、自分のしている復讐が正しいことだと思おうとした。

彼女は身をそらし、ケインの口へと胸の頂を突きだして、どんどん高みにのぼりつめていく。ついに最初の痙攣が訪れて全身がわななないた。彼女の内部の筋肉はケインを強く締めつけ、熱く潤った深みへと誘い込んだ。彼はうめき声をあげ、今にも精を解き放ちそうになった。彼女はケインの首に腕を巻きつけ、二度と放したくないというようにしがみついている。「ああ、すばらしかったわ」オリビアがつぶやき、ケインの夢想はあっけなく消えた。「あなたがわたしのなかで果ててくれそうだったから、目のくらむような絶頂を迎えられたのよ」

ケインはわめきたかった。目を開けたとたん嫌悪感がわきあがってきた。くそっ、いったいぼくはなにを考えていたんだ？　ここは野外だから人に見られる恐れもあったのに。彼は思わず視線をブリスの部屋の窓に向け、カーテンが閉まったままなのを見てほっとした。

オリビアから離れてズボンのボタンをとめながら、吐き気と怒りとみじめさを感じた。ぼくの人生は、誇りはどうなってしまったんだ？　ぼくはいつのまにかすっかり骨抜きにされ、どう人生をやり直したらいいかわからなくなっている。

斜面の端に移動して、ケインはオリビアを見おろした。「まだなにか用事があるのか？」

「今はあなたにお礼を言ってもらいたいわ」彼女がひとりよがりの口調で答える。「わたしの魅力で、あなたをその気にさせたんですもの」

ブリスのことを考えていたせいでオリビアの誘惑に負けてしまったとは思いたくなかった。

「客たちのお相手をしなくていいのか？　女王様がいなくて寂しがっているだろうよ」

「そうね」オリビアは笑みを浮かべた。「みなさん、わたしのことをとても気に入ってくださっているの。だから楽しく過ごしてもらえるよう、わたしも精いっぱい努めなくてはね。みんな、あなたに会いたいそうよ」

「冗談じゃない」

「あなたの昔のお友達も来ているのよ。あなたがどうしているか知りたがっているわ」

クラレンドン、リンフォード、セントジャイルズの三人が朝一緒に到着したのを、ケインは見かけていた。あの腹黒いやつらとは友達でもなんでもない。これまでぼくが親友としてつき合ったのは〈快楽追求クラブ〉の仲間だけだ。それは〝どんな形であれ快楽を追求する〟ことを唯一の目的とした独身男性限定のクラブで、ケインが創設し、会長を務めていた。

しかし父の死後は〈快楽追求クラブ〉とのつき合いも避けてきた。数日前、仲間だったルシアンがわざわざ寄り道して会いに来てくれたときも追い払ったほどだ。ルシアンは兄が戦死したレディ・フランシーヌ・フィッツ・ヒューを後見人として預かるために、コーンウォール州へ向かう途中だった。

かつて熱心に追求した快楽の奴隷になり果てている今、たとえ昔の親友でもケインは顔を合わせたくなかった。ましてやセントジャイルズたちとは死んでも会いたくない。

「きみが歓待してやってくれ」ケインは険しい声で言った。「もてなしが上手なんだから」

「いいわ」オリビアは不機嫌に応えた。「あなたはあなたで好きなようにしてちょうだい。今夜はセントジャイルズ卿にレディ・ブリスのお相手をしてもらえばいいだけだから」

ケインは身をこわばらせた。セントジャイルズはぼくよりもずっと堕落したやつだ。ぼくは自分の淫蕩《いんとう》さを女性に隠していないが、セントジャイルズは自分の正体を見せない。端整な顔立ちが精神の腐敗を覆い隠しているのだ。やつは微笑を向けるだけで女をものにする。ベッドをともにして初めて、女はやつの異常さに気づく。女に目隠しをして鞭を振るいながら快楽をむさぼるのが、あの男の趣味なのだから。

「セントジャイルズ卿はレディ・ブリスがお気に召したみたい」計算しつくした言葉でオリビアは攻撃を続けた。「今朝彼女を見かけて、すっかりのぼせあがってしまったそうなの。リンフォード卿とクラレンドン卿ときたら、もっと礼儀知らずよ。とにかく彼女をベッドに誘いたいと言うの——それも自分たちふたりと同じベッドに。つまり三人で楽しみたいんですって」

ケインが黙っていると、オリビアはさらにたたみかけた。「セントジャイルズ卿をわたしたちの寝室にお招きするのはどうかしら？　彼がどれくらい女性を喜ばせてくれるのか、正直言って興味津々なの。でも、あなたのものほどご立派ではないでしょうけど」彼女は自分のちょっとした冗談にくすくす笑った。「楽しい夜になると思わない？」

胃のあたりをぐっと締めつけられたように感じて、ケインはゆっくりとオリビアに顔を向けた。ブリスが卑劣漢どもに奪われるのをみすみす許すわけにはいかない。

その楽しみはぼくのものだ。

「ようやくあなたの注意を引いたようね」オリビアがつぶやいた。目には満足げな光が宿っている。「あのレディをものにする機会を台なしにしたくないという、あなたの気持ちはよくわかるわ。そういえば今朝、屋敷に急いで戻ってくる彼女を見かけたの。それから一分もしないうちに、あなたが暗い顔をして同じ方角から帰ってきたのよ。なにがあったの、ダーリン？　あなたのすばらしい魅力も、あのレディには通用しなかったの？　彼女が簡単に落ちるとはわたしも思っていなかったわ。誘惑するのは大変な仕事になりそう？」

「それについては心配いらない。彼女を手なずけてみせるよ」

「ええ、もちろんそうでしょうね。なにしろ、あなたの魅力を無視できる人なんていないんですもの」オリビアの視線はケインの腰のあたりをさまよってから顔に向けられた。「では、五分後に屋敷で会いましょう」彼女はいったん戻りかけて足をとめ、肩越しに振り返った。「あとでわたしのために、なにかすばらしいお返しを考えておいてね。今、あなたにすてきなプレゼントをあげたんだから」返事を待たずに彼女は去っていった。

午後のあいだブリスは、〝気分がすぐれないので、今晩の夕食会は欠席させていただきます〟というメモを屋敷の女主人に渡すべきかどうかをずっと考えていた。

しかし結局は、長所であり短所でもある頑固な性格のせいで、出席することに決めた。姿を見せなかったら、どこかの高慢な伯爵がわたしを動揺させたと思ってほくそ笑むだろう。彼にそう思わせたくない一心で身仕度にとりかかった。

ブリスは慎重に衣装を選び、繊細なシャンティリーレースとやわらかくて光沢のあるインドカシミアのドレスを着ることにした。そのドレスは体の線を美しく見せ、やさしく女らしい印象を与えてくれる。あからさまではないが上品な色気を醸しだしていた。

コートは彼女のドレスに賛辞を送ってくれた。その褒め言葉に気をよくしながら、ブリスは彼に腕をとられて並んで歩き、レディ・レベッカについての熱のこもった話に耳を傾けた。笑みを浮かべたりうなずいたりしつつも、大食堂とそこにいる人たちのことばかり考えていた。

「今日きみをほったらかしにしたことを怒っていないといいんだが」

コートに話しかけられていることに気づくのに、少し時間がかかった。「ばかを言わないで。わたしは自分で楽しむことができる人間よ」

彼は親愛の情をこめた笑みをブリスに向けた。「本当に悪いと思っているよ、レディ。それで、今日はなにをしていたんだい？」

今朝、ケインの唇が彼女の唇に重なり、すてきな口が熱いキスの雨を降らせながら喉を下って、ついには胸の頂を吸っているさまが頭に浮かんだ。ブリスははっと息をのんだ。

「崖のそばでちょっとスケッチをしたの」

「ここの景色は実にすばらしいね」

「ええ」彼女はケインのことを思った。「本当にすばらしいわ」

ケインは傲慢で腹立たしく、拒絶されると手に負えなくなるが、それでもブリスをとりこにしていた。ケインの魅力は肉体的なものにすぎないわ、と彼女は自分に言い聞かせた。放蕩者であろうとなかろうと、ケインほど男を感じさせる人にはこれまで会ったことがない。その男らしさを彼は勲章のように身にまとっている。

ケインのまわりには好奇心から彼を求める女たちが大勢いるけれど、わたしは彼女たちみたいにはなりたくない。そうは思っていてももしケインに真剣に誘惑されたら、彼の無数の欠点や悪事には目をつぶってしまいそうだ。

バクストン侯爵未亡人が書斎から出てきて、客たちが集まりかけている廊下の突きあたりの大食堂に急いで向かうのが見えた。コートとともに書斎の前を通り過ぎるとき、ブリスはちらりとなかをのぞいた。侯爵未亡人はなにをしていたのかしら。室内は暗く、読書などとてもできそうにない。

書斎のなかの開いたフレンチドアの戸枠に黒っぽい人影がもたれていた。吸っている葉巻の先の火だけが、その人物の顔を照らしている。それがケインだとわかって、ブリスはよろめいた。ケインのほうも歩いていく彼女を見つめ、ふたりの視線が絡み合った。彼は侯爵未亡人と一緒だったんだわ、暗いなかにふたりきりで。女性とその愛人として。

夜に愛し合うのでは足りずに、寸暇を惜しんで忍びあっているのかしら？　ケインが侯爵未亡人のもとにいるのは、義務ではなくて惹《ひ》かれているからなの？　彼はわたしに拒絶されたあと、すぐに彼女とベッドをともにしたのかしら？

いろいろな疑問が頭にあふれてすっかり動揺したまま、ブリスは大食堂に足を踏み入れた。室内は神秘的な光に包まれていた。天井のシャンデリアは使われておらず、壁の突きだし燭台にすべて明かりがつき、壁のくぼみにも蠟燭《ろうそく》が灯って、おとぎばなしの世界にいるような雰囲気だ。

マホガニー材の長いテーブルは入念に磨かれてつややかに光り、クリスタルのグラスは金色に輝いて、銀器や高級磁器と調和している。テーブルの中央には、庭園から切りとってきたばかりの花が見事に飾られていた。

「なにもかもすばらしいですね、レディ・バクストン」男性客のひとりがそう言ってオリビアの手をとり、甲に口づけした。

その男性の豊かな髪は光を浴びて溶けた金のようにきらめき、肌は日焼けして、歯は真っ白に輝いている。どこから見ても非の打ちどころがないほどハンサムだ。けれども値踏みするような視線を向けられ、ブリスは彼の目は獲物をねらう鷹のようだと思った。

「こちらの魅惑的な女性はどなたですか?」男性はブリスを大胆に見つめた。「正式にご紹介いただいてはいないと思うのですが」

オリビアが進みでて男性の腕に手を置き、ブリスのほうに促した。「セントジャイルズ伯爵ジェレミー・ロックハート、レディ・ブリス・アシュトンと彼女のいとこのシートン侯爵コート・ウィンダムをご紹介いたしますわ」

「シートン卿、よろしく」セントジャイルズがコートに軽く頭を傾けてそっけなく挨拶《あいさつ》したあと、灰色の目をブリスに向けた。「お会いできて光栄です、レディ」彼はブリスの手をとって甲に唇を押しあて、いつまでも放さなかった。コートが彼女のそばで身をかたくして文句を言おうとしたが、そのとき伯爵が体を起こし、いくぶん不埒《ふらち》な笑みを浮かべた。「アシュトンという姓はどこかで聞いた覚えがあるのですが?」

「エクスムア公爵のことだよ」セントジャイルズの連れのひとりがつぶやいた。ずんぐりした男性で、金属縁のめがねをかけた梟《ふくろう》を思わせる顔は不機嫌そうだ。バクストン侯爵未亡人がリンフォード卿だと紹介した。

「あなたはエクスムア公爵のご親戚なんですか?」クラレンドン卿と紹介された三番目の男性が尋ねた。彼はほかのふたりより若干背が高く、黒髪のこめかみのあたりに白いものがまじっている。

「ええ」ブリスは答えた。「エクスムア公爵はわたしの父です」

リンフォードがわざとらしく大きな咳払いをした。

「それがどうかしたのですか、サー？」

意見を言いたくてたまらない様子のリンフォードは、しばし口ごもったあとでまくしたてた。「あなたのお父上は貴族院で物議を醸してばかりいるんですよ。つい先週も〝悪貨は良貨を駆逐する〟という〝グレシャムの法則〟の新版とでもいうべき法案を提出されたんですがね。ぼくに言わせれば、無意味なことに時間を費やすはめになるだけですよ」

ブリスはその法案を知っていた。帰国して最初の夕食の席で、それについて父と活発な議論をしたのだ。「無意味なことというのは、下層階級の人たちの教育のことですか？」

「そうです」リンフォードはあざけるように鼻を鳴らした。「貴族院には議論すべきもっと重要な案件が数多くあるんです」

「わたしたち上流階級の人間には、恵まれない人たちを手助けする責任があると思いますけれど」

リンフォードが眉をひそめた。「ぼくたちがすべきなのは、下層階級の人間を今の状態に置いておくことです。彼らを教育してどんな利点があるのですか？　彼らの人生は変わりませんよ」

「するとあなたがこの法案に反対されるのは、初等教育を施すと彼らは自分たちの現状に不満を抱くかもしれないとお思いだからですか？　読み書きができるようになると、わが国で広がっている急進的思想や無神論的な考えに染まりやすいとおっしゃるのですね？」

リンフォードは目を細めて腹立たしげに彼女を見据えた。「みすみす反抗的な態度を助長する必要はありません。下層階級の人間は知識を持てば持つほど、多くを要求しますからね」

上流階級に広く浸透しているその考えに、ブリスの怒りは燃えあがった。「それはとても心の狭い考えだと思いますわ、リンフォード卿」

リンフォードがぽかんと口を開けた。「心の狭い考え？」

「ええ。自分たちが生きている世界とは別の世界があることを想像できないんですもの。民衆に選挙権を与えることで彼らの考えは豊かになりますし、これまで経験しなかったことを知ることでわたしたちの考えも広がるでしょう。知的で新しい仲間を増やすことで、社会は利益を得られるのです。博愛主義という点から見ても、自分たちではなすすべがない人々を救うためになんらかの手を打つべきです」

「ぼくは女性が政治に対して発言権がないのをありがたく思っていますが、その理由はまさにこういうことだからですよ」リンフォードが独善的に言った。「女性が政治に口出しをするようになったら国は破滅です。お嬢さん、きみはもっと女らしいことに関心を持ったほうが賢明ですよ」

リンフォードの思いあがった意見にブリスが反論しようとすると、バクストン侯爵未亡人が割って入った。「みなさん、そろそろ席にお座りいただけますでしょうか？」そしてリンフォードを食堂から連れだした。

ブリスの肘にあたたかな手が添えられた。驚いて見あげると、セントジャイルズ伯爵がほほえみかけている。彼はブリスを席へ案内し、隣の椅子に座った。わたしはコートの隣に座ることになっていたはずだわ。なにかの間違いだと思い、ブリスはテーブルの名札に目を走らせた。セントジャイルズの名札は彼の前にちゃんと置かれ、コートはふたつ離れたレディ・ドレイトンの横に座ることになっていた。レディ・ドレイトンはすぐにコートをおしゃべりに引き込んだ。

ブリスの視線は真向かいの空席に向けられた。たぶんケインの席だろう。テーブルの上座ではなく、愛人の左手の席になっている。運命が邪魔をしなかったら、彼は上座に着いていただろうに。

ケインが出席しないのも無理からぬことだわ、とブリスは思った。自分の家で客人扱いされるのは苦痛に違いないもの。でも、それならなぜ彼はこの屋敷にいるのかしら？　そして今はどこにいるの？　まだ書斎にいて、みんなをあざけっているの？

ブリスの物思いはそこで途切れた。食堂の空気が変わり、まわりの話し声がやみ、急に静かになったのだ。彼女は肌がぞくぞくした。

ブリスは顔をあげて戸口のほうを見た。大理石の柱に、黒の華やかな夜会服を着込んだ男性が気だるそうにもたれている。服は筋肉質の体にぴったり合い、髭はそりたてで、髪はきれいに撫でつけられていた。それはケインだった。彼の視線はまっすぐブリスに向けられている。

「ダーリン！」オリビアが甲高い声をあげた。「入って、お座りなさいよ。ちょうどレディ・ブリスにお話ししようと思っていたところだったの、彼女のために料理長に何皿かフランス料理を用意させたと」

「おや、ハートランド！」セントジャイルズが声をかけた。「ついに〝ノースコート・ホールの幽霊〟にお目にかかれたぞ。どうしていたんだ？」

ケインは返事もせずに出席者のひとりひとりにじっと目を注いでいったので、椅子の上でもじもじする人もいた。それから彼はサイドボードに向かってゆっくり歩いていき、ブランデーを注《つ》いだ。振り返ったとき、手にはふたつのグラスが握られていた。

彼はテーブルの上座のほうへ歩きだした。ブリスが自分の目の前にあるワイングラスを見つめて身をかたくしていると、まもなくケインが彼女の椅子の真後ろに立った。

しばらくしても彼が動かないので、ブリスは仕方なく振り返った。肩越しにちらりと見あげたところ、ケインは半分閉じた目で彼女をじっと見おろしている。

彼がグラスを差しだした。オリビアのために注いだのだろうとブリスが思っていたグラスだ。「飲むといい。きみには必要だろう」

ブリスはなにも考えずにグラスを受けとり、ケインがテーブルをまわって席に着くのを見つめた。彼は前かがみの姿勢になって、ブランデーをごくごくと飲んだ。全身から挑戦的な雰囲気を放っている。

ケインは隣の席からしきりに秋波を送っているレディ・フェアファックスには見向きもしなかった。コートの話では、その女性は二六歳になるかならないかで夫を亡くし、たっぷり遺産をもらって、すでにその二倍の年齢まで未亡人として過ごしているそうだ。

レディ・フェアファックスの男好きは有名らしい。彼女の視線はケインの頭のてっぺんからゆっくりさがり、膝の上を意味ありげに眺めまわした。今にも舌なめずりをしそうだ。

だが、ケインのほうは腹立たしげな目でブリスをじっと見つめている。わたしを思いどおりにできなかったから、いらだっているのかしら？　でも、わたしは彼に征服された女のひとりにはなりたくない。男性に体を許すときは自分のやり方で進めたい。相手の言いなりになるのではなく。

室内の緊張が高まってきたとき、クラレンドンが沈黙を破った。彼はブリスのほうを向いて尋ねた。「あなたはフランス人なんですか、レディ？」

「半分そうですわ、クラレンドン卿」彼女は自分を元気づけようとワインをすすった。「母がフランス人なんです」

「それに彼女は画家でいらっしゃるのよ」オリビアが上品な口調で言い添えたが、そこには見下したような響きがあった。

「画家ですって？」セントジャイルズがまた値踏みするような目をブリスに向けた。「どんなものを描いているんですか、レディ？」

ブリスはグラスの縁に無意識に指を当てた。「たいていは、日々働いて生計を立てている人たちですわ。花売り娘や魚の行商人や娼婦《しょうふ》など」レディ・フェアファックスが金切り声をあげた。「まあ、なんて恥ずべきことでしょう！」

「娼婦！」レディ・フェアファックスのような女性がそんなことを言うとは笑止千万ね。「彼女たちを題材とするのがなぜ恥ずべきことなんですか？」

「だって、まともなレディなら娼婦に視線を向けるべきではありませんし、ましてや絵に描くなんてとんでもないことでしょう」

ブリスは心のなかでため息をついた。いかにも道徳家ぶったこうした意見を日ごろはうまくあしらっているのだが、今夜は忍耐力が急速に衰えかけている。「そういう職業についているからといって、彼女たちはあなたやわたしよりも劣っているのでしょうか？」ブリスは穏やかに尋ねた。「女性が体を売らざるをえない状況について真剣に考えるなら、彼女たちのことをもう少し深く理解できると思いますわ」

「でも、わたしなら絶対にそんなまねはいたしません」レディ・ドレイトンが傲慢に言い放った。手首や首、耳を飾りたてている高価な装身具を見れば、彼女が甘やかされた贅沢な暮らししか知らないことがよくわかる。「理由など、どうでもいいことです」

「もしその女性が餓死寸前で、そのうえおなかをすかせた子供が三人いても、そんなに無関心でいられるでしょうか？」ブリスは何人ものそういう女性に会ってきた。そのなかのひとり、リゼッタはブリスよりそれほど年上でなかったのに、知り合った当初、目もとに疲れがたまり老けて見えた。

公的質屋である〈モン・ド・ピエテ〉には、一日をなんとか生きのびようと人々が質入れに来るが、そこの石段でリゼッタは子供たちと一緒に体を丸めて縮こまっていた。

リゼッタがブリスに打ち明けた話では、工場で仕事を得ようとしたがどこも雇ってくれなかったそうだ。あるとき身なりの立派な紳士が、自分の相手をしてくれたら二フランやると路地で持ちかけてきた。それは彼女が工場で一六時間働いて得られる金と同額だった。喉から手が出るほどその金がほしかったが、彼女は断った。

女性が男の性的満足のために不当に扱われる状況に我慢できず、ブリスはリゼッタに仕事を見つけてあげると約束した。翌日、ブリスの友人がリゼッタをメイドとして雇うと申してくれた。だが、自分がすべての女性を救えるわけでないことをブリスは知っていた。ジムナーズ座とマドレーヌ教会のあいだの大通りには、毎週新顔が増えているのだから。

セントジャイルズがあざけるように口を挟んだ。「少しでも自尊心のある人間なら、報酬と引き換えに体を売るなどということは考えないものですよ」彼の視線はじっとケインに注がれている。この発言がケインを愚弄するものであるのは明らかだ。

ケインは平然とした態度を崩さず、ブランデーを飲み続けている。ぎらつく目だけが、彼の胸に殺意にも似た感情が芽生えていることを示していた。

「きみはどう思う、ハートランド？」セントジャイルズがたたみかけた。「この件に関しては、きっと意見があるのだろうね」

室内がしんと静まり返った。こんな話題を持ちだしたのは間違いだったことにブリスは気づいた。わたしはケインに腹を立てているけれど、彼が笑い物になるのを望んでいるわけではない。

ケインはわずかに視線をあげ、グラスの縁越しにセントジャイルズをにらみつけた。「ぼくよりもきみのほうが詳しいんじゃないか、セントジャイルズ。デュラック伯爵にまだ命をねらわれているんだろう？　彼の奥方と過ちを犯したせいで」

「そのとおりだ」リンフォードがセントジャイルズを見据えた。「あの事件のせいできみはパリに戻れないんだよな？」

「黙れ、ばか者」セントジャイルズは鋭く怒鳴ったが、彼の目はケインから離れなかった。ふたりの男のあいだには明らかに憎悪の炎が燃えあがっている。

そのとき召使たちが入ってきて料理を給仕し始めたので、みな沈黙した。

召使たちが退室すると、セントジャイルズが口を開いた。「ぼくの記憶では、同じころきみはさいころ賭博でぼくにかなりの借金があったんだぞ、ハートランド。賭け事ではいつもてんでついていなかったな。お父上が送ってくれた金を一シリング残らずすっていた。なんてやつだ」

グラスを強く握りしめているケインの手だけが、ますます募っていく怒りを表していた。話をそらそうとして、ブリスは口を開いた。「おいしそうなお料理ですこと」

オリビアは自分が調理したかのように、にこやかにほほえんだ。「フランスのごちそうを召しあがって、くつろいだ気分になっていただきたいわ」

「ご親切にありがとうございます」

「これはなんというお料理かしら？」オリビアがスプーンですくいながら尋ねた。

「レタンス・ド・カルプ・オ・ヘレスですわ」

「なんて魅惑的な響きなんでしょう。食材はなんですの？」

「鯉《こい》の精巣です」ブリスはにっこりして答えた。オリビアが小さくうめいてフォークを皿にがちゃんと落とし、ワイングラスに手をのばした。ブリスはケインの唇にかすかな笑みが浮かぶのを見たような気がしたが、その笑みはグラスの陰にあっというまに隠れた。

「とてもいいお味ですわ」レディ・フェアファックスは低くかすれた声で言うと、ケインに目を向けながらスプーンを口に運び、おいしそうに食べた。

テーブルを囲む男性陣はみな、あんぐりと口を開けた。

それまで黙っていたキングズリー卿がテーブルの向こうからブリスに声をかけた。「あなたはフランスにお住まいなんですか、レディ？　それともこちらで暮らしていらっしゃるんですか？」

「パリのモンマルトルで、母と一緒にアパートメントで暮らしています。でも、できるだけ父を訪ねるようにしていますの」

「お父上の家で彼女に偶然会ったんですよ」コートがブリスにあたたかな笑みを向けた。

「それで、ぼくに付き添いをさせてほしいと申してたんです」

「わたしにはそばで付き添って規則を守らせてくれる人が必要ですから」ブリスがコートにほほえみ返すと、まわりからくすくす笑いがもれた。

「モンマルトルですか」クラレンドンがブリスに尋ねるような視線を向けた。「たしか〝殉教者の丘〟という意味でしたよね」

「そうです。三世紀にパリ最初の司教である聖デニスと助祭の聖ラスティーク、聖エルテールが殉教した地なので、その名前がついたと伝えられています。丘のてっぺんに無名の殉教者たちが埋葬されているから、という説もあります」

「モンマルトルに住んでいるのは小作農と売春婦だけだと思っていましたよ」リンフォードが言った。打ちとけた言い方だったが、目に悪意の発露が見てとれた。

コートにちらりと目を向けたブリスは、彼がひどく腹を立てているのがわかった。だが、コートが口を開く前に思いがけない援軍が現れた。

「口を閉じていろ、リンフォード」ケインは警告すると、鋭い視線を投げかけた。「さもないと永遠に黙らせてやるぞ」

リンフォードが口ごもりながら弁解した。「なあ、聞いてくれよ、ハートランド――」

「黙るんだ、ばか者」クラレンドンが低い声で命じた。「ハートランドは本気だぞ」

リンフォードが小声でなにかつぶやいているあいだに、ブリスはケインを見つめた。彼がついに言葉を発しただけでなく、自分をかばってくれたことにはっとしたのだ。

この奇跡にブリスが驚く間もなく、ケインはもとの態度に戻って、レディ・フェアファックスの豊満な体をじろじろ眺めていた。見さげ果てた男だこと。

まもなくケインの目がブリスのほうに向けられ、尋ねるように眉があがった。彼はグラスを掲げてあざけるように目礼すると、残りのブランデーをすばやく飲み干した。

8

真の貴族は恐怖とは無縁だ。
やれるものならやってみろ、おれはそれをしのぐほど耐えてみせる。

ウィリアム・シェークスピア

夕食会が終わりに近づくと、ブリスは思わず安堵の息をもらした。コートの差しだした腕にあまりにいそいそと手を添えたので彼がくすくすと笑い、ブリスを食堂から連れだした。話し声を聞かれないところまで来ると、コートは彼女がリンフォードを手厳しくやり込めたことをからかい始めた。

「自業自得よ」ワインをたっぷり飲んだせいで大胆な気分になり、ブリスは舌鋒《ぜっぽう》が鋭くなっていた。「リンフォード卿は、たとえ神様が天から降臨なさって彼の耳もとで平等について説いても、なにも理解できない男だわ」

コートがまた笑い声をあげた。「きみは楽しい女性だね、ブリス。一緒に来てくれて本当にうれしいよ」

「レベッカの厳しいお母様を寄せつけないために、わたしという体のいい防波堤が必要だったんでしょう」ブリスの足もとがふらついた。「おふたりは今夜どこにいらしたの？」

コートはかすかに眉根を寄せた。「レベッカの母上は、妹がつき合っている人たちを好きではないんだ」

その〝妹がつき合っている人たち〟と会ったばかりなので、ブリスはレベッカの母親がそう感じているのも無理はないと思った。「それなら、どうしてこの屋敷にいるの？」

「レベッカの母上は妹の援助を受けて暮らしているんだ。ご主人が賭博で財産を使い果たしてしまい、あげくの果てに賭博でいんちきをしたとして決闘を挑まれて、レイトンフィールドで無残に殺されてしまったそうだ」

「まあ」これもまた女性が男性に頼りきって生きることが招いた悲惨な例だわ。夫が愚かな行為をしたせいで妻は途方に暮れ、人にすがって生きるしかなくなってしまったのだから。

ふたりはようやくブリスの部屋の前に着いて足をとめた。彼女はすぐにでもベッドに倒れ込みたい気分だった。「では、明日の朝また会いましょう」彼女はコートに身を寄せ、少しふらつきながら頰にキスをした。

コートは彼女の腕に手を置いてキスをやめさせた。「大丈夫かい？」目には心配の色が浮かんでいる。

「もちろんよ」

彼はその言葉を信じていないようだ。「今夜はきみらしくなく、だいぶ飲んだね。リンフォードは愚か者だが、彼よりもずっとたちの悪い男どもを相手にきみが堂々と意見を述べるのをぼくは見たことがあるよ」

ブリスはリンフォードのことなどまったく気にしていなかった。ワイングラスを絶えず口もとに運ぶことになったのは、ケインの存在と陰気な態度、彼女を見るよそよそしい目つきのせいだった。彼のせいであっというまに不安をかきたてられてしまう自分に、ブリスは腹が立った。

ケインは容赦がなく断固としている。彼の瞳を見ていると、ブリスは自分が破滅していくのが目に見えるようだった。それなのにどうしようもないとは、なんて無力なのかしら。彼はすべてを押し流してしまう水勢の速い川で、わたしはその流れから逃れることができない。初めてケインに触れられたとき、すぐにこの屋敷を離れればよかった。なのに、愚かな頑固さのせいで思いとどまってしまったのだ。

「ブリス？」

彼女は黙ったままその場に突っ立っていたことに気づいた。「ごめんなさい、コート。今夜は考え事ばかりしていて」

「そのようだね」彼は少し口をつぐんでブリスの顔をしげしげと眺め、それからきわめて鋭い質問をした。「ケイン・バリンジャーとのあいだでなにかあったのかい？」

「なんですって？」わたしとケインのあいだの張りつめた空気にコートが気づいたとしたら、ほかには誰が察しているのかしら？

「ケインには近づくなというぼくの忠告を、きみは無視したようだね」

コートの言うとおりだわ。彼はわたしに警告してくれた。それなのにわたしは聞く耳を持たず、好き勝手にふるまってしまった。

「ケインになにか言われたのかい？　それとも無作法なことをされたのか？」

胸にキスするのは無作法と言えるかしら？　そうしてほしいとわたしから彼に懇願したようなものとはいえ。

「あなたの取り越し苦労よ」ブリスはようやく答えた。「あの男性は安全無害だわ」これはとんでもない誇大表現だ。ケインを安全だと言うのは、活火山を安全だと言うに等しい。

「わたしは彼を手なずけられるの」これもまた自分でもいやになるほどの誇張と虚偽のないまぜだ。

コートは疑わしげな表情をしたものの、それ以上は追及しなかった。「もしケインがなにかしようとしてきたら、ぼくに教えてくれるね？」

「もちろんよ。さあ、そろそろ寝ないと」

コートはうなずいた。「おやすみ」

「おやすみなさい」ブリスはくるりと向きを変えて部屋に入り、閉じた扉にぐったりもたれて、体のふらつきがおさまるのを待った。この一週間が終わるまでに、わたしはどこまで堕落してしまうのかしら。そんな思いがふと頭をよぎった。

なにかが進行中だ。

不安が広がるのを感じながら、ケインは酒を飲み干した。いとこと一緒に食堂を出ていくブリスをセントジャイルズが横目で見つめ、その彼のそばにオリビアがすり寄っているのだ。

ふたりは顔を寄せ、小声で話している。秘密めいた微笑を浮かべてオリビアが立ちあがった。彼女はセントジャイルズに挑発的な目くばせをし、いかにも誘惑するようにヒップを揺らしながら食堂を出ていく。

セントジャイルズが振り向き、ケインに見られていることに気づいて薄笑いを浮かべた。それはつき合いがあったころ、ケインが幾度となく見た表情で、そのあと必ずなにか面倒なことが起きるのだった。

ケインはゆっくりと椅子から立ちあがった。椅子の脚が床をこすっていやな音をたてる。こぶしに握りしめた彼の両手は、セントジャイルズの鼻をひん曲がるほど殴りたくてうずうずしていた。

セントジャイルズがブリスに興味を示していることに自分が腹を立てているとは、ケインは考えたくなかった。それにしても、セントジャイルズはブリスに露骨な興味を示していた。ほとんどよだれを垂らさんばかりに彼女の肩に見とれ、ドレスを見おろせるように例の気どったなれなれしい態度で上体を近づけていた。ほかの人間は眼中にない様子でブリスを会話に引き入れ、まだ半分も残っている彼女のグラスにワインを注ぎ足し、腕に手を置いてなんとか体に触れようとしていた。

いや、ぼくのいらだちはブリスとは関係ない。ぼくはただ、この卑劣な男を嫌っているだけだ。ひどく腹立たしいことに、セントジャイルズはそれ以上の挑発をしてこなかった。軽くあざけるように頭を傾けて食堂から出ていった。

しばらくしてから、ケインはあとをつけた。

セントジャイルズは自室にもオリビアの部屋にも行かないような気がしたのだ。やつはブリスを手に入れようとしている。彼女の身に危険が迫るのをほうっておくわけにはいかない。彼女は自由を手に入れるための切符なのだ。ぼくが彼女の純潔を奪う前に、あの悪党に先を越させるつもりはない。

上の階に行くと、ケインは物陰に立ってセントジャイルズを見張った。相手もまた物陰に身をひそめ、部屋の前で立ち話をしているブリスといとこをうかがっている。やつはシートン卿が去るのを待ってブリスの部屋に忍び込み、いきなり襲いかかって凌辱《りょうじょく》しようと思っているのだろう。

ケインはわきで両手をこぶしに握りしめ、あの下司《げす》野郎を去勢するのにいちばん痛みを感じさせることができる方法はなんだろうと思いをめぐらした。やつの頭を思いきり壁にぶつけてやるのも愉快かもしれない。

だが、セントジャイルズはケインに実行の機会を与えなかった。彼は廊下を用心深くそっと歩き、ケインが立っている場所のすぐ前を通って、オリビアの寝室にするりと入り込んだ。室内から抗議の声はいっさいあがらなかった。

ケインは自分の部屋に戻らず、ブリスといとこに近づいて、ふたりの会話の最後の部分を耳に挟んだ。すると、あのレディはぼくのことを安全で無害だと思っているのか？　その判断は大きな誤りだが、ぼくの計画にとっては助けになるだろう。

ブリスがようやく自室に入り、彼女のいとこがケインの立っている前を通るとき、彼は秘密の通路に身を隠した。

暗い通路をすばやく抜けて、ブリスの部屋の壁の空洞に忍び込む。壁には小さな穴がいくつも開いていて、室内の様子が見られるようになっている。

ブリスが扉にかんぬきをかけたことを確認するだけのつもりで、ケインは穴をのぞいた。オリビアと少し楽しんだぐらいでは、セントジャイルズの欲望はおさまらないだろうし、ブリスはやつを追い払えないくらい酒を飲んでいるのだから。

ブリスは扉にもたれて目を閉じていた。じっとしているので、立ったまま眠っているように見える。部屋にある明かりは、彼女のそばのテーブルの上にあるオイルランプだけだ。その光はブリスの肌を蜂蜜色《はちみついろ》に染め、彼女の影を壁に投げかけている。

ブリスが軽く体を揺らしてまぶたを開け、目の前の霧を払おうとするかのようにまばたきをした。頭を振って、こめかみを押さえる。ケインが思っていたよりも、彼女は酒に酔っているようだ。ワインを数杯飲んだし、彼が手渡したブランデーは年代物で強いものだった。

彼女はふらつきながら扉から離れ、室内履きを脱ぎ散らかした。それから鏡の前に行き、自分の姿をつくづくと眺める。

今、ぼくが見ているものをブリスも見ているのだろうか。豊かな胸に細いウエスト、絹のような肌に優美な顔立ち。濃い黄褐色の髪は厚いカーテンのように背中に垂れている。長い髪に彼女が指を通すと、ケインはその様子に釘づけになった。

ブリスの手がドレスの前の部分にうまく隠された留め金に移動した。肌が少しずつあらわになっていき、ついに彼女はレースの縁飾りのついた地味なシュミーズ姿になった。

くそっ、ブリスにはどぎまぎさせられてばかりだ。彼女のなかにはふたりの女性がいるような気がする。ひとりは、引きさがることを知らずに、たぐいまれな勇気と自信を持って女性の権利のために闘う上品で落ち着いたレディ。もうひとりは、ケインの保護本能をかきたてる、あどけなくて自信がなさそうな傷つきやすい女性。

ブリスは鏡の前に立って、長いあいだ自分の姿を見つめていた。ケインは立ち去ることができず、ただ穴からのぞいていた。すっかり彼女の魅力のとりこになって。

細い指をしたブリスの小さな手が腹部をすべるのを見ているうちに、ケインは息苦しくなってきた。その手が胸を包み込み、シュミーズの生地から突きだしている頂を指で撫でている。愛撫に反応して身を震わせる彼女の様子に、ケインは呆然となった。

彼はこぶしをかたく冷たい壁に押しつけた。激しい欲望が体を突きあげ、喉からうめき声がもれそうになる。

自分の行為が恥ずかしくなったのか、ふいにブリスは鏡の前を離れて、長椅子に腰かけた。シュミーズの裾を腿のなかほどまでまくりあげて、長靴下をおろし始める。彼女は途中で手をとめると、頭に手を当ててわずかに体を揺らした。

そして椅子の背にもたれて目をつぶる。ブリスの顔はケインが心配になるほど青白かった。片手がクッションにすべり落ちた。てのひらは力なく上を向き、指は動かない。

彼女は眠ってしまったのだ。

ケインはその場から動けなかった。ここを離れられない理由は、扉にまだかんぬきがかかっていないからだと自分に言い聞かせる。かんぬきはぼくがかけざるをえない。明日の朝になったら、ブリスは自分がかけたかどうか覚えていないだろう。明日はきちんと戸締まりをするよう念を押さなくてはなるまいが、今夜かんぬきをかけるのはぼくの役目だ。

彼は羽目板を押した。すると板は軽々と動いて、ケインは室内に足を踏み入れた。そっと扉のほうに向かったが、ブリスが眠ったまま身じろぎしたので立ちどまった。体が動いた拍子にシュミーズの紐が肩をすべり落ち、左の胸を覆っていた生地にゆるみができた。オイルランプの明かりが薄いローン生地の上で揺らめいて、豊かなふくらみと先端の淡い輪郭がくっきり浮かびあがる。

まさに心をそそられる光景だった。彼女の体は摘まれるのを待っている熟れた果実のようだ。ケインは今ブリスに襲いかかり、自分のものにして、彼女を破滅させることもできた。

だがそうはせずに身をかがめてオイルランプを消し、部屋を暗くした。カーテンの隙間《すきま》からひと筋の月光が差し込んでブリスの顔を斜めに照らし、体の上を細い白金の川となって波打つように流れた。あまりの美しさにケインは胸が苦しくなった。

彼はかんぬきのことを忘れ、ブリスの前に立った。長い髪が肩を覆い、胸の曲線に沿ってすべり落ちている。ケインは髪の房を手にとり、無意識に指を通した。

ブリスが処女であることが、彼はいまだに信じられなかった。なぜなのだ？　彼女はなにを待っていたんだ？　真実の愛を見つけようとしていたのだろうか？　もしそうだとしても、そんなものは存在しないのに。誠の愛などというのは、恋愛小説好きか愚か者の夢見るたわごとにすぎない。ブリスはそのどちらでもないはずなのに。

そうか、彼女の弱点がわかったぞ。これはブリスを落とすのに格好の材料となるだろう。おそらく彼女はほかのすべての女性と同様、絶対的な愛に惹かれているのだ。女はうまいことを言って男に変わらぬ献身を誓わせ、勇敢な行動をとらせて、安楽な暮らしを約束させる。自分に忠誠を尽くすことを、決して裏切らないことを要求する。彼女たちは絶対的な愛を求めているからだ。

それは女性共通の弱点だ。男性の心を自分だけのものにし、相手にとってただひとりの女でいることは、女性にとって生まれつき必要なことらしい。人生をとり戻すためなら、ぼくはブリスのこの弱点をうまく利用するつもりだ。ほかに選択肢はないのだから。

ケインはブリスの髪からは手を離したが、今度は白くなめらかな頬に魅せられ、触れずにはいられなくなった。彼女の顎に指を這わせ、首を伝いおりて鎖骨の曲線をたどり、シュミーズの襟もとの白いリボンで動きをとめる。

彼は手をだらりと下に落とし、爪をてのひらに食い込ませた。扉にかんぬきをかけて、すぐに立ち去れ、この愚か者め。今夜はどうしてしまったんだ？　酒の飲みすぎか？　いや、それほど飲んではいない。ならば疲労か？　自己嫌悪か？　感情が鈍くなっているのか？

　ケインはブリスを見おろし、心に怒りがこみあげて憎しみが訪れるのを待った。だが、下腹部に重いうずきが居座っただけだった。

　なぜぼくは欲望を抑えているんだ？　ブリスを眺め、さわって、好きなように奪えばいいじゃないか。ぼくは道徳に従って生きているわけではない。紳士ではないし、誰もぼくにそんなことは期待していない。

　ケインはひざまずき、ブリスの腿に両手を置いた。しかし愛撫するのではなく、絹の長靴下をとめているガーターの刺繍《ししゅう》に目を凝らした。長靴下は引きしまった脚をなめらかに覆っている。

　これまでガーターなどさっさととり除くだけで、じっくり見たことは一度もなかった。ブリスのガーターには鮮紅色の薔薇の蕾《つぼみ》と濃緑色の蔦《つた》が刺繍してあった。とても女らしく、驚くほど欲情をかきたてられる。

　彼は刺繍の模様を忘れないようガーターを指でなぞり、それから長靴下の上部のやわらかな素肌にそっと指を這わせた。シュミーズがまくりあげられているので、下腹部を隠しているのは薄い下ばき《パンタレット》だけだ。ケインはパンタレットの縁のレース飾りから手をすべり込ませて、秘めやかな熱い部分を探りあてたくてうずうずした。

　彼は後ろにさがり、ガーターに指をかけてゆっくり脚からはずすと、長靴下も同様にした。

ケインは絹の長靴下を手に持った。それは薄くなめらかな感触で、肌のぬくもりをまだ残していた。目を閉じて花と純潔のかぐわしい香りを吸い込むと、むらむらと欲望がわきあがってきた。

なにも考えず、彼は長靴下とガーターをポケットに突っ込んだ。もう一方のガーターと長靴下も脱がしたので、ブリスの両脚がむきだしになった。

彼女の腿にそっとてのひらを置いているときも、自分はいったいなにをしているのだろうという思いが頭をよぎった。肌の感触は絹の長靴下よりなめらかで、はるかに欲求をかきたてられる。

ケインは親指でシュミーズの裾を少しずつ押しあげていったが、まもなく両手が震えだした。酒のせいだと自分に言い聞かせたものの、親指をそれ以上先に進めることはできなかった。

ブリスの右の内腿になにかがちらりと見えた。彼は片方の手で脚をそっと広げ、もう一方の手をカーテンにのばした。カーテンをもう少し開けて、月の光が届くようにする。

それは丸い小さなほくろだった。

ケインを盛んに誘っている腿のつけ根の、どきりとするほどそばにある。

彼は大きく息を吸い込み、罪人になるか聖人になるかの瀬戸際でためらったが、やがて両手をブリスの腿から引きはがした。じっとうずくまったまま、自分の行為は狂気の沙汰《さた》だと悟ろうとする。気持ちが情熱と理性のあいだで揺れ動き、胸が締めつけられて喉がからからになった。

ぼくは立ち去るべきだ。

出ていこうとケインは立ちあがった。しかし、どういうわけか彼は手をのばしてブリスを抱きあげ、ベッドまで運んでいって寝かせた。彼女と、いや、彼女になにをするつもりだったのか自分でもよくわからなかったものの、上掛けをかけてやることで、このまま立ち去る決心がついた。ブリスがみずから進んで身を許し、奔放に応えたときのほうが、復讐はずっと楽しいはずだ。

扉のノブが静かにまわされる音がして、ケインは体をこわばらせた。さっと振り返り、肩越しに見る。廊下の床のかすかなきしみにも警戒心がかきたてられた。彼が物陰にすべり込んだとき、扉がゆっくりと開いた。廊下のかすかな光が部屋に流れ込み、その人物の顔がはっきりと見えた。

セントジャイルズだ。

あの好色な男があきらめていないのはわかっていた。あいつはブリスを見たとたん自分のものにすると決め、今それを実行しようとしている。

小さな音をたてて扉が閉まり、かんぬきがしっかりかけられた。セントジャイルズがベッドのそばに立つ。ケインにはその姿がはっきり見えた。黒いズボンをはいて、黒と暗紅色のガウンを着ている。彼のねらいは明らかだ。

セントジャイルズがブリスを見おろして薄笑いを浮かべ、彼女の喉を指の関節でなぞった。

「これはおいしそうだ」そうつぶやき、シュミーズの肩紐に指をかけて外す。「さあ、その豊満な胸を見せてくれ」

ケインは部屋の隅から飛びだして、セントジャイルズの顎をこぶしで殴りつけた。骨と骨のぶつかる大きな音が響く。セントジャイルズは意識を失って床に倒れ込んだが、分厚いオービュッソン織りの絨毯のおかげでそれほど音は響かなかった。彼の唇から血が細く滴っている。

ベッドのきしむ音がしたので、ケインは肩越しにちらりと振り返った。ブリスが目を覚まして、彼の股間に火かき棒を投げつけるのではないかと思ったのだ。だが、彼女は寝返りを打っただけだった。

ケインはセントジャイルズを手荒く肩にかつぎあげてブリスの部屋を出たが、そこからふたつ離れた本人の部屋へ向かうつもりはなかった。今にして思えば、部屋割りそのものが計画的だったのだろう。

左手のいちばん奥の部屋の前で立ちどまると、ケインはブーツを履いた足でドアを蹴り開けた。鏡台の前でめかし込んでいた部屋の主が驚いて振り向いた。

「まあ！」オリビアが大声をあげた。「気でもふれたの？」

ケインはセントジャイルズを自分の足もとに容赦なく落とした。セントジャイルズの顎には大きなこぶができている。明日の朝には、すっかり青黒くなっているだろう。

「この人になにをしたの？」オリビアは語気荒く尋ね、うつ伏せになっているセントジャイルズを目を丸くして見つめた。「まさか殺したんじゃないでしょうね？」

「いや。だが、殺してやればよかった」ケインは彼女を鋭く見据えた。「こいつはブリスの寝室に入ってきたんだ。きみはそれを知っていたんだろう？」

オリビアの目に浮かぶ驚愕が不安にとって代わった。「なんのことを言っているのか、まったくわからないわ」

「さっきふたりで密談していたじゃないか。きみは女に対するセントジャイルズの特殊な好みを知っている。ブリスならベッドで喜んでもてなしてくれると、あいつをそそのかしたんだろう？」

「とんでもない！　どうしてわたしがそんなことをするのよ？」

「きみは人を操るのが好きで、しかも結果がどうなろうと少しもかまわない人間だからだ」

オリビアがふいに陰気な笑い声をあげた。「よくもあなたにそんなことが言えるわね？人間らしい感情をなにひとつ持たず、ふらふらと人生を送っているだけのあなたに」

「自分では手を下さず、人を送り込んで汚い仕事をさせたことはないぞ」

「それはあなたが男で、そうする必要がないからだわ。わたしたち女は使える手はなんでも使わなくてはならないのよ」

「あざむき、裏切り、ごまかしの手を使うというわけだな？」

「必要とあらばね」オリビアは頭を横に傾け、首のかすかなあざをケインに見せつけた。セントジャイルズのつけたキスマークだ。「わたしは物事をほんの少しおもしろくしているだけなの」

ケインは顎をこわばらせた。「こんなことは取引に含まれていなかったぞ」

「競争相手がいないなんて誰も言わなかったわよ。わたしはこの取引をあなたにとって楽すぎるものにするわけにはいかないの、そうでしょう？」

「きみはやりすぎた。セントジャイルズの評判は知っているだろうに」

「じかに体験したわ」オリビアは唇の両端をあげて、けしかけるような笑みを浮かべた。「妬《や》ける？」ケインが返事をしないと、彼女は不機嫌になった。「たしかに彼はちょっと荒々しいけど――女性のなかには手荒にされるのが好きな人もいるのよ」

「ブリスはきみとは違う」

オリビアの目に怒りの火花が散った。「あの小娘はひとりよがりで、自分だけが正しいと思っているわ。男女平等を唱えたあのお説教なんてまったくばかげてる。男と平等になる方法はひとつしかないの。男をベッドで征服することよ」

「ブリスはきちんと自分の考えを持っているよ。きみもベッド以外のことについて意見を持つべきだろうね」

「あらまあ、これは笑わせること。破廉恥きわまりないハートランド伯爵が女性の権利を気にかけるとはね。次はなにを言いだすのかしら？　情け深い人にでもなろうというの？」

「変なことを期待しないでくれ。きみに邪魔されずにこの茶番劇を終わらせること以外、ぼくはなにも考えていない」

オリビアはガウンの紐をいじった。「あなたはあのレディの寝室にいたわけよね。彼女を守る騎士になろうとしたの？」

自分が女性の純潔を守ろうと闘い、しかもその女性がエクスムアの娘であることを思うと、ケインは胃がむかついた。「ぼくは彼女の部屋にいた。きみが邪魔をしなければ、彼女を破滅させ始めていただろう」

「彼女を犯すことで？」

「もちろんだ」

「処女であることはもう確かめたの？」

「ああ」

オリビアはケインをじろりと見て、しぶしぶ褒めた。「手が早いこと」

「ぼくには動機がたっぷりあるからな」

「そうね」彼女は露骨に誘うような表情を浮かべて、まつげ越しにケインを見あげた。「ブリスを犯そうとしたのに出鼻をくじかれてしまったのね。あなたはそれをわたしのせいだと非難しているんだから、わたしは罰として喜んでブリスの代わりになってあげるわ」

「セントジャイルズに頼むんだな」ケインはそう言うと、きびすを返して戸口へ向かった。

「こいつは汚い仕事が好きらしいから」

閉じた扉に花瓶のぶつかる音が廊下じゅうに響いた。

9

男というのは屁理屈《へりくつ》そのものであり、
自己矛盾の塊だ。

チャールズ・ケイレブ・コルトン

断崖のへりに沿うように通る曲がりくねった小道をたどっていくうちに、ブリスは海面のはるか上の空中にふわりと浮かんでいるような気分になった。それは怖くもあり、妙にわくわくする感覚でもあった。

眼下では青緑色の海が朝の陽光を浴びて宝石のようにきらめき、切り立つ岩に波がぶつかって白く泡立っている。岬が何本も東に向かってのびて長い影ができ、その影はまわりの荒々しい風景のなかで時間とともに穏やかに形を変えていた。淡い靄がかかると険しい崖もやわらかな雰囲気を帯び、陸地も海も空も淡い薔薇色に覆われ、遠くの岬の岩だらけの突端もぼんやりとかすんでいる。

ブリスは潮の香りのする空気を思いきり吸い込んだ。肌に当たる冷たい微風のおかげで五感が目覚めてきた。飲みすぎのせいでぼんやりしていた頭もしだいにはっきりして、だるい手足にも力が入るようになった。

あんなにお酒を飲むなんて、ゆうべはどうしてしまったのだろう？

その理由はひとつしかない。ケインのせいだ。

彼にじっと見つめられたせいで神経が高ぶってしまったのだ。どんなに彼を頭から追いだそうとしてもできなかった。

夢のなかでさえも安らぎは得られなかった。ケインに触れられる生々しい夢を見た。彼の手が頬をすべり、大きくてあたたかいてのひらが腿に置かれた。ブリスはもっと多くを求めて背中を弓なりにしたいと思ったが、体が言うことを聞いてくれなかった。

一羽の鷹の鳴き声があたりの静寂を破った。鷹は薄青色の空に浮かぶ黒曜石の点のようだ。しなやかな長い翼を広げ、目には見えない風に乗って大空を渡っていく。

ブリスは狭い谷の西側に目を向けた。急斜面は丈の低い草やハマカンザシやタイムに覆われ、上部は大きな岩だらけだ。不毛の尾根部分も陸へ向かうにつれて豊かな雑木林や藪《やぶ》となり、山腹にいくつかあるV字形の深い谷は木々が鬱蒼《うっそう》として紅紫色の花が咲き乱れている。

その真ん中に教会の尖塔《せんとう》が見え、長い先端が青空にのびている。ブリスはその方向に歩きだした。自分を悩ませている問題の答えを見つけようと思ったのかもしれない。

のぼり坂の上に人影があることに気づいた。長身のその人物は断崖のへりぎりぎりに立ち、眼下の逆巻く波を一心に見おろしている。

ブリスは足どりをゆるめてケインに近づいていった。急に動いたりしたら、彼が驚いて崖から足を踏み外してしまうといけないと思ったのだ。放心状態の彼は、ブリスに気づいていないようだった。たたずむ姿が寂しげだからか、あるいは誰もいないところにぽつんと立っているからか、どこか様子が違って見えた。

午前の日差しにくっきりと浮かびあがったケインの横顔は暗く物思いに沈み、苦悩に満ちていた。上着は着ておらず、シャツの袖をまくりあげている。腿をぴったり包む淡黄褐色のズボンをはき、焦げ茶色の乗馬ブーツはすりきれていた。

漆黒の髪は風になびき、陽光を浴びて、ところどころ赤みがかって見える。どこから見ても、立派な大人の男だ。それなのに、ブリスはこれほど孤独で途方に暮れた少年のような彼は見たことがなかった。

ブリスの足もとで小石が跳ねたので、ケインが彼女の存在に気づいた。

ケインはぐいと頭を動かし、射るような視線を向けてきた。「なんの用だ?」彼は無愛想で、いらだった険しい顔をしている。

ブリスは落ち着いてケインの目を見つめ返したものの、心臓は激しく打っていた。彼は息をのむほど美しい。ぞっとするほど恐ろしげであると同時に、この手つかずで危険な場所のごとく野性的でもある。ケインは破滅寸前のところでなんとか平衡を保っているようだ。目を見ればそれがわかる。崖にぶつかる波のように荒れ狂っているのだから。

ケインはわたしにここへ来てほしくなかったのだ。ブリスは彼に嫌われているとわかった。

ケインがなにに悩んでいるかは知らないが、わたしはこのまま立ち去り、彼をそっとしておくべきなのだろう。けれども彼の顔に刻まれた苦悩のせいで、ブリスは動けなくなってしまった。

「邪魔をするつもりはなかったのよ」

ケインは彼女から顔をそむけ、荒々しい海をまたじっと見つめた。海は彼の気分そっくりだ。誰であれ近寄りすぎる愚か者を危険にさらす。ケインが利己的な考え以外の感情も持てる人間だと信じるのは、まさに愚か者のすることだろう。彼は自分の利益のためだけに行動し、ほしいものを手に入れるためならなんでもすると何度も証明したのだから。

ブリスはケインのほうに歩いていった。

「なんだ？」彼女がそばまで近づくと、ケインはうなるように言った。

ブリスは水平線に目を向けた。早朝までの淡い陽光が昼間の焼けつくような日差しに変わり、溶けた金のようにあたりに降り注いでいる。「とてもきれいね」

「景色に興味などないくせに」彼の言葉はとげとげしかった。「ここに来た本当の理由は、昨日みたいな愛撫をまたしてほしくなったからだろう？　違うか、レディ？　押しあてられたぼくの唇の感触が気に入って――」

「やめてちょうだい」彼女は振り向いてケインの顔をまともに見た。「どうしてなんでも性的なことに結びつけるの？　すべての女性があなたとベッドをともにしたいと思っているわけじゃないのよ」

「ほう？」ケインはせせら笑うように眉をあげた。「それならきみの望みはなんだ？　友情か？　仲間づき合いか？　体に指一本触れようとしない男がいいのか？　純潔を奪う勇気などない男が好みなのか？　そもそもきみには欲望があるのかな？　それとも、ずっと不感症だったのか？」

言葉のとげはケインの思惑どおり彼女の心に突き刺さった。だが、ブリスにはケインがわざと彼女を追い払おうとしているように思えた。無防備になっているところを、いちばん見られたくない相手に目撃されたのが我慢ならないのだろう。

「望みはたくさんあるわ、伯爵様」ブリスは低い声で言った。「もしあなたが悪態をついてばかりいるのではなく、時間を割いてわたしと本当に話をしてくれたら、わたしのことがわかるんじゃないかしら」

「きみが思っているより、ぼくはわかっているよ」

「あなたがわかっていることってなに？　わたしが不感症で、自分の考えに賛成しない男をこてんぱんにやっつける魔女だってこと？」

「いいや。自分の意見を曲げない腹立たしい鉄面皮な女だってことだ」ケインは歯ぎしりし、それから仕方なさそうに言い添えた。「それに意志が強く、自信に満ちて、勇敢だ」

思いがけない褒め言葉にブリスはうれしくなった。ケインがふいに彼女から顔をそむけた。

「さあ、向こうへ行ってくれないか？」

ブリスはためらった。これほどはっきり申し渡されたのだから、ケインがわたしにそばにいてほしがっていると思うなんてばかげているわ。

彼女はケインに背を向けて立ち去りかけた。すると彼が手をのばし、ブリスの腕をつかんで引き戻した。「なにをするの――」

「ここにいてくれ」ケインの目にはやり場のないいらだちが宿っていたが、それだけではない、陰鬱に考え込んでいたような気配がある。きっぱりと断りなさい、信頼できない男なんだから、とブリスは自分に言い聞かせた。けれども、彼は無理やり引きとめている。

「わたしにどうしてほしいの？」

「わからない」

「あなたって、いつもこんなに扱いにくいの？」

「そうだ」

正直な答えに、ブリスはしぶしぶほほえんだ。その唇にケインの視線が向けられたが、下心のせいでハンサムな顔がゆがんでいないのは今回が初めてだった。その表情はどちらかというと……切望に近かった。

「ぼくが怖いか？」本当のことが知りたいというように、彼はブリスの目を探った。

「ときどきね」

ケインはしばし口ごもってから言った。「きみはもっと用心深くなったほうがいいぞ」

「自分から離れろと警告しているの？」

「言われたらきみは警告を聞くのか？」

「いいえ」

その返答に彼はかすかな苦笑いを浮かべた。「きみは本当にほかの女性と違うんだな」

「残念ながらそうみたいね」真の姿を知ったら、ケインもほかの男性のようにわたしから去っていくのかしら？「これには父も匙《さじ》を投げているの。わたしをどうしても理解できないのよ。わたしは父にとって大きな悩みの種みたい」

ふいにケインの顔色が変わり、目に怒りが浮かんだ。「行こう」彼はぶっきらぼうに言うと、ブリスの手をとって引っぱった。

「行くってどこへ？」

彼は返事をせずに歩き続けた。大股でどんどん進んでいくので、ブリスは彼が一歩進むあいだに二歩歩かなくてはならなかった。彼女はなんとかケインの注意を引こうとした。

「とまってちょうだい。お願いよ」

ケインはいらだちのこもったいつもの目で鋭くブリスを見据えた。「なんだ？」

彼女の心臓は平常より激しく鼓動していたが、それは速く歩いたせいばかりではなかった。

「どこに行くの？」

「心配なのか？」

ブリスにはよくわからなかった。ケインと手をつないでいるのも、彼女は自分のものだというふうに彼の目が輝いているのもうれしい。謝罪や弁解とは無縁な荒々しいふるまいや、率直な態度も気に入っていた。裏表のないところは彼女にとても似ている。

ケインと一緒に過ごすのはよくないことだわ。だって彼には別の女性がいるんですもの。わたしは男性を共有できるような女ではない。それはひとりっ子として育ったせいかもしれない。自分のものは、ずっと自分ひとりだけのものだったから。

けれど、ケインはひとりの女性のものには決してならないだろう。彼には誠実さというものがまるでない。彼のような男性はたとえ結婚するにしても跡取りをもうけることだけが目的で、いつもかたわらに愛人をはべらせておくに違いない。

だが、そんなことはどうでもよかった。ブリスは充実した人生を送っていて、そのなかに妻や母になるということは含まれていなかった。彼女にはいわゆる世間の常識が欠如していたので、たいていの男性は怖じ気づいてしまう。でも、ケインは簡単に怖じ気づくような男ではなさそうだわ、と彼女は心の片隅で思った。

「ここからはひとりで歩いていくわ。それがいちばんいいと思うの」ブリスはケインの手から手を引き抜こうとしたが、彼はしっかり握ったまま放そうとしない。

「きみは熱くなっているよ」

「えっ？」

ケインはポケットからハンカチをとりだし、彼女に身を寄せた。彼の目をのぞき込んだブリスは心臓がとまりそうになった。「汗をかいているじゃないか」ケインがつぶやいた。

「まあ」彼女は顔を赤らめた。「あの、ほとんど小走りになっていたから――」

「しいっ」ケインがさらに一歩近づいて、ブリスの顔にそっとハンカチを押しあてたが、彼女はいっそう体がほてるのを感じた。じっと見つめられ、ハンカチ越しに彼の手の感触、指先のぬくもり、てのひらの熱が伝わってくる。

すべての感覚が喉もとを下っていった。

そして胸へとたどりついた。

ケインは時間をかけて汗を拭きながら、観察するようにブリスをじっと見つめている。その手つきは愛撫のようで、彼女は息ができなくなった。

ついにブリスはおぼつかない足どりで一歩さがった。「もう行かないと」

ケインの腕がゆっくりさがる。「なぜだい？　そんなにぼくのことが嫌いなのか？」

彼女はイエスと言うべきだった。そうすればケインを追い払えたかもしれない。だが、その言葉はどうしても出てこなかった。「そういうわけじゃないの」

「ぼくたちはただ散歩をしているだけだ」彼は少し口ごもった。「きみの望まないことをぼくが無理強いするのではないかと恐れているのか？」

そうだと正直に言えたらいいのに。あなたは人のいやがることを強引に進めるような見さげ果てた男だわ、と。でもこの前ケインに触れられたとき、わたしはたちまち熱く燃えあがった。口づけを受けて性的に高ぶり、自分からもっと多くを求めた。わたしの望まないことを彼が強要したことは一度もない。

「いいえ」ブリスは穏やかに答えた。

「それならなにを心配しているんだ？」

とても口にできないようないろいろなことよ。「ひとりになりたいだけかもしれないわ」わずかに残った誇りと勇気を傷つけられまいとして、彼女は言った。

「そうか」ケインが顎をこわばらせる。「きみを目的地へ無事に送り届けるのはぼくの義務だ。このあたりの崖は危険だからね。一歩踏み外したら、海に落ちて鮫《さめ》の餌《えさ》になってしまう。そんなことになったら、ぼくは悲しみで胸が張り裂けてしまうよ」

わたしが正直に話しているのに、皮肉めかしたことを言うのね。「本当に悲しんでくれるの？　わざとわたしを死に追いやったと思う人もいるんじゃないかしら」

「おかしなことを言わないでくれ」

「失礼なことを言ったとしたらごめんなさい。あなたが聖者の列に加えられることになっていたのを忘れていたわ。迷える田舎者の守護聖人、ケイン・バリンジャーとして」

彼はおかしそうに口もとをゆがめたものの、目までは笑っていなかった。「きみは男に生まれるべきだったな。男のように悪意を抱いているんだから」

「悪意ではないわ、伯爵様。意見よ」

「とにかくそれが山ほどあるようだ。リンフォードをこっぴどくやり込めることが、ゆうべのきみの目的だったのかい？　だとしたら見事にやってのけたよ」

「あなたが気づいていたなんて驚きだわ、だってあなたは心ここにあらずに見えたんですもの」いけない、舌がすべってしまったわ！　これでは彼がレディ・フェアファックスに色目を使っていたのを気にしていたことがばれてしまう。

ケインは片方の眉を斜めにあげ、形のよい唇を挑発するようにゆがめた。「すると、ぼくのことをずっと見ていたんだな？　なぜだい？」

「たぶんあなたがわたしの真向かいに座っていたからよ。女性のドレスの胸もとをのぞき込んでいる男性って目につきやすいもの。もう少し慎重になるべきでしょうね」

「そうかな？　どうして？」

「尊敬されるためよ」

「さあ、これから女性の権利に関する講義が始まるぞ。長ったらしいお説教に、いつつき合わされるはめになるかと思っていたんだ。こちらの準備はいいよ。始めてくれ、レディ」

「講義をして効果があると思ったら、わたしだって大いに努力をするでしょうね」

「そうか、でも、きっと効果があるよ。ぼくはきみの頭脳にすっかり夢中になっているんだ。きみの頭は興味深い方面で働いているからね。売春に関する見解はとくに気に入った」ケインの濃いブルーの目があざけるようにきらめいた。「すると、金を払ったらきみはぼくのために脚を広げてくれるわけだね？」

突然の痛烈な言葉に考えるより先に手があがり、ブリスはケインを引っぱたこうとした。手が当たる直前に彼がブリスの手首をつかみ、自分のほうにぐいと引き寄せる。彼女の胸が厚い胸板にぶつかった。

「そのお仕置きはもう経験ずみだ。今度はもっと独創的なやつがいいな」

怒りで体をわななかせながらも、ケインのそばにいるせいでブリスは全身に奇妙な戦慄が走った。こんなに彼を嫌っているのに、なぜ抱かれたいと感じてしまうのだろう？

ブリスは彼の手を振りほどいた。「あなたは救いようがある人間だなんて、どうして思ってしまったのかしら？」

ケインの目になんらかの感情が燃えあがったが、すぐに消えた。「救いようがある人間だって？　そう思われたことを光栄に感じるべきなんだろうが、ぼくを救うなんてできやしないんだ」ブリスは言い返そうとしたが、彼が続けた。「ところで、よかったら教えてほしいんだが、男のどんな点がきみをいらだたせているんだい？　ぼくは不本意ながら、きみに惹かれているようだ。この妙なのぼせあがりのせいで、意外にもきみのことをもっと知りたくなっている」ケインが彼女の頬を親指でかすめた。そのしぐさが自分に魅せられているしるしのようにブリスには思えた。一瞬、彼のあたたかなてのひらに頬を寄せたいという衝動に駆られる。

「わたしはあなたには難題よ。それだけのことだわ」

「〝難題〟というのはたしかにそうだ。でも、〝それだけのこと〟というのは決めつけすぎていると思うな」ケインの熱い視線は彼女を非難していた。「それで、きみは結婚についてどう考えているんだい？」

ケインはわたしをいじめて喜んでいるだけだと思ったので、ブリスは返事をしなかった。

「さあ、聞かせてくれ」なだめすかすように彼が言った。「結婚に関してはきっと意見があるはずだ。なにしろきみは率直に考えを述べる人だからね」

「どうしても知りたいというのなら話すけど」ブリスはつんと顎をあげた。「結婚という概念には不備があるし、結婚制度は偏見に満ちていると思っているの。結婚に期待するなんて息が詰まるわ」

「そこまではぼくと意見が一致しているな。続けてくれ」

話し続けたいという誘惑には逆らえなかった。「男性が自分は絶対であり、女性は従属すべきだという考えに支配されているかぎり、結婚は女性にとって利益がないのよ。飾りたてた人形みたいな日々を送るなら、妻の存在価値はないも同然だわ。女性は有意義な人生を送るのではなく、ガラスケースのなかで生きることを求められているんですもの」

ケインの唇が微笑らしきものを形づくった。「すばらしい独演会だったよ」そこで彼は引用を始めた。「〝女性は男性の下にいるときはいつもつらい仕事をするか玩具になるように、男性の上にいるときは天使になるように運命づけられている〟トーマス・ヘンリー・ハクスリーの言葉だったかな」

「あなたもそう考えているの、ハートランド卿？」

「ハクスリーの言葉には、ある重要な要素が欠けていると思う」

「それはなにかしら？」

ケインが顔を近づけた。あたたかい息がブリスの頬にかかった。「欲情だよ」

その言葉がかきたてるイメージについて、あるいはケインがそばにいるせいで陥ってしまう奇妙な感覚について、ブリスは考えないようにした。「女性は欲情してはならないことになっているのよ、ハートランド卿。女性には性的欲望がないというのは事実として広く認められているわ」

「それなら、きみはそうした女性たちの仲間には入っていないと思うな」

予期せぬ褒め言葉にも、彼のまなざしにも、ブリスは反応したくなかった。それなのに膝ががくがくする。「わたしのことを不感症だと言わなかった?」

ケインは彼女の首のラインに見とれているようだ。「きみは口に出せないだけで、多くの欲望を持っているんじゃないかな。自分で思っているより、きみは不自由なのかもしれない」

「ばかげているわ」ブリスは一笑に付したものの、彼の言葉に考えさせられた。わたしは自分の欲望に身をゆだねるのを恐れているのかしら?「あなたの誘惑を途中で退けたからといって、興味があるのに……欲望を抑え込んだというわけじゃないわ」

「なにに対する興味だい?」

ブリスは自分を鞭打って、なんとか彼とまともに視線を合わせた。「あなたと愛を交わすことよ」

「ひとつはっきりさせておこう」ケインが耳ざわりなかすれ声で言った。「ぼくに誘惑させなかったことと、きみが誘惑されたがっていたことのあいだには、大きな隔りがある。きみはまだ貞操を奪われた経験がない。それも、あれこれやってみたのに、だ」傲慢な決めつけにブリスが異議を唱える隙も与えず、彼は続けた。「男性に批判的であることから考えて、きみには結婚する意思がないと考えていいのかな？」

「自分では結婚しない運命だとあきらめているのよ」

「うまい言い方をするね。だが、ぼくの質問の答えにはなっていない」

「知的な女性は結婚したがる必要なんてないんじゃないかしら？」遠くの林から鴫《しぎ》が飛び立つのを見つめながら、彼女は反論した。いつか結婚するかもしれない男性について、以前はあれこれ夢見たものだ。でも男性が妻に求める性質を自分が持っていないことに気づいたとき、その夢はもろくも崩れ始めた。

ケインがブリスの顎を手で包み込んで、自分の目を見つめさせた。彼の指が肌にあたたかく感じられる。「知的な女性と結婚したがる男性がいるかもしれないよ」ケインはつぶやき、親指で彼女の頬を愛撫した。「愛のために、妻との親しい交わりのために、子供をつくって育てるためにね」

子供。子供のことを考えると心が痛む。ブリスはケインから離れた。「夫が子供に関するすべての権利を持つのよ。妻から子供を奪うこともできるわ。夫は妻にお金も財産も与えず、公然と愛人を囲うこともできる。だけど、もし妻が自分に従順でないとか、さらに悪いことに不義を犯しているとわかったら、夫は簡単に離婚できるの。つまり〝妻〟とは〝奴隷〟の別名にすぎないわ」

「男が全員、きみの言うような人間とはかぎらないよ。だが、きみは問題をはぐらかしているね」ケインはあくまでも返答を迫った。

ブリスは彼から目をそらして、そよ風が背の高い草を揺らすのを見つめた。「ふさわしい男性を見つけたら結婚するかもしれないわ。だけど、そんな男性がこの世にいるとは思えない」

「若い女性にしては皮肉な考え方をするんだな。もっとも、きみの言うとおりかもしれない。男は粗野なところがあるからね。だが、ぼくの好奇心はまだ満たされていない。きみの心をつかむのはどんな男性なんだ？」

ブリスはかがんで野の花を摘み、花びらを撫でた。「やさしくて思いやりのある男性。話し合うことができて、わたしの意見に耳を傾けてくれる男性よ」顔をあげると、ケインの強いまなざしに射すくめられた。「なにより、ほかの女性に決して心を移さない男性がいいわ。それに正直であってほしい。そうでなければむなしいだけですもの」

ケインは濃いまつげの下から長いあいだ彼女を見ていた。つややかな黒髪は風に乱されている。奇妙なことに、ブリスは彼の返事を聞きたくてたまらなくなっていた。

「きみが求めているのは、ぼくにはない資質ばかりのようだ。ぼくは魅力的な求婚者とは言えないだろうな」沈黙がふたりを包んだが、やがてケインは驚くほどやさしい声で言った。「そのことにぼくががっかりしていると言ったら、きみは信じてくれるかい？」

ブリスは信じたかった。どんなにそうしたいことか。「いいえ。信じないわ」

ケインがポケットに両手を突っ込み、表情の読めない目で彼女を見つめた。彼の沈黙に、なぜこれほど胸が痛むのかしら？

ブリスは妙な感情を抑えつけ、慣れ親しんだ会話に心の安らぎを求めた。「今朝こんなに早く起きるなんて、なにか理由があったの？」ひょっとしたら、わたしはケインに殴りかかりたい気分なのかもしれない。「お酒が供される前に起きるような人には見えないけれど」

かすかに苦笑したせいで、彼の厳しい表情がやわらいだ。「思ったことを率直に話すきみの癖は爽快《そうかい》で好感が持てるが、言葉の弾丸をこれほどしょっちゅう受けなかったら、ぼくの傷はもっと早く癒されたかもしれないな」

「それなら、わたしの怒りに火をつけないほうがいいんじゃないかしら」

ケインの目がおかしそうにきらめいた。「それはよく考えてみるよ。だが正直に言って、欲望に火をつけられたときのきみは実に見ものだった」

ブリスは顔が真っ赤になるのを感じた。ケインの唇が自分の唇やほかのところに甘く押しつけられる光景が次々と頭に浮かんでくる。「どういうつもりでそんなことを言うのか知らないけど――」

ふいに官能的な笑みを浮かべ、彼がブリスに一歩近づいた。「きみって、いやらしいことばかり考えているんだな？」

「違うわ、わたしは――」ケインから少し離れようと彼女は後ろにさがった。ところが突きだした石に足がぶつかり、よろめいた。

ケインの腕がさっとのびてブリスのウエストに巻きつき、前に引き寄せた。スカートが彼の腿をかすめる。「気をつけて」ケインがささやき、キスをしたそうに彼女の唇を見つめた。

彼はわたしにキスすべきではない。頭ではわかっていたが、そうしてほしくてブリスの肌に軽い震えが走った。

「やめて」彼女はケインの胸に両手を当てた。彼の発する熱でてのひらが焼けつくようだ。

ケインにはブリスの言葉が聞こえなかったらしい。食い入るように彼女の唇を見ている。彼の顔が近づいてきた。次の瞬間、唇が唇をかすめた。それは蝶《ちょう》の羽が触れたような軽くやさしい口づけだった。ブリスがキスを味わう間もなく、ケインは顔をあげて彼女から手を離した。

ブリスは指先を唇に当て、彼のあたたかな唇で引きおこされたうずきを静めようとした。

「キスをしていいかどうか、まず尋ねるべきだとは思わないの？」

「ほしいものが目の前にあるのに、思うはずがないよ」ケインが彼女の視線をとらえ、目を見つめたまま言った。「尋ねてほしかったのかい？」

ブリスは自分がなにを望んでいたのかわからなくなった。これほど頭を混乱させ、感情を激しく波立たせる男性は初めてだ。「わたしにキスすべきではないと思うわ」

「そう思うのか？」

「ええ」

「よし、どちらかの人間に確信があるのはいいことだ」ケインが彼女の手をそっと握りしめた。その手のとり方はいかにも自分のものだと言わんばかりだったが、ブリスは気にしなかった。これ以上、言い争いはしたくない。

ふたりは並んで歩いた。屋敷から離れ、草木の生い茂った田舎のほうへ進んでいく。先ほどちらりと見えた教会の尖塔が視界に入ってきた。

ブリスは斜面の上で立ちどまり、丘のふもとにたたずむジョージ王朝様式の古びた司祭館を眺めた。司祭館は蔦に覆われ、崩れかけた防壁の向こうに高い木々がそびえている。その防壁はかつて敵の侵入を防ぐためにつくられたのだろうと彼女は思った。今はそこに色鮮やかな野の花が咲き乱れ、やさしい印象になっている。

「すてきだわ」ブリスはつぶやいた。「なんという教会なの?」

「聖ネクタン教会だ」

「おりていけるの?」返事がなかったので、彼女はケインの顔を見あげた。食い入るように教会を見おろしている彼の横顔は石像のように険しい。ブリスとつないだ手にわずかに力がこもった。

ついにケインはうなずき、ふたりは丘を下り始めた。ブリスはなぜか胸騒ぎを覚えた――あの場所におりていったら、もはや引き返すことができないのではないかしら?

10

地獄から光明へいたる道は
遠くまた険しい。

ジョン・ミルトン

教会は東向きに立ち、正面には前庭があった。建物とその背後に広がる緑豊かな谷の長い斜面との境になっているのが古代の防壁だ。教会の西側は切妻づくりで、高いアーチ道がつくられて防壁の中央とつながっていた。石は淡い緑色の苔《こけ》に覆われている。

ブリスはケインとしっかり手をつないだまま、彼の案内で教会の北面に向かった。初期垂直様式の窓から、そこが礼拝堂であることがわかる。中央の扉は開かれ、なかは洞穴のように薄暗かった。

足を踏み入れてみたところ、室内の空気がかすかにかびくさい。穏やかな静けさに包まれて、ふたりはなかへ進んでいった。ステンドグラスを通して陽光が差し込み、床には万華鏡のような色鮮やかな模様ができている。

ふたりは黙って通路を進み、祭壇の前で足をとめた。まるでこれから神に罪を告白するか――互いに結婚の誓いをするかのようだ。

こんなことを考えるなんて変だわ。ブリスはその思いを打ち消し、代わりに祭壇の上部の壁にある四角形のくぼみに目を凝らした。そこには線や色は少し薄れているものの、キリストを描いたフレスコ画があり、キリストは礼拝者たちをじっと見おろしていた。

ブリスは礼拝堂のなかを見まわし、上の階へと続くらせん階段があることに気づいた。上階には司祭がお住まいになっているのだろう、と彼女は思った。五葉飾りのある二枚の扉には小さな窓がついているので、司祭は礼拝堂のなかを見おろすことができる。

と、ブリスの思いが司祭を呼び寄せたのか、ふいに側面の扉が開き、礼拝堂のなかに幅広い帯のように光が差し込んだ。薄闇は消え去り、入ってきた風がほこりを空中に舞いあげる。戸口に立っていたのは司祭だった。

司祭の白髪は風に乱れ、頬が日差しを浴びて赤くなっている。手には切ったばかりの花を持っていた。彼の顔に歓迎するような笑みが広がった。

「いらっしゃい、坊っちゃま」司祭はかすれた声で言うと、ふたりに近づいてきた。「本当にあなた様ですよね？」

ケインの変化にブリスは目を奪われた。心に抱えていた不安がすべて消えたかのような穏やかな表情になったのだ。

司祭はケインの両手をしっかり握りしめた。「お久しぶりですね」

「二年になります」

司祭の表情が暗く陰った。「ええ。あれから二年たちました」それから司祭はブリスに目を移し、あたたかな微笑を向けた。「こちらの美しいお嬢様はどなたですか?」

ケインは困ったような表情で答えた。「レディ・ブリス・アシュトンです」

司祭の顔に驚きの色が走り、彼ははっとケインを振り向いた。

けれどもケインは司祭の目をわざと避けるかのように、じっとブリスを見つめた。「レディ、こちらはミード司祭です。ぼくが生まれる前から、ここにおられるのですよ」

彼女は膝を曲げてお辞儀をした。「はじめまして、ミード司祭」

司祭はゆっくりとブリスに視線を戻したものの、まだ奇妙な表情を浮かべている。咳払いをして、祭壇画を見つめているケインに問いかけるような一瞥《いちべつ》を投げかけた。

「お目にかかれて光栄です、レディ。こんな静かな村にお越しになった理由をおうかがいしてもよろしいでしょうか?」

「ノースコート・ホールでのハウスパーティにいとこと一緒に出席しているのです」

「そうですか」司祭は落ち着かない様子でブリスを見つめ続けた。「どうぞ楽しんでください」

「ええ、ありがとうございます」

司祭は肩越しにふたたびケインのほうを見た。ケインは祭壇画の前から離れて、今は側面の開いた戸口に立っている。

彼の肩越しに教会付属の墓地が見えた。墓石が整然と並び、死者をしのぶ灰色の石碑が立っている。同じ御影石《みかげいし》づくりではないかと思えるほどに、ケインは身じろぎもせず立ちつくしていた。

「ちょっと失礼させていただきます」司祭がそわそわした様子で言った。

「どうぞ」ブリスは恰幅《かっぷく》のいい教区司祭がケインのそばに行き肩に手を置くのを見つめた。そのままふたりは外へ出て、まばゆい日差しのなかにのみ込まれた。まるで天国の門を通って消えてしまったかのようだ。

ブリスは胸騒ぎを覚えた。いったいどういうことかしら？　先ほど一緒に丘をおり始めたとき、彼女はケインの神経がどんどん張りつめていくのがわかった。緊張と不安で、彼が粉々に砕けてしまうのではないかと思ったほどだ。

「こんにちは」

ぎょっとして、ブリスはさっと振り向いた。数メートル離れたところに年配の太った女性が立っていた。丸顔で、細縁めがねを鼻にのせ、レンズのせいで目が大きく見えて年齢不詳に思える。

「驚かせてしまったようですね」女性は申し訳なさそうに言い、手をのばしてブリスの手に軽く触れた。「わたしの足音が聞こえていらっしゃるかと思ったものですから。司祭の妻のマーガレットです」

「はじめまして」

「お会いできてうれしいですわ。レディ・ブリス、でよろしいですね？」

「ええ、でも――」

「あなた方が主人と話しているのが聞こえたんです。けれど、立ち聞きしていたなんて思わないでくださいな。わたしは聖歌隊席にいて、オルガンのゆるんだペダルを直そうとしていたんです」マーガレットは教会の入口の真上にある石づくりの一画を指さした。「主人はお説教はとてもすばらしいのですが、修理となるとからきしだめなんですの。さあ、一緒に座りましょう」

ブリスはマーガレットのあとについて信徒席の最前列に座ったが、ケインの姿を見たくて視線を側面の扉にさまよわせた。彼はなにか悩んでいる。断崖のへりに立っているのを見かけたときよりも、今のほうが苦しみは深いようだ。それがどういう悩みなのか、わたしは少しはわかっているかもしれないとブリスは思った。

「ケインのお父様はここに葬られているのですか？」

マーガレットがブリスのほうに顔を向けた。その目には悲しみの色があった。「ええ。ご一族の墓所の、奥様のレディ・フランシスのお隣に埋葬されて二年になります」マーガレットの視線は祭壇のうしろに立つ古い石の十字架にゆっくりと向けられた。「ケイン様がこの教会にふたたび足を踏み入れることがあろうとは思ってもいませんでした。お父様が埋められた木のかたわらにひとりたたずんだあの日、ケイン様からすべての善なるものが逃げ去っていくのがわかりました。お父様が亡くなったとき、ケイン様のなかでなにかが死んだのです。主人もわたしも助けてさしあげることができませんでした」

マーガレットはブリスに視線を戻した。「お父様のヘンリー様はすばらしいお方でした。心の底から息子さんを愛していらっしゃったのです。どんな父親もあれほど深く息子を愛することはできません」

ブリスはためらったものの、もはや胸にしまっておけなくなった質問をした。「ケインのお父様が借金のせいで自殺なさったというのは本当ですか？」

マーガレットがブリスをじっと見つめた。心配そうに眉根が寄せられ、額のしわが深くなった。「ご存じないのですか？」

「なにをです？」

マーガレットはかぶりを振った。「わたしはてっきり……いいえ、ケイン様がそんなことをなさるはずはありませんものね」

「お話がよくわからないのですが」

マーガレットがブリスの両手をとり、そっと握りしめた。「ケイン様のことは辛抱なさってくださいね。大きな苦しみを味わって、世の中に反抗的な人間になってしまったのです。昔はそうではありませんでした。いつも明るく聡明《そうめい》な動物好きの少年で、村人たちからも慕われていたのです」

ブリスはマーガレットが強い愛情をこめて語る男性の姿を、なかなか想像できなかった。ケインの暗い面しか見たことがないからだ。ただ、ふてぶてしい外見の下にあるものを、厚く塗りかためられたごまかしの下にひそむ無防備な男性の姿を、彼女はかいま見たことがあった。そのせいでブリスは彼を理解したいという思いをかきたてられていた。

「ケイン様はここに誰も連れてきたことがないんですよ」そのことをブリスにぜひ知ってもらいたいという口調でマーガレットが言った。「お父様が亡くなられたときでさえ、誰もご葬儀に参列させませんでした。ケイン様がこの地に戻ってこられたとき、わたしは期待したんです……」言葉が途切れ、マーガレットは慰めを求めるかのように、ふたたび十字架に目を向けた。ようやくブリスに視線を戻したとき、その瞳は新たな決意できらめいていた。

「お嬢様にぜひお願いしたいことがあります」

「わたしにできることでしたら」

「ケイン様を理解してさしあげてほしいのです。それがわたしのただひとつの願いです。お嬢様には、ほかの人たちのように早まった判断をなさらないでいただきたいのです。ケイン様はお父様を助けられなかったと自分を責め、罪の意識に日々さいなまれていらっしゃるようです。ケイン様とお父様はとても似ていらっしゃいます。レディ・フランシスが亡くなられたあと、伯爵様は息子になに不自由ない暮らしをさせようと、それまで以上に懸命に手を尽くしておられました。けれど、結局なにもかもうまくいかなくなって……」マーガレットは悲しそうに頭を振った。

扉のほうで物音がしたので、ふたりとも顔をあげた。戸口に司祭が立っていた。戸枠に片手をつき、がっくり肩を落としている。顔は青ざめ、走ってきたのか息が荒い。不安と恐怖がブリスの体を貫いた。

　彼女が立ちあがるのとマーガレットが尋ねるのが同時だった。「どうなさったんですか、あなた？」

「ケイン様が……手がつけられなくなってしまった」

　ブリスはそれ以上聞いていられなかった。戸口に立つ司祭の前に走り寄る。「彼はどこにいるんですか？」

「いけません、レディ。危険すぎます。ケイン様は荒れ狂っています。あなたが行ったら怪我をしてしまうかもしれない」

「彼がわたしを傷つけることはありません」どうしてそんなことが言えるのかブリスにはわからなかった。けれども心の奥底でそう感じた。「彼はどこに？」

　司祭はためらい、妻に目を向けた。妻がうなずくとようやく彼は答えた。「北の荒れ地の近くです」

　次の瞬間、ブリスは扉から飛びだしていた。

　ケインはがれきの山のなかに立っていた。まわりには大きな石が散らばり、近くの木々の枝は折られ、墓のそばに植えられていた花は地面から引き抜かれている。誰の墓なのか、ブリスは見なくてもわかった。

「ケイン」彼女はそっと声をかけた。

　彼の全身がこわばった。「とっとと失《う》せろ」ケインは荒々しく怒鳴った。正気の人ならみな引き返すほどの狂暴さに満ちた警告だ。だが、ブリスは立ち去ることができなかった。絶望している彼をこのままにしておくわけにはいかない。

そばに近づくと、ケインが刺すような視線を向けてきた。ブリスは人間の目にこれほどの苦しみと絶望を見たことがなかった。

「ぼくの言ったことがわからないのか？」

「わかるわ」彼女は小声で言った。「少しは」

「くそっ」ケインが苦痛に満ちた低い声で話しだした。「ぼくはここでなにをしているんだ？　もっと若かったとき、ぼくはここから逃れたくてたまらなかった。この土地のことはすべて忘れて、なにか別のものを、違ったものを見つけたかったんだ。ここには陸と海のほかになにもなく、そのどちらもぽっかり口を開けた大きな亀裂《きれつ》のようにぼくの前に広がっていた。求めているものはすべて外の世界にあって、ぼくがつかみに行くのを待っているように思えたんだ。ぼくはこれから先の人生を立派な牧羊業者として生きていくつもりはなかった。父のようにはなりたくなかったし、父の遺《のこ》したものなどほしくなかった」

「そのことは間違っていないわ。もし間違っているなら、わたしだって罪を犯したことになるのよ。女であるというだけで人生が決められることに逆らったんですもの」

「同じではないよ。きみのご両親は……」ケインは強く口を閉じ、奥歯を噛みしめて頬を引きつらせた。

「なんなの？」ブリスはやさしく尋ねた。

激しい感情を抑えられない様子のまま、彼は口を開いた。「なんでもない」

「ケイン、お願いよ……話してちょうだい」

彼がぐいと振り向いた。目が暗く光っている。「きみの親とぼくの親は違うんだ！　さあ、放っておいてくれ。きみの愛情はそれに応えてくれる男のためにとっておけ。ぼくはきみに救い主になってくれなどと頼んだ覚えはない」

「救い主こそ、あなたに必要なものかもしれないわ」

ケインは苦々しげな短い笑い声をたてた。「きみになってもらおうとは思わない」顔をそむけて穏やかに繰り返す。「きみには頼まないよ」

その言葉にブリスは自分で思っていた以上に深く傷ついた。ケインは満ちたり引いたりする潮のようだ。彼女を押しのけたかと思うと引き戻す。必要としたかと思うと突き放す。彼女の感情は絶えず大波にもてあそばれる小舟のようだった。

「ケイン……」彼の腕に手をかけたが、たちまち振り払われた。

「行け」ケインが冷たい声で嚙みつくように言った。「さあ、ぼくが後悔するようなことをしないうちに行くんだ」だが、彼には自分の言葉にブリスを従わせるつもりなどなかったのかもしれない。すぐに両手で彼女の腕をつかみ、指先を肌に食い込ませて引き寄せたのだから。

彼の唇がブリスの唇に荒々しくかぶさった。自分の苦しみを彼女に見せるより、彼女を懲らしめたがっているようだ。ケインは自分たちが教会の物陰にいることも、司祭夫婦に見られていることもまったく気にしなかった。

ブリスは彼の肩を押して逃れようとした。しかし、ケインは片腕をブリスのウエストに強くまわして、彼女の背中が木に突きあたるまで後ろ向きに歩かせた。かたく熱い体を彼女にぴったり押しつけ、片手で乳房をしっかりと覆う。

争っていても、ケインに触れられると乳首がとがり、ブリスは背中を弓なりにして胸を奔放に押しつけた。頂を親指で強く愛撫され、思わずうめき声をもらす。

彼女はケインの口から唇をもぎ離した。「ケイン……やめて……」

彼は胸への愛撫をしばらく続け、やがてくぐもった悪態をつきながら、ふいにブリスから離れた。彼女を支えるのは背後の木だけになった。ケインの猛攻とあおられた欲望のせいで、脚から力が抜けそうだ。

ケインが片手で髪を撫でつけたが、その手が震えていることにブリスは気づいた。彼は口で言うほど冷酷でも冷静でもないようだ。司祭の妻からは彼を理解してあげてほしいと頼まれたけれど、そのためにはどれほどの犠牲を払うことになるのだろう？　ケインとブリスの関係はしだいに常軌を逸しつつある。どうやってそれを普通の関係にとどめたらいいか、彼女は見当もつかなかった。

「ケイン」ブリスはやさしい声で繰り返した。その呼びかけは強まってきた風と海からの激しい波音にかき消されそうだ。「話してちょうだい」

「きみ自身の破滅が目前に迫っているのに、それさえもわからないのか？」ケインが彼女のほうを向いたが、その目にはなんの感情もこもっていなかった。「もう一度ぼくのそばに来るといい。そうしたらきみの求めているものをあげよう」

「なんのことを言っているの？」

「そうか、きみは本当に処女なんだな。よし。わかるように言ってやろう。きみと一戦交えるということだよ、レディ。偽りの親切を示して、またぼくを誘惑してみろ。きみのその小さな体が受け入れられるかぎりの感謝の念をぶち込んでやる」

ケインがわざと彼女を傷つけ、追い払おうとしているのは、目を見ればわかった。「偽りではないわ」ブリスは震える声で抗議した。「あなたを助けたいのよ」

「ぼくを助けたいだって？」残忍な笑みで唇をゆがめながら、彼はブリスの体を露骨に眺めまわした。「それなら草の上に横たわって脚を広げてくれ」ケインは彼女のほうに歩いていくとのしかかるように立ち、身をかがめて耳もとに熱い息を吹きかけた。「女たちによれば、ぼくはすごくいいそうだぞ。きみも試してみるか？」

ブリスは彼を押しのけた。「あなたって、どうしてそんなに残酷なの？」

「原因はぼくにあると言うんだな、レディ？　ぼくの魂は地獄に落ちているから救ってやろうってわけか？」ケインの口もとが険しくなった。「残念だが、もう手遅れだよ」

「そんなことはないと思うわ」欲望にぎらつく目で見つめられ、ブリスは頬を染めた。勇気を奮いおこして彼の目を見返す。「あれほど絶望的な表情をしていたんですもの、きっと深い後悔を抱えているはずよ。もし友達が必要なら、わたしはここにいる。秘密を打ち明ける相手が必要だったら、喜んで話を聞くわ」

「要するにそれが言いたいわけか？」ケインがあざけるように言った。「友達になってやるだと？　ぼくの父親の情けない死について詳しく聞きたいだけなんじゃないか？　父がどうやって断崖から飛びおりたか知りたいのか？　それとも、岩場から引きあげられたときどれほど死体が傷んでいて、棺《ひつぎ》の蓋《ふた》を閉じたままにしておかなくてはならなかったことか？　きみの飽くなき好奇心はさぞ満たされるだろうな」彼の両手は体のわきでこぶしに握りしめられ、関節が白くなっていた。

「ついでに別の話もしようか？　たとえば、男のしるしをきみのなめらかな腿のあいだで動かしたら、ぼくはどんな気持ちがするだろうとか、ぼくの手と唇で愛撫されたら、きみの乳房はどんなふうに揺れるだろうとか。こんな話はきみの心をとろけさせるかい、スウィート？　体が熱く反応するか？」

ケインの言葉に想像をかきたてられて、彼女は息がとまりそうになった。体はたしかに熱く反応した。なにしろ彼はこの道の達人だ。けれどもブリスはケインを喜ばせるつもりはなかった。

「いいえ」彼女はほとんど聞きとれないほどの小声で言った。

「嘘つきだな」ケインの視線はブリスから離れて、彼女の後方のなにかに釘づけになった。彼が小さく悪態をつく。

ブリスが振り返ると、司祭館のそばに司祭夫婦が立っていた。ふたりとも心配そうな青ざめた顔をしている。ケインに視線を戻したブリスは、彼の顔に後悔の念らしきものが広がっているのに気づいた。

ケインが彼女の手をつかんで引っぱった。「どこへ行くの？」ついていこうと必死に足を速めながら、ブリスは尋ねた。

ケインは答えなかったが歩調を少し遅くし、ブリスの手をつかんでいる手をゆるめた。だが、彼女を放すつもりがないことはわかった。彼はなにか想像もつかない力に突き動かされているようだ。

まもなくふたりは司祭館の裏手にある曲がりくねった小道を歩いていた。あたりには穏やかな静けさが満ちていた。道は山あいの谷に通じている。そこには集落が広がり、粘土壁に藁葺《わらぶ》き屋根の小屋、庭を備えた石板葺き屋根の家が立ち並んでいた。風情のある美しい村だ。

ちらりとケインを見あげたブリスは胸が締めつけられた。彼の表情が、道に迷ったあげくようやく自分の家に帰りついた子供のように見えたからだ。

そのとき、ひとりの年老いた女がふたりに手を振った。彼女は目を輝かせ、しわの寄った顔にあたたかな笑みを浮かべて手招きした。

「ここにいてくれ」ケインは〝言うとおりにしろ〟とブリスに目で警告した。彼が老女のもとへ歩いていくと、その女性は母親のように彼の手をたたいた。

ふたりはしばらく立ち話をしていた。もっぱら老女が話して、やがて彼女が家のなかのなにかを手で示した。ケインが小屋に入り、好奇心に駆られたブリスは近づいていった。目に入ったのは、ベッドに横たわる老人と、かたわらに座るその娘らしき女性の姿だった。

老人がケインに弱々しくほほえみかけた。老人の目も、妻と思われる老女と同じように、ケインに会えた喜びで輝いている。しばらくすると老人が激しい咳の発作に襲われた。咳《せ》き込むたびに、やせ細った体を苦しそうによじっている。

老人の妻と娘は真っ青になった。症状が少し落ち着くと、妻は身を乗りだして夫になにかを飲ませようとし、娘は父親の手をとって冷たい布で額の汗をぬぐった。

ケインは老人のベッドのそばに立ちつくしていた。つかのま目を閉じる様子から、ブリスには彼が苦しんでいるのがわかった。

ベッドの上の老人はいつのまにか眠ってしまったらしい。もう長く話す体力もないようだ。ときおり咳が出て体が激しく揺れると、ケインは老人の妻とともにベッドのわきに立った。

小屋のなかは薄暗くて表情はよくわからなかったが、ケインが老人の妻の手に金を押しつけるのが見えた。ブリスは信じられない思いで呆然と見つめた。ケインは他人の悩みなど気にかけない人間だと思っていたのに。彼の世界は幻滅と冷笑に包まれているみたいだったのに。

老女が首を振り、ケインの手に金を押し返そうとしたが、彼は老女の手に手を重ねて無理やり受けとらせた。

老女はゆっくりと顔をあげ、ケインの首に両腕をまわして上体をかがませると、頬に唇を押しあてた。彼がぎこちなく見えるのは、感謝されて居心地が悪いからだろう。

ケインは老女の腕をそっとほどき、娘からの抱擁をためらいがちに受け、小屋を出てきた。ふたりは小道を歩き続けた。そのうちにあたりは樅《もみ》の木ばかりになった。ブリスが遠くに目をやると、赤みがかった幹と黒っぽい葉の向こうにちらりと海が見えた。樅の葉のさわやかな香りと海の匂いが周囲に満ちている。

道は小さな空き地で行きどまりになっていて、短い斜面の先に澄んだ池があった。そこは木々の葉が強い日光をさえぎり、やわらかで神秘的な木もれ日の空間になっている。

ケインに手をとられてブリスは池のほとりに立った。水面は穏やかで、そこに映るふたりの影はごく小さな波でかすかに揺れているだけだ。彼女が〝エデンの園〟を描くとしたら、まさにこうした情景を描いただろう。

顔をあげたブリスは思わず息がとまりそうになった。焼けつくような熱いまなざしでケインがじっと見つめていたのだ。木々に囲まれたおなじみの売春宿に着いたかのように、彼はすっかり欲望のとりこになっているふうに見えた。

「どうしてわたしをここに連れてきたの？」

ケインは彼女の手をとって自分のほうに引き寄せ、低くかすれた声でささやいた。「きみと愛を交わすつもりだからだ」

11

魂の欲求を満たすだけの思考を持つ、
そんなことは不可能だ。
そして魂が到達しうる高みに居続ける、
それほど困難なことはない。

ウィリアム・ワーズワース

ケインの言葉のせいでブリスは体の芯が熱くなった。彼女は自分の感じているものが、心の奥に何度も押し込めたものがなんなのかを悟った。

自分自身の欲望だ。

彼に惹かれていることはもはや否定できない。でもケインにかきたてられた欲求は、目を奪われるほど美しい彼の肉体や、しなやかな体の線が醸しだす男らしさに反応しただけのものではなかったし、その瞳に宿る彼女への暗い欲望に応えただけのものでもなかった。

もちろんそういう部分もあったけれど、それだけではない。ケインの築いた高い壁の奥にいる別の男性をかいま見て、心に激しく悲痛な感情が呼びおこされたからだった。

彼女はケインにとらわれていた。そんな自分が恥ずかしいと同時に意外だった。それにわたしが感じていることときたら……とても耐えられそうにない。だが、どれもたいしたことではないとブリスは思うことにした。真実の姿は外見とは違うのだから。

「いいえ」彼女は穏やかに言い、ケインからあとずさりした。「愛を交わすなんて勝手なことはさせないわ」

彼はゆっくりとブリスに迫った。勝利の確信に満ちた目をしている。「誰もぼくをとめられないよ」

「わたしを力ずくで奪うことはできないわよ」

「そうかな?」ケインは言葉であざけると同時に、大胆にも手で彼女の胸を包み込んだ。不覚にも高ぶりを覚えたブリスは、動揺したことを気づかれませんようにと祈った。「きみは忘れているようだね、ぼくはほしいものは必ず手に入れるんだ」

「凌辱なんてことをあなたにさせるわけにはいかないわ」

ケインは苦々しげな笑みを浮かべた。「凌辱とはとんでもない、レディ。あっというまに愛を交わしたくてたまらなくさせてみせるよ」

彼女は震えながら顎をあげた。「あなたって、どうしようもなく傲慢なのね、サー」

「男から傲慢をとったら、なにも残らないことだってあるさ」ケインは低い声で物憂げに言い返した。「さあ、ぼくにキスをするんだ」

ブリスはなんとか気持ちを強く持って、彼の肩に両手を置いた。「村のあのご老人はどうなさったの？」

ケインは彼女のウエストに腕をまわした。「きみとはかかわりのないことだ」彼がキスしようと身をかがめたが、ブリスは顔をそむけた。

「ご病気なの？」

ケインの目に怒りが燃えあがった。けれどもその怒りはブリスにではなく、彼自身に向けられているようだ。「死期が迫っているんだ。さあ、もうおしゃべりはやめろ」彼はブリスの喉に唇を押しあて、鼻をすりつけた。

「彼の奥さんにお金を渡したでしょう」彼女は激しく燃えあがる欲望に反応するまいとした。「見えたわ」

「黙るんだ」

「ご老人のことが気にかかるのね。なぜ素直に認めないの？」

「黙れと言っただろう」ケインはブリスの胸をもみしだいた。「はぐらかすのはやめてくれ、うんざりだ」

彼女はケインの手をどけようとした。だが心の奥の女性としての部分が、このままにしておきなさい、あなたも同じぐらい彼を求めているでしょう、とささやきかけた。「うんざりしているかもしれないけれど、わたしを無理やり黙らせることはできないわ」

「くそっ！　その話はもうやめろ」

「どうして？　あなたはみんなに自分は恥知らずな人間だと思い込ませようとしているけれど、本当は違うとわかってしまうから？」

「ぼくは恥知らずな人間だ」

「それならわたしを奪いなさい。やってみなさいよ」ブリスは自分が危険な芝居を打っていることを知っていた。彼に力ずくで押さえ込まれたら逃れようがない。ケインの目が暗く光るのを見て、彼がなにかを証明しようと必死になっていることに気づくのが遅すぎたと悟った。

「きみの望みどおりにしてやる」ケインは荒々しく唇を重ね、舌で口をこじ開けてなかに侵入した。手は彼女のヒップをさすり、自分の高まりに強く押しつけた。

彼のもう一方の手はブリスの髪をつかんで、顔を上向かせている。乱暴なキスに彼女は傷ついたが、ケインはそれを意図したようだ。キスは怒りの味がした。けれども彼に触れられたとたん、ブリスは熱い欲望の渦にのみ込まれていった。性的に高ぶり、体の芯に火がついた。ケインの胸に押しつけられたふくらみの先端は、彼の手を求めてうずうずしている。

彼女の欲求を察知したかのように、ケインが手で乳房を包み込み、ドレス越しに乳首を撫でた。布地に邪魔されて思うように愛撫できず、彼はいらだちのうなり声をあげた。

ケインはドレスのボタンを巧みに外していき、シュミーズのリボンもほどいた。ブリスを見つめる目はまるで炎のように熱く燃えている。あらわになった肌に手を這わせ、さらにレースのシュミーズの下に手を差し入れながらも、その目は挑むように彼女を見据えていた。

　胸の頂をもてあそばれても、ブリスはうめき声がもれないよう唇を嚙んでいた。残りのボタンも外されてドレスの胴着《ボディス》をウエストまでおろされ、肌がケインの情熱のこもった視線にさらされた。

「ああ」彼がかすれた声をあげた。「どうしてきみはこんなに美しいんだ？」ブリスに魅了されていることを認めたくないのか、その質問は賛辞のようでもあり、悪態のようでもあった。

　ケインは彼女を地面に横たえ、胸の先端を口に含んだり吸ったりした。ブリスは喉の奥で低いうめき声をあげてのけぞった。快感が突きあげてくる。

　熱に浮かされたような目で、ケインが彼女を見あげた。「ぼくはきみを力ずくで奪っているかい、レディ？」

　切望感のせいで口がきけなくなっていたブリスは首を振り、体を弓なりにした。愛撫をやめないよう自分が無言で懇願しているなんて恥ずかしい。ケインは満足げに目をきらめかせ、胸の頂をくわえて何度も引っぱったり舌を這わせたりした。もう一方の頂へは、指でつまんだりはじいたりして甘い苦悶《くもん》を与える。ブリスは脚のあいだが熱くうずき始めた。

　ケインはもはや冷静さを失っていた。スカートをまくりあげ、ブリスの腿をつかんで自分のほうに引き寄せる。男の猛《たけ》り狂う欲望の前に、彼女はすっかり無抵抗になっていた。

　彼はブリスの腿のあいだにそっと手を当て、パンタレットの縁から指を差し入れた。指が秘めやかな部分に分け入り、敏感な突起を探りあてる。

その突起をケインはやさしく撫で始めた。ときどき円を描くようにしてじらす。彼は焼けつくようなまなざしでブリスの瞳の奥をのぞき込み、視線を絡ませた。

「こんなに潤っているよ」ケインの声は興奮でかすれていた。

「やめて……」ブリスは首を振った。彼にこれ以上の魔法をかけてほしくない。

「なにをやめるんだい？」ケインはからかうように尋ねると、指が敏感な場所に触れるか触れないかくらいの軽い愛撫を続けた。口とは反対に、彼女の体はやめないでほしいと懇願している。

「お願いよ、ケイン……わたし……」こんな状態では筋の通ったことが考えられないわ。

「なんだい、言ってごらん？　ぼくが望みをかなえてやるよ」

感じやすくなっているところを爪でこすられ、ブリスは頭を激しく揺らしてあえいだ。ケインが手をとめると、彼女は悲鳴に近い声をあげた。

「ぼくのしていることが気に入っているかい？」

草の上でもだえながら、ブリスは自分があたかも原始時代の動物になったような気がしていた。理性のかけらは返事をしないようにと命じている。そのひとことを言ったら、彼女の魂の一部がケインのものになってしまう、と。それでも彼女は自分を抑えられなかった。

「ええ……」

ケインは会心の笑みをもらすと、彼女の胸をもみしだいた。先端を高く突きださせて口のなかに吸い込み、ブリスに激しいうめき声をあげさせる。やがて彼は腫《は》れあがった頂にあたたかな息を吹きかけ、さらに欲望をあおった。

「胸にキスしてやろうか、こんなふうに……？」ケインは乳首にやさしくキスをした。「それとも、こんなふうに吸ってほしいかな？」形のいい唇でとがった頂をくわえ、強く吸いあげる。ブリスは体の芯がますますうずくのを感じた。

ケインはわたしに懇願させたいんだわ。ええ、必要とあらば、そうしますとも。「吸ってちょうだい」

「強く、それともやさしく？」

「やさしく……」

「舌も使ってほしいんだろう？」

ケインを夢中で求めている自分に恥ずかしさを覚えながらも、彼女はうなずくしかなかった。彼の長くつややかな髪が垂れさがり、ほてった肌をくすぐる。ブリスは彼の顔が離れていかないよう、髪に指を絡ませた。ケインの熱い口は敏感になった乳首に甘い拷問を加えている。快感が波のように全身に広がっていった。

ケインはわたしからなにかを得ようとしているようだ。彼に完全に身をゆだねるだけでは足りないらしい。だが、ブリスはそれ以上詳しく知るのが怖かった。自分も彼に口説き落とされた女のひとりにすぎないと思い知るのがいやだった。

ケインがいたずらっぽい表情を浮かべて彼女をちらりと見あげた……と思ったら、彼はブリスの体をさがっていき、腿のあいだに頭を入れた。

舌が彼女のもっとも秘めやかな場所に、燃えさかる炎のように突き刺さった。ケインはそこへ舌を入れたり出したりし、ひだの上をかすめていく。充血してふくらんだ突起を熱い舌でなぶられ、ブリスは身もだえしつつも、彼の頭をつかんで放すまいとした。ケインは低い声でくすくす笑って、自分の影響力を楽しんでいる。彼は腕でブリスの腕を地面に押しつけ、彼女の中心部に舌や唇を這わせて愛撫を繰り返し、乳首にも指で刺激を加えた。

ブリスはしだいに高みへとのぼりつめていった。絶頂を迎えるのは初めてだ。その感覚を今にも知りそうになったとき、ケインが攻撃をやめた。

哀願のあえぎ声をもらして目を開けた彼女は、ケインがじっと見つめていることに気づいた。彼はブリスのもっとも感じやすい部分を舌ではじいて、自分から目をそらさせないようにした。快感が体を突きあげ、彼女はうめき声をあげた。

「見るんだ」ケインがうなるように命じる。

ブリスは彼の意図を理解したが、一瞬遅すぎた。これまでの愛撫で夢見心地になっていたせいで反応が遅れたのだろう、彼の手をとめようと手をのばしたが間に合わなかった。懇願の言葉をささやいたけれど、それも無駄に終わった。ケインが指を一本差し入れ、彼女の官能の世界を新たな段階へ押しあげた。

ブリスは身をよじらせた。無遠慮に指を入れられたことに嫌悪感を抱くと同時に、その感覚が気に入った。彼にやめてほしいと思う反面、続けてほしかった。

「ああ」ケインは目を閉じ、いっそう先まで指を進めた。顎の筋肉をこわばらせて、さらにもう一本指をすべり込ませる。彼は二本の指でゆっくりと円を描きながら、ふくらんだ突起を親指で撫で、彼女をふたたび高めていった。けれどもブリスが絶頂に達する寸前で動きをとめ、彼女が身じろぎして要求すると、また再開した。

やがてケインはリズムを変化させた。なかを押し広げるように指の抜き差しを繰り返し、濡れた唇を胸に這わせて先端を吸った。乳首がどんな感触か、愛撫にどう反応するか、官能的な言葉でささやきながら。

まもなくケインはすっかり潤っている通路にさらに二本の指を挿入した。「ぼくがきみのなかに入ったときはこんな感じだ」彼の声は欲望でかすれている。「もっともこれより太くて、もっと奥まで達するけどね」

ブリスはケインから逃れたいと思う反面、彼の手に体を押しつけたかった。「お願い、ケイン……」なにを頼んでいるのか自分でもよくわからない。

「わかっているよ」彼はゆっくり指を引き抜くと、指についた湿り気を乳首に塗りつけ、そこにキスをした。もう一方の乳首にも同じことをする。そしてまた初めから愛撫を繰り返し、突起を口のなかに吸い込んで、ふたたび彼女を高みへ押しあげていった。

敏感な核芯をやさしく嚙まれたとき、ブリスの世界が爆発した。快感の波が熱い奔流となって血管のなかを流れ、彼女はケインの舌と唇の下で目のくらむような絶頂を迎えた。体の奥深くから突きあげる興奮に全身を痙攣させる。

しばらくして、ブリスは満ち足りた気分で横たわっていた。歓喜の嵐の最後の波が引いていくと、体からすっかり力が抜けて手足を動かすこともできない。男と女の交わりがこういうものだとは知らなかった。自分がどれほどすばらしいものを経験しそこねていたのか考えたこともなかった。

ケインは彼女から離れて仰向けになっていた。頭の下で手を組み、あたりを覆っている木の葉越しに空を見あげている。

この人はなんと大きくがっしりしているのかしら。ブリスは彼を抱きしめたかった。彼の胸に頭をのせて、鼓動に耳を傾けたい。

だが、ケインの孤独で挑戦的な雰囲気は近寄るなと警告していた。彼はほしいものの少なくとも一部は手に入れたことになる。わたしは彼の言ったとおりみずから進んで愛を交わし、快感に身をゆだねたのだから。でも、彼は最後まで奪わなかったわ。

ケインが横目でブリスを見た。濃いブルーの熱いまなざしが、先ほどの彼の舌と同じようにまともに彼女に突き刺さった。「どうだ、きみの期待どおりによかったか?」

ブリスはたじろぐまいとした。ケインがこんなに突然いつもの嘲笑的な態度に逆戻りするとは思っていなかったのだ。わたしは彼のキスや愛撫にはどこかやさしさがあると確信していた。けれど、ケインのほうはふたりのあいだに起きたことになんの意味も感じていなかったらしい。

動揺した自分が許せなくて、ブリスはなんとか心を落ち着かせようとした。「ほかに男性を知らないんだから、あなたがよかったかどうか比べようもないわ」ドレスのボタンをはめたりスカートを直す手が震えていることに気づかれませんように。「たとえあなたが上手に愛を交わしてくれたとしても、わかりようがないのよ。でも、ほかの男性といろいろ経験を積んで充分に情報収集をしたら、あなたの腕をちゃんと評価すると約束するわ」

ふいにケインの指が腕に食い込み、ブリスは彼のほうを向かされた。彼の目は野獣のように狂暴だった。「ぼくたちのあいだに起きたことは〝愛を交わす〟なんてことじゃない」ケインは怒りの口調で言葉を区切るように言った。「だが、ぼくの行為についてきみがあいまいな意見しか持てないなら、もう一度やってみるしかないだろう」

「いやよ、ケイン……」

彼は抗議するブリスの口を唇でふさぎ、頭の後ろをつかんで彼女を自分の体に押しつけながら、とめられたばかりのボタンをまた器用に外した。

〝やめて〟という声が喉まで出かかり、ケインを手で押しやろうとしたものの、ブリスの抵抗は本気ではなかった。唇が重ねられたとたん期待がこみあげ、血がどくどくと全身を駆けめぐって興奮が募ってきた。今では彼がどう愛撫してくれるかわかっていたので、ブリスの体はケインを求めてうずいた。

彼は大きなあたたかい手で乳房を包み込みながらブリスを引き寄せ、自分の上にまたがらせた。ケインのこわばりが脚のあいだの秘めやかな部分にぴったり押しつけられ、彼女の欲求は高まっていった。

ケインが片方の胸の頂を吸いながら、もう一方の頂をそっと指ではじく。ふくらはぎを撫でていた手が腿へあがると、その手がどこに向かうかわかっているだけに、ブリスは甘いうめき声をあげて身を震わせた。彼の愛撫を受けてもう一度満たされたいと体が切望している。脚のあいだの敏感な突起を指で触れられたとき、ブリスは激しくのけぞり、彼の腰の上で脚を大きく広げた。

「スカートを持ちあげてくれ」ケインがかすれた声で命じた。

彼女はなにも考えず、言われたとおりにした。

「もっと上に。きみを見たいんだ」

ブリスは身震いしながらスカートを高く持ちあげた。いつのまにかパンタレットを脱がされていたので、恥ずかしい部分がむきだしになった。彼女はあわてて隠そうとしたが、ケインはその手をどかして愛撫を続けた。

彼はブリスの脚のあいだに目を釘づけにしたまま、ヒップをつかんで引き寄せた。顔をあげ、彼女の中心部に舌を差し入れて、鋭敏な突起を舌ではじく。

ブリスは背中を弓なりにした。けしかけ、要求し、快感を伝える言葉が勝手に口から飛びだしてくる。興奮のるつぼにあって、自分が誰なのかも考えられない。わかっているのはケインの与えてくれる歓《よろこ》びがほしいということだけだ。

二度目の絶頂が体の奥から突きあげてきた。満ち足りて意識の朦朧《もうろう》としたブリスは、彼の上にがっくりと倒れ込んだ。ケインが腕をまわし、自分の胸に彼女を抱き寄せる。その抱擁はやさしく、彼女は自分のものだと主張しているかのようだった。

ブリスは薄い靄のかかった世界にしばらく漂っていた。しかし、あっけなく現実が戻ってきた。女性を落とすことにかけては熟練者であるケインに、わたしは一度ならず二度も身を任せてしまった。

彼はさぞ得意げな顔をしているだろう、とブリスは思った。けれどもケインは眉根を寄せ、口を引き結んで、ふたりの頭上の緑の天蓋《てんがい》を見つめている。

ブリスはケインのことがわからなかった。ここにいるのは女たらしの悪名高い男だ。それなのに、今もまた彼はわたしを奪わなかった。わたしは官能のとりこになっていたのだから、ケインに求められたらすべてを許しただろうに。

ブリスの視線は彼の頬の傷跡に向かった。彼女はなにも考えず、そこに指を走らせた。そのとたん、ものすごい力でケインに手首をつかまれた。

「やめろ」彼は歯をきしらせて言った。

にらみつけられて息がとまりそうになったブリスは、乾いた唇を湿らせ、なんとか呼吸をしようとした。だが、彼女はケインの行動の理由が知りたかった。彼についてもっと知る必要がある。

「その傷はどうしたの?」ブリスは怯えながらも自由になるほうの手をそっとあげ、傷跡の一、二センチ上をためらいがちになぞった。またとめられるだろうと覚悟していたが、ケインはじっとしていた。彼女は大きく息を吸い込んで傷跡に触れた。彼はぎゅっと目をつぶり、顎をぴくぴく引きつらせたが、ブリスの手を引き離しはしなかった。「話してちょうだい、ケイン」彼女は穏やかに頼んだ。

彼はなにも応えなかった。ブリスが尋ねるように指先で触れても、体をこわばらせたままでじっと動かない。

「まだ痛むの？」

しばしの沈黙のあと、ケインが答えた。「いいや」

「けんかの傷？」

彼は悪態らしき言葉をつぶやいたが、ブリスにはよくわからなかった。「そうだ」

「ひどいけんかだったの？」

「くそっ」ケインが鋭い声を出した。「きみはいったいなにを探ろうというんだ？　もう放っておいてくれないか！」

その怒鳴り声にブリスは冷たい現実に引き戻された。彼のあたたかい体から離れて上体を起こす。「今日はとても勉強になったわ、ハートランド卿。いろいろお世話になったお礼を言うわ。そろそろ失礼させていただくわね、ほかの人ともおつき合いしなくてはならないから」

ブリスが立ちあがりかけると、彼が長い髪をつかんだ。彼女は驚いて悲鳴をあげ、結局またケインの鋭い目をのぞき込むことになった。

「やめてくれ、ちくしょう」

「なにをやめてほしいっていうの？」ブリスは彼と同じくらい腹を立て、鋭い声で言い返した。

「礼を言うのはやめろ。今も、これからもだ。きみから礼を言われる筋合いはない。絶対にないんだ」ケインは髪をつかむ手をゆるめたが、彼女を放そうとはしなかった。

「それなら話してちょうだい。どんなことに悩んでいるのか聞かせて」

ケインの顔に激しい苦悩と怒りのまじった表情がよぎるのを見て、ブリスは彼に腕をまわして抱きしめたいと思った。でも、彼はそうさせてくれないだろう。

「あなたの苦しみはお父様とかかわりがあるのね？　わたし、知っているの――」

「きみはなにも知らない」ケインは彼女の言葉をさえぎって立ちあがり、木立ちの外れまで歩いていって、ズボンのポケットに両手を突っ込んだ。彼があまりに長いあいだ無言なので、自分のことなど忘れてしまったのだろうとブリスは思った。やがてケインが感情のこもらない声で言った。「村人たちはこのあたりの断崖に父の幽霊が出ると言うんだ。岬の下の海岸で父を見たという人もいる」

ブリスはケインの後ろに立ち、羊歯やヒースの茂った急斜面を見おろした。傾斜があまりに急なので、彼女には空と海しか見えなかった。ケインの心はこの場所から遠く離れて、思い出のなかにいるようだ。

「父が馬車を駆っているのを見かけたという人もいるし、猟犬の群れを従えてチャラクーム・ダウンズを馬で走っているのを見たという者もいる」彼はかぶりを振った。「くそっ、そんなことを本当に信じる人間がいるものか」

「あなたは信じているの？」ブリスは穏やかにきいた。

ケインが彼女に目を向けた。「死というのは完全な終わりだ。なにがあろうと死者を生き返らせることはできない」

「そうね。あなたの言うとおりだわ。でも、死者を思いだすことはできる。思い出をとりあげることは誰にもできないもの」ブリスは口ごもり、自分の思いを伝える言葉を探した。「お父様の身に起きたことはあなたのせいではないわ」

ケインが顎をこわばらせて顔をそむけた。「泳ぎたくないか？」

ブリスは首を振ったが、ケインは彼女の手を引いて急な斜面をおり、海岸へ連れていった。彼が服を脱ぎ始め、ブリスは目をそむけた。

ケインが海に入ったことがわかったので、彼女はようやく彼のほうを見た。ケインが進むと、鏡のような海面に小さな波が立つ。

水はひんやりして気持ちがよさそうだ。古代シラクサの王、ディオニュシオスを思わせるケインの見事な肉体が海面から出ている。黒い髪は濡れて肩に垂れ、胸はブロンズのような光沢を放っていた。海水が胸板の上を筋となって流れ、割れた腹筋のところで飛び跳ねて、下半身を隠しているなめらかな海のなかに消えていく。

「本当に泳ぎたくないのか？」ケインがきいた。

うなずきながらも、ブリスは彼から目を離すことができなかった。わたしはケインの肉体に魅せられているけど、それ以上に彼という人間に惹かれているんだわ。

ケインの悪態が耳に入ったので、彼女は顔をあげた。

「どうしたの？」

「きみだよ」

「わたしがなにかした？」

「そんな目で男を見てはいけないことがわからないのか？　きみは目で、わたしの純潔を奪ってと頼んでいるんだぞ」ケインはまた毒づいて海のなかに潜った。

ブリスは頬を赤らめ、おかしな話だと思った。わたしは世間のことをよく知る大人の女性だ。それなのに、気づきもしなかった女の愚かさをケインに指摘されてしまった。

彼が海面から顔を出すと、ブリスは自制心をとり戻すためにも、きくべきことをきいておこうとした。「どうしてわたしを最後まで奪わなかったの？」

「きみは心の準備ができていなかったからだ」ケインがすぐさま答えた。岸に戻り始めた彼の肌が一歩ごとにあらわになっていく。ケインの目は、視線をそらせるものならそらしてみろとブリスに挑んでいた。すっかり魅了されていたので、彼女はたとえそらしたくてもそらせなかっただろう。

一糸まとわぬ姿で、ケインはかたい地面の上に立った。背後から日差しが降り注ぎ、水滴が筋肉質の体をすべり落ちていく。

ブリスはその行方を目で追った。水滴は鎖骨から胸板を通り、割れた腹の筋肉のうねに沿って曲線を描いたあと、脚のつけ根の黒い毛のなかに消えていく。

「やめてくれ、ブリス」ケインがうなり声のような警告を発した。それでも彼女が見つめていると、男のしるしが大きくなりはじめた。

ブリスは顔をあげ、ケインと視線を絡ませた。彼の瞳はとても険しく荒々しいけれど、欲望もかいま見える。わたしだけに向けられた欲望だわ。そう思うと、彼女は体の奥が熱くなってきた。

「わたしと最後まで愛を交わすこともできたのに」ブリスは思わず口にした。ケインの手と口で魔法をかけられ始めたとたん、わたしはなにも考えられなくなったのだから。「どうしてそうしなかったの？　あなたは自分のほしいものを手に入れるのだと思っていたわ」

「手に入れるよ」

「さっきはわたしをほしくなかったってこと？」

彼は顎をこわばらせた。「ほしかったことはきみもわかっているだろう」

ケインがわずかに眉根を寄せ、わきで両手をゆっくり握りしめる様子を観察しながら、ブリスは彼のほうに歩きだした。彼はそれほど乱暴でも危険でもないわ。今のところは。こんな目でわたしを見ているときは。

「わたしにはあんな奔放にふるまってほしくなかったのね？　あなたの顔にそう書いてあるわ」

「きみを面倒に巻き込んでしまうのを避けたんだ」

「そうなの？」どうしてケインに手をのばし、高まりの先端をそっと撫でたのか自分でもわからなかった。だが彼がはっと息をのむと、ブリスは満足感を覚えた。

そのあと、自分の衝動的な行動にケインが怒りを爆発させるのではないかと怖くなった。

ケインがいきなり彼女の手首をつかんだ。「頼むからやめてくれ。ぼくはけだものじゃない、人間なんだ。くそっ……」声がかすれる。「ぼくは人間なんだ」

彼はブリスの手を払いのけて顔をそむけた。ケインが地面から服を拾い集めているあいだ、彼女は自問した。わたしはなんてばかなことをしてしまったのかしら？　故意ではないにせよ、彼をどれほど傷つけてしまったことか。

服を着てこちらを向いたケインの顔には冷ややかな表情が戻っていた。そのせいで、ブリスの口から出かかっていた謝罪の言葉が唇の上で凍りついた。「行くぞ」彼は嚙みつくように声をかけた。

ブリスはケインのあとから斜面をのぼっていった。ふたりが村に近づいたとき、先ほどの小屋から若い女性が走りでてきた。顔が真っ青だ。

「どうしたんだ、サラ？」ケインが心配そうにきいた。

「ああ、伯爵様」サラはスカートのひだのあいだで両手をよじった。「お屋敷の奥様のことでございますが」

「レディ・バクストンのことか？」

サラがうなずいた。「奥様はわたしども一家を追いだすとおっしゃるのです」

「追いだすだって？」

「はい、二日以内にここから出ていくようにと。あなた様のくださったお金を奥様の秘書の方に持っていきましたら、その方は父親が病気で働けないなら出ていけとおっしゃいました」サラは涙を浮かべてケインに哀願した。「どうしたらよいのでしょうか？　わたしどもにはほかに行くところはありません」

「どこにも行く必要はないよ」

「でも、奥様が――」

「奥様の言ったことなど気にするな。荷物もまとめなくていい。ぼくがなんとかしよう」

「まあ、でも、あなた様からはもう充分すぎるほどよくしていただいています。わたしどものせいで、これ以上ご迷惑をかけるわけにはいきません」

「ぼくに任せておきなさい」

悲痛な涙がサラの頬をぽろぽろと伝い落ち、彼女がケインを英雄視していることがブリスにはわかった。サラは彼の胸に飛び込み、細い腕を首にまわした。ケインはどうしたらいいかわからない様子だ。サラの感謝は受け入れたものの、抱擁を返すことなく棒のように突っ立っている。

「ありがとうございます、伯爵様。あなた様は世界でいちばんすばらしいお方です」

ケインはそっとサラの腕を外した。「家に戻って、お母さんにもう大丈夫だと伝えなさい」

「はい、そうします、伯爵様。ありがとうございました」サラはためらったあと、ケインの頬にキスをした。スカートをつまみあげ、小屋のほうに駆け戻っていく。

ブリスはケインのそばに立ち、サラの姿が見えなくなるまでじっと見送った。「あの娘さんはあなたに恋しているようね」

「ああ、わかっている」ケインは暗い表情で応えた。「彼女は自分の間違いに気づいていないようだ」そう言って、彼は屋敷に向かって歩きだした。

12

彼の狂気は頭脳からではなく、
精神から発した……。

バイロン卿

ブリスがケインと一緒に屋敷へ入っていくと、なかは静まり返っていた。森でともに過ごした時間などなかったかのように、ふたりはここまでずっと無言で歩いてきた。ケインは彼女のことなどまた忘れてしまったみたいに、自分の考えにふけっている。

サラの一家を救うためにケインはどんな手を打つのかしら、とブリスも考えているうち、彼がカーンの種付け料を払うように要求したことを思いだした。あのときは意地悪をして言っているとばかり思っていたが、今考えるとそれだけではなかったのかもしれない。

ケインがどのような生活を強いられているのか、これほど誇り高い男性が資産や収入の道を失ってどう暮らしているのか、ブリスは考えたことがなかった。誰かに頼って生きるのは、彼にとって我慢ならないことに違いない。辛辣さやよそよそしさの一因には、人生の激変ということがあるのかもしれない。本来なら自分のものだったはずの屋敷で客人として暮らすのは耐えがたいことだろう。

どんな力が、どんな見えない絆《きずな》がケインをこの地につなぎとめているのかわからないけれど、なんとなく想像はつく。おそらく父親がこの地で亡くなったからだろう。父親の死がケインの幻滅と怒りの根底にあるとブリスは確信していたものの、憤激の矛先が彼自身に向けられているのか、あるいは父親に向けられているのかはわからなかった。

屋敷の奥から笑い声が聞こえてきたので、ふたりは一瞬足をとめた。ブリスにはそれがレディ・バクストンの声だとわかった。もうひとりの声にも聞き覚えがあった。セントジャイルズ卿の声だ。彼の高笑いならどこにいてもわかるだろう。あの男はゆうべの夕食会のあいだじゅう、肩に覆いかぶさるようにしてずっと話しかけてきたのだから。そのせいでブリスは息が詰まりそうだった。

ケインと一緒に朝食室へ足を踏み入れた彼女は、レディ・バクストンとセントジャイルズ伯爵が顔を寄せ合って話し込んでいるのを目にした。ケインはこれを見てどう思うのかしら？　嫉妬《しっと》を覚える？　彼はレディ・バクストンに愛情を抱いているの？　ケインがこの屋敷から離れないのは、単にここが自分の家だったという理由だけではないだろう。本当に離れられないのはレディ・バクストンの魅力ゆえなのかもしれない。今、夫人はふたりをちらりと見あげ、ケインに気づくと唇の両端をあげて官能的な笑みを浮かべた。その猫を思わせる緑色の目は、ブリスに向けられたときは冷ややかになっていた。

「どこに行っていたの、ダーリン？」レディ・バクストンが誘うような物憂い声できいた。「あなたをずっと探していたのよ。セントジャイルズ卿とわたしはこれから遅い朝食をとるところなの。一緒にいかが？」

セントジャイルズが灰色の目にどこかあざけりの色を浮かべ、ブリスの体をじろじろと眺めて小首をかしげた。彼にはわたしとケインが愛し合ったことがわかるのかしら？　愛の歓びを味わったばかりの女の顔は特別な光で輝いているの？　歓びが大きかったら、まばゆいほどの光になるの？

ブリスはセントジャイルズの顎が大きく腫れていることに気づいた。青黒いあざになっており、ひどく痛そうだ。ふと不可解な記憶がよみがえってきて、彼女は額にしわを寄せた。真夜中にぱっと目を覚ましたとき、寝室の暗闇のなかでふたりの人影がけんかをしているのを見たような気がしたのだ。でも、あれは単なる夢だと自分に言い聞かせる。ケインにやさしく抱かれ、そっとベッドにおろされたのが夢であるように。

「きみに話があるんだ」ケインがオリビアにぶっきらぼうに声をかけ、強い調子でつけ加えた。「ふたりきりで」

オリビアは席に着いたまま、挑戦的とも言える態度をとった。「セントジャイルズ卿の前で話したらいいわ。彼はおしゃべりではないから。そうよね、伯爵様？」

「もちろんです、レディ。ぼくほど口がかたい人間はいませんよ」セントジャイルズがケインに目を向け、ばかにしたように言った。「さあ、話すといい、ハートランド。ここにいるのはみんな友達なんだから」

　ブリスはセントジャイルズの視線にぞっとして、思わずケインに身を寄せた。彼には自分がそばにいることを、味方であることを知ってほしかった。

　ケインが目を細め、セントジャイルズを見据えた。「今朝は顎の調子はどうだ、セントジャイルズ？」

　挑発的な口調だ。伯爵を殴ったのはケインなの？　だとしたら、どうして？

　セントジャイルズが真顔になり、口にナプキンを当てた。「少し痛むが、たいしたことはない。奇妙なんだが、なぜ顎に怪我をしたのか思いだせないんだ。もしぼくに分別がなかったら、いわれのない攻撃を受けたと言いたてたかもしれない。だが、酔った人間を襲うのは卑怯者《ひきょうもの》だけだ。きみはそんなやつを誰か知っているか、ハートランド？」

「卑怯者なら、ひとりだけ知っているぞ」ケインが意味ありげに言った。

　セントジャイルズの両手がこぶしに握られる。

「ケイン、ダーリン」オリビアがなだめるように口を挟んだ。「どうしてそんなにいらだっているの？」

　ケインはゆっくりとオリビアに視線を戻した。「きみのせいだ」

「わたしのせいですって？　わたしがなにをしたというの？」

「しらばくれるな」

「言ったでしょう、セントジャイルズとわたしは――」

「きみたちふたりのことを言っているんじゃない。ドイル一家のことだ」

ようやくわかったというふうに、オリビアの目がきらめいた。「あの一家がどうしたの?」

顎をつんとあげ、身構えるように尋ねる。

「この土地から追いださないでくれ。あの一家はここに住んで二二年になる。ウィル・ドイルのおかげで今のノースコートがあるんだ。ウィルとぼくの父は協力して原野を開墾してきたんだから」

「それは実に心あたたまるお話ですこと、ダーリン。でも、財産の維持管理に役立たない小作人には我慢がならないの。ウィルと彼の家族がわたしの地所で無駄飯を食うのを許したら、ほかの小作人たちはどう思うかしら?」

「きみにもいくらか同情心があるのだと思うんじゃないか? 頼むよ、ウィルは死にかけているんだ」

オリビアの目が怒りで細められた。「ここで慈善事業をするつもりはないわ。小作人は働く、それができなければ去る。単純なことよ」

「サラが今月分の小作料を払ったはずだ」

「ええ、彼女にそんなお金があるなんて妙だこと。どこで手に入れたんだろうって誰でも不思議に思うでしょうね。父親がこの三カ月病気で寝込んでいるのに、毎月小作料を払っているんですもの。どうして払えるのか、あなたはご存じないかしら?」オリビアは意味ありげな視線を向けた。

「きみは小作料を受けとった」ケインが歯をきしらせて食いさがる。「だから、あの一家のことは放っておいてくれ」

オリビアはため息をつき、この話題にはうんざりだと言わんばかりに、いくつも指輪をはめた手をじっと見おろした。「小作料がほしいわけではないの。わたしの土地から出ていってほしいだけなのよ」彼女は顔をあげた。「言っておきますけれど、ここはわたしの土地なのよ。わたしの屋敷、わたしの小作人なの。好きなようにやらせてもらうわ」

「サラの父親は死にかけているんだ」

オリビアは尊大な女王のごとくティーカップを掲げた。紅茶を注ぎ足せという召使への無言の命令だった。「わたしの知ったことではないでしょう?」

ケインが憤怒《ふんぬ》の表情になった。オリビアに怪我をさせてもかまわないと思うほど彼の怒りは激しいようだ、とブリスははっきり感じた。

「白状しろ、きみはなにかを手に入れたいんだな?　あの一家をこの土地に住まわせておくにはなにが必要なんだ?　言ってみてくれ。きみはいつもそうなんだから」

猫のような目を満足そうにきらめかせ、オリビアが唇にかすかな笑みを浮かべた。立ちあがり、いかにも誘惑的な歩き方でそっと彼に近づく。「わたしのことがよくわかっているのね、ケイン」彼女がさらに近寄ると、たっぷりひだをとったスカートがケインの脚をかすめ、胸が彼の胸に触れそうになった。客人たちに見られているのもかまわず、オリビアの視線はケインだけに注がれている。「だけど、あなたはなにを差しだせるのかしら?　わたしはたいていのものは持っているのよ」ふたりのあいだで暗黙のなにかが伝わったらしく、ケインの体がこわばった。「それに、あなたはあの汚らしい小作人たちに有り金を全部やってしまったらしいじゃない」

オリビアがため息をついてかぶりを振った。「あなたが村人たちに過剰な好意を寄せているのはずっと知っていたし、陰でこそこそ動いていることにわたしはいらいらしていたのよ。秘書のチャドウィックが報告してくれなかったら、知らなかったかもしれないけれど」ケインが怒りで顎をこわばらせると、彼女はからかうような笑みを浮かべた。「チャドウィックはいろいろな面で有能だと言ったでしょう。数週間前、あなたがドイル一家を訪ねるのを見たと彼は話してくれたわ」

「それできみは、ぼくが罠にかかるのをずっと待っていたんだな」

オリビアは楽しげな様子で肩をすくめ、勝ち誇ったまなざしをブリスに向けながら、手入れの行き届いたほっそりした指をケインの肩に走らせた。「あなたがドイル一家にお金を提供しているなら、どういうことなのか知っておかなくてはならないわ。だって、あなたはわたしの与えるお金を受けとろうとしないんですもの。考えられるのは、例の馬を使って種付け料をもらっているということだけ。あなたは災難に遭っても、いつもなんとかちゃんと立ち直っているんですものね、ハートトランド卿。頭の回転の速さには感心しているのよ」

セントジャイルズが椅子から立ちあがった。「実に不幸なことだよな、ハートトランド」彼はあざけるように口を挟んだ。顎のあざを撫でながら、悪意のこもった目をぎらつかせる。

「父親の使用人たちが追いだされるのを見るのはつらいだろう」

「黙れ」低い声でケインがすごんだ。「さもないと、おまえの歯をへし折って喉に放り込んでやるぞ」

「ケイン！」オリビアが息をのんだ。「わたしのお客様にそんな口のきき方は許しませんよ。すぐにセントジャイルズ卿に謝ってちょうだい！」

ケインが脅すようにオリビアに詰め寄った。彼女の顔が恐怖で青ざめるのがブリスにはわかった。「なにがあろうと、こんな蛆虫《うじむし》に謝るものか」

「この高慢ちきなろくでなしめ」セントジャイルズがあざける。「おまえも父親のあとを追って断崖から飛びおりればよかったんだ」

それからあとに起きたことは、まるでまぼろしでも見ているような感じだった。ケインが突進していき、テーブルの上に跳びのる。ケインの大きな手で首を絞めつけられ、セントジャイルズは目を大きく見開いた。

人々の悲鳴、セントジャイルズのあえぎ声、グラスや皿の割れるけたたましい音がいちどきに響いた。

「ケイン！　やめて！」ブリスは叫んだ。もしセントジャイルズを殺したら大変なことになるわ――彼女は両手でケインの手をゆるめようとしたが、絞めつける力が強すぎてびくともしなかった。伯爵の顔からは血の気が失せ始めている。

なんとかケインをとめないとセントジャイルズは死んでしまう。ブリスはテーブルによじのぼり、グラスが床に落ちて割れるのもかまわず、ケインの前に行って顔を突き合わせた。「お願いよ、ケイン」彼女は必死だった。ケインの頬に両手を当てると、肌はやけどしそうなほど熱かった。「やめて。こんなことをしても意味がないわ……お願いだから、手を離して」

ケインが冷たく険しい目をブリスに向けた。まるで彼女もまた滅ぼすべき敵であるかのような目つきだ。

ブリスは心臓が早鐘を打ち、恐怖で呼吸が苦しくなった。それでも彼女はケインの頬にしっかり手を当て、必死に視線を合わせようとした。「ケイン、こんなことをしても無意味よ。お願いだから、彼を放してあげて」

しばしの時間がたって、ついにケインはセントジャイルズを解放した。伯爵はよろよろとあとずさりして椅子に倒れ込み、両手で喉を押さえてあえいだ。

「この件で……必ずおまえを……訴えてやるぞ……愚か者め」セントジャイルズが苦しげな呼吸の合間に言った。喉についたケインの指の跡が、窒息死という事態もありえたことを示している。

「いやだわ、ケイン！」オリビアが怒りの声をあげた。「なんてことをしてくれたの！　最高級のクリスタルと陶磁器だったのに！」

「クリスタルや陶磁器など知ったことか！」セントジャイルズが声を絞りだした。「そいつはぼくを締め殺すところだったんだぞ！　治安判事を呼んでくれ。この卑劣漢を監獄に送り込んでやる」

「あなたが余計な口を出さなかったら、こんなことにはならなかったのよ」オリビアが語気荒く言い放った。

「ぼくのせいだというのか？」センドジャイルズは怒りで顔を赤くし、ふいに立ちあがった。

「あなたに物を投げつけてしまわないうちに、わたしの前から消えてちょうだい」

センドジャイルズは憤懣《ふんまん》やる方ない様子でケインをじろりとにらんだ。その目は〝今に見てろ、ただではおかないからな〟とすごんでいた。彼は怖いもの見たさで戸口に集まっていた人々を蹴散らし、部屋から出ていった。

「一緒に来て」ブリスはそっと声をかけ、ケインの手をとってテーブルから離れた。彼はブーツでガラスの破片を踏み砕きながらついてきた。ブリスの前に出て立ちどまった彼の目には、狂暴な色がまだかすかに残っていた。

後ろを振り返ったブリスは、つないだふたりの手をオリビアがじっと見ていることに気づいた。オリビアが顔をあげ、挑むような視線を向けてくる。ケインを守りたいという強烈な思いが胸のなかに広がって、ブリスも挑戦的なまなざしを返した。

ところがケインはブリスの手を振り払い、大股で離れていった。ブリスの自尊心は打ち砕かれた。オリビアがブリスをあざけるように、唇の両端をゆっくりあげて満足げな笑みをもらす。

「きみの望みはなんなんだ、オリビア？」ケインは感情のこもらない声で尋ね、両手をズボンのポケットに突っ込んで窓から庭を見おろした。

「そうね」オリビアが口を開いた。「あなたも知っているように、望みはひとつあるわ。だけど、その願いはどうやらかなえられそうね」彼女が狡猾そうな笑みを浮かべてちらりと視線を向けてきたので、ブリスはそれが自分に関係のあることなのだと悟った。オリビアは衣《きぬ》ずれの音をさせて優雅に歩いていき、窓辺にいるケインの横で立ちどまった。「あなたが昔持っていたものは、もうすべてわたしのものになったみたいね、伯爵様」

ケインは彼女を見おろせるよう、少しだけ体の向きを変えた。「すべてではない」

「そうかしら？」オリビアが小首をかしげる。「なにが残っているの？」

「カーンだ」

「あの暴れ馬？」彼女はあざ笑った。「いったいどうして、わたしがあんな馬をほしがるというの？」

「カーンはこのあたりでは最高の名馬なんだ。きみの持っている馬など比べものにならない。かつては馬の飼育家たちが、自分の若い牝馬と交配させるために何百キロも旅をしてきた」

オリビアはしばしケインを見つめていたが、やがてゆっくりとうなずいた。「カーンはたしかにすばらしい馬だわ。カーンなら桁外《けたはず》れの種付け料を請求できるし、交配の回数を制限すれば、みんなますます自分の牝馬と繁殖させてほしがるでしょうね。わたしの持っている牝馬と交配させて子馬を産ませることもできる。ええ」彼女の顔に笑みが広がった。「利点があることはわかったわ」

「そこでカーンをきみに進呈してもいいんだが、ひとつ条件がある」

「あなたは条件を言えるような立場にないと思うけど」

「きみが承知しないなら、この取引はなしだ」

「あなたの条件とやらを聞いてから、考えてみるわ」

「カーンをほしいなら、ドイル一家やほかの小作人をこの土地から追いださないでくれ」

「なんですって？　ばかげているわ！　そこまでしなくても――」

「きみは厄介事を補って余りある金を手に入れられるんだ。取引に応じてくれよ、オリビア。きみはすべてを手にすることができるんだぞ」

「そうねえ」ついにオリビアが言った。「この取引はわたしのほうが有利になるでしょうね。いいわ。承諾しましょう。村人たちをおとなしくさせておくには、ほかの方法もあるでしょうから」彼女は挑発するように微笑した。「わたしの幸運に乾杯しましょうか?」

ケインはその誘いを無視した。離れていく彼の背中をオリビアの低い笑い声が追いかける。戸口まで来たとき、彼は振り返って警告した。「セントジャイルズをぼくの見えないところに隠しておくんだな。さもないと、今度はあの気どり屋の命はないと思え」

そう言い捨てて、ケインは去っていった。

13

わたしは最後の航海に出ようとしている、
それは暗黒の世界に飛び込むことだ。

トーマス・ホッブズ

ブリスは自分にあてがわれた部屋の窓から、荒野を覆う果てしない夜の闇を見つめていた。潮の香りのする生あたたかいそよ風がカーテンをふくらませている。彼女は、遠くでまたたいたり上下に揺れたりする光のつながりに瞳を凝らした。その幽霊のような光の列は岸壁の西端に向かって進み、ぽっかり口を開けた地下牢《ちかろう》に落ちていくかのように、ひとつ、またひとつと消えていく。

その光景を見ながら、ブリスは断崖に出るというケインの父親の幽霊の話を思いだしていた。亡くなった家族が生きている者の世界になんらかの理由でとどまるということを、彼女も信じたかった。もっとも今自分が見たものは、霊魂となった主人を追いかける猟犬たちのぎらぎら光る目ではなく、漁船団のカンテラだとわかっていた。

鮭漁《さけりょう》に出る船団は、干潮のときは真夜中過ぎに出港することがあるという話をブリスは聞いたことがあった。人目につかない入り江に定置網が仕掛けられ、小舟が潮で揺れている光景も見たことがある。幽霊など、人間の想像の世界以外には存在しないのだ。

朝食室での出来事以来、ブリスは頭痛がすると言って自室に引きこもっていたが、夕食時にコートが呼びに来た。朝食室における一部始終と、そこでの彼女の役まわりについてすでに話を聞いているのは明らかだったが、コートはなにも言わなかった。とはいえ、よかったら自分に話してほしいと彼の目は語っていた。

でも、わたしになにが話せただろう？　コートの言ったとおり、ケインに近づくべきではなかったと打ち明ければいいの？　けれど、濃いブルーの目をした陰鬱なハートランド伯爵がわたしの体よりも精神にとってずっと危険な存在になるなんて、どうすればわかったというの？

ここを出ていこう。ブリスは何時間も前にそう決めていた。ケインと過ごす時間が長くなればなるほど、彼に引きつけられてしまう。かつてはケインを挑戦しがいのある人間だと思ったこともあるが、それどころではない。彼はわたしの人生をめちゃくちゃにしかねない存在だ。

正直に言うと、ブリスは怖かった。これまでまったく経験したことのないなにかが彼女の身に起きている――それは良識などどうでもよくなり、振りまわされたあげく制御不能になる感覚だった。まるで人生の土台がぐらぐらと不安定になって、彼女という人間が少しずつほかの人間にすり替わっていくかのようだ。ブリスが恐れおののいているのは、自分がケインを愛し始めているという事実だった。

外見は無慈悲でも、ケインはブリスと同じくらい人生への情熱を持っている。彼は決して引きさがらず、自分のほしいものを手に入れ、感じたままを口にし、ほかの人には見られない深い感情を抱いている。

そして、ケインはほかの女性のものなのだ。

ブリスは冷たい窓ガラスに額を押しつけて思いをめぐらした。わたしはいつケインに心を奪われてしまったのかしら？　彼から距離を置き心の痛みが消えるのに、どれくらい時間がかかるの？

彼女は夜明けとともにこっそり出ていくつもりだった。屋敷の人たちが目を覚まさないうちに、前に立ちはだかるケインの姿を見て決意が変わらないうちに去るのがいいだろう。

ああ、わたしったら、いつからこんな臆病者になったの？　安易な解決策をとりたいのはやまやまとはいえ、一度恐怖に屈したらその後あまたの恐怖に負けることになる。

ケインには出ていくことを告げなくてはならない。それくらいの敬意は払うべきだ。

ブリスは彼がどこにいるのか知っていた。何時間か前に厩に入るのを見かけたのだ。大切にしていた唯一のものを手放すことになって、ひとりでそこにいる様子が目に浮かぶ。人間に対しては持てなかった思いやりを、ケインは馬に示していた。今、彼はその最後の救いさえ失おうとしている。

そっと部屋を抜けだし、暗い廊下を歩いて玄関に向かいながらも、自分の行動が正しいかどうかブリスはわからなかった。ケインのこととなると、恐ろしいほどなにもわからなくなってしまう。


ケインは酒に酔っていた。

たしかに酔ってふらついてはいるが、正体なく酔っ払っているわけじゃない、と彼は自分に言い聞かせた。泥酔なんかしていないぞ。

ああ、ぼくの人生はどうなってしまったんだ？　いつからすべてがうまくいかなくなってしまったのだろう？　どこで進むべき道を間違えたのだ？　ひょっとしたら、生まれてきたこと自体が間違いで、ぼくの誕生そのものが愛してくれた人への死刑宣告だったのかもしれない。最初は母、次は父と、次々と命を落としていったのだから。

彼はこれまでずっと自分勝手な幻想を抱いて生きてきた。現実を直視するよりは目をそむけるほうが楽だからだ。だが、ひとつ嘘をついたせいで次々と間違ったことをするようになり、犯した過ちが山のように積み重なって、一歩も前に進めなくなった。それというのも、人間として軽蔑《けいべつ》すべき点があるからだ。

精神的弱さというところが。

ぼくという存在は幻想なのだ。かつて完璧だと信じていたぼくの人生がそうであったように。ぼくの怒りは外に向かった。ぼくがあまりにも意気地なしで、自分では責任をとれなかったから。

ぼくはあらゆる人を失望させてしまった。

今度はブリスを。

美しい運命の女性、ブリス。ぼくは彼女から離れられない運命だった。彼女を見て、彼女に触れ、彼女を求めるよう運命づけられていた。

彼女を愛するよう運命で決められていた。

ちくしょう。こんな短いあいだに、ぼくはブリスが誰であるのかを忘れ、彼女を守りたいと思うようになってしまった。そのうえ……。

ケインはそれ以上考えるのをやめた。感情に蓋をして、これまでどおりのとげとげしい敵意だけをまとって生きていこう。ぼくの持っていたものはすべて奪われてしまった。願ったことはなにひとつかなわなかった。セントジャイルズがブリスを凌辱しようとしていたのをとめるべきではなかった。そうすれば、きっといい厄介払いができただろうに。

ケインはぎゅっと目を閉じ、手のつけ根をまぶたに押しあてて、自分が今日の午後ブリスにしたことをセントジャイルズが彼女にしている妄想を振り払おうとした。彼女のやわらかな肌に触れる。あたたかい体に溺《おぼ》れる。絶頂にのぼりつめていくときのあえぎ声を聞く。脚を開かせる。彼女の奥まで満たす。最後まで奪う。心の安らぎを見いだす。それらをセントジャイルズに許すわけにはいかない。

すっかり混乱して、ケインは大きく息を吸い込んだ。このままでは自分の愚かさのせいで流砂にのみ込まれ、頭まですっぽり砂に埋もれてしまいそうだ。ブリスめ。ちくしょう。すでに危うくなっていた人生の均衡を彼女に崩され、ぼくはどう元に戻せばいいかわからなくなっている。

ああ、なぜブリスのことがこれほど頭から離れないんだ？

「おまえの人生は相当まずいことになっているようだな」ケインは自分をあざ笑った。ろれつがまわらなくなっているし、体は大波のように揺れている。彼は飲みかけのブランデーの瓶をカーンの馬房の扉の上に置いた。カーンは黄色がかった目でケインを見て、〝やれやれ、こいつはまた酔っているな〟と言わんばかりだ。

突然、ケインはこの腹立たしい状況がとてつもなくおもしろいものに思えた。「ノースコート・ホールの幽霊に！」彼は三本あるうちの一本の瓶を掲げた。一本はもう空になっている。すぐに三本とも空けてしまうだろう。「乾杯！」

ケインはブランデーの瓶の口を唇に当て、最後まで飲み干した。うなり声をあげ、体をねじって瓶を厩の戸口から外に投げつける。瓶は大きな音をたてて地面にぶつかり、ガラスが割れて飛び散った。驚いたようなあえぎ声が聞こえたので、ケインはさっと振り向いた。厩の戸口に立っていたのは、まさに彼の苦悩の原因となっている女性だった。

ブリス。美しく、慎重で、みずみずしい女。彼女はぼくに残っていた最後の礼節まで失わせてしまう。

ブリスは目を大きく見開いてこちらを見つめている。ぼくの頭がどうかなったと思っているらしい。時すでに遅しだ。ぼくはだいぶ前に狂気への道を進んでしまったのだから。だいぶ前といっても実際は二年前だ。それからの二年間、ぼくはエクスムア公爵にどんな復讐をすべきかずっと考えていた。この瞬間を二年のあいだ待っていた。

今夜はなにがなんでも復讐を果たすぞ。

ブリスは根が生えたようにその場に立ちつくしていた。ケインの鋭いまなざしに射すくめられ、彼の怒りと切望を浴びて体が震えた。

ケインのシャツはボタンが外れ、裾がズボンから出て腰のまわりを覆っている。裸の胸には汗が光っていた。だがブリスを襲っているのは別の熱気、彼女自身から発せられる熱だった。背が高く、大胆不敵で、ずうずうしく彼女を値踏みし、逃げられるものなら逃げてみろとけしかけているケイン。ブリスを憎みつつも求めている彼を見て、体が火のように熱くなったのだ。

「厩でいつも一緒になるとは奇妙じゃないか？」ケインの深みのある声は彼女の神経を高ぶらせ、うなじの毛を逆立たせた。「なにか特別な意味でもあるのかな？　きみはどう思う？」

「わたしはあなたが酔っ払っていると思うわ」彼は無謀で狂気じみて見える。その姿は妙に人間離れした美しさをたたえていて、ブリスは危険なほど心をそそられた。

ケインが笑みを浮かべた。官能的で陰鬱な唇は自嘲にゆがみ、かろうじて礼節を保っていた。「きみが聡明なことは初めからわかっていたよ。ぼくが今なにを考えているか話してくれるかな？」彼は無作法にもズボンの前を手で撫で、ボタンがはじけそうなほどふくらんでいるこわばりにブリスの目を釘づけにした。「予想がついたようだな。いい子だ」狼が巣穴を出るように、ケインは暗がりを出て彼女のほうに歩きだした。

　自衛本能から、ブリスはあとずさりした。柱に背中が当たって動けなくなったところに、ケインが近づいてきた。開いた扉から差し込んでいる月光が彼の顔を不気味に照らす。険しい口もとは、ケインの怒りから彼女を救えるのは神しかいないことを示していた。

「わたしにひどいことをするのはやめてちょうだい」ブリスは声を震わせ、彼を避けようと片手を突きだした。急速に満ちてくる潮を、ひと粒の砂で押しとどめられるかのように。

「ひどいことをするつもりはないよ。その反対だ。〝無上の喜び《ブリス》〟の本当の意味をきみにわからせてやるのさ」

　彼女は身震いし、ケインがどんどん近づいてくるので柱のまわりをまわった。「あなたの気持ちはわかるわ。でも、わたしは今度のこととはなんのかかわりもないのよ。あなただってカーンを手放す必要はなかったんだわ」

　ケインが顎をこわばらせた。「きみがまた偽りの親切を示したらどうなるか、言ってあるはずだ」彼は効果をねらってわざと間を置いた。「ぼくが言ったことを、よもや忘れてはいないだろうな？」

　ブリスは覚えていた。下品な言葉を心のなかで繰り返すと、ますます体が震える。〝きみと一戦交えるということだよ、レディ。偽りの親切を示して、またぼくを誘惑してみろ。きみのその小さな体が受け入れられるかぎりの感謝の念をぶち込んでやる〟

彼女の心臓は破れんばかりに打ち始め、その音が耳のなかにまで大きく響いた。軽いめまいがどんどんひどくなってくる。

「親切を示すためにここへ来たんじゃないわ。あなたにいとまを告げるために来たのよ」

その言葉にケインは足をとめた。「いとまだと？」彼の瞳になにかが燃えあがった。絶望に似た感情のようだ。だが、それはすぐに消えた。「そうか、だったら急がなくてはいけないな」

ケインは体をくねらせてシャツを脱いだ。筋肉が小さく波打って収縮する。彼は着ているものを次々と脱ぎ、ぞんざいに地面に投げ捨てた。彼の肌はなめらかで張りがあり、そのうえ驚くほど力強く……刺激的だ。

ブリスの官能にはとんでもなく危険だった。

「ケイン、聞いてちょうだい。お願いよ。お別れだけではなくて、ほかにも伝えたいことがあるの」

「それはどうもご親切に」彼はあざけりの口調で言うと、飢えた狼が罠にかかって逃れられない獲物の周囲をまわるように、ゆっくりとブリスのまわりを歩いた。

「カーンを手放してはだめよ」

「それはどうかな、レディ」ケインの口調にはかすかな残忍さが感じられた。「あれはもう決まったことだ。別のもっと緊急の用件について話さないか？」

「あなたの言うとおりだったわ」ブリスは息を荒らげながら、なんとか彼の手から逃れようとした。「種付け料のことよ。わたしに払わせてちょうだい」

ケインの瞳に新たな炎が燃えあがった。それは最初の日にこの厩で見て以来、ブリスがずっと目にしていなかった表情だった。「種付け料を払いたいって？　どちらに払うんだ？ぼくにか、それともぼくの馬にか？」

「わかっているでしょう」

「わからないな。だが、そんなことはどうでもいい。きみから金をもらうわけにはいかないんだ」ケインの目に燃えあがった炎は、今や野火のようにくすぶっている。「ぼくはきみの同情心を満足させるためにここにいるんじゃない」

「哀れに思われるようなことをしているのはわたしではないわ。あなたなのよ！」彼の愚かな自尊心と真実を見ようとしない尊大さに腹が立ち、ブリスは大声をあげたくなった。「あなたのお父様は亡くなったのよ、ケイン。どんなに後悔しようと、腹を立てようと、その事実を変えることはできないわ」

ケインの顎がこわばり、ブリスは彼を追いつめすぎていることに気づいたがかまわなかった。誰かが彼を気にかけ、鼓舞してあげなくてはならない。

「お父様のことを考えるのはもうやめてちょうだい」ブリスは懇願した。「この家や土地が人生のすべてではないのよ。あなたにはすばらしい素質がたくさんあるわ。オリビアやほかの女性の愛人に身を落とす必要はないの。あなたは人生に失敗したと思っているかもしれないけれど、そんなことはないのよ」塩辛い涙が唇に触れ、彼女は自分が泣いていることに気づいた。「お願いよ。わたしのお金を受けとって。オリビアに間違いだったと言って、カーンをとり戻してちょうだい。まだ遅くはないわ」

ケインは立ちつくし、険しく冷酷な目でじっと彼女を見つめていた。「手遅れなんだ。ぼくたちみんなにとって」

ブリスも心の奥底ではケインの言うとおりだとわかっていた。彼をひと目見た瞬間、彼女の運命は決まってしまった。わたしの人生は破滅の道を真っ逆さまに転がり落ちている。

「やめて」近づいてくるケインに、ブリスは頭を振ってささやいた。彼女に残っているただひとつの本能は逃げること、この脅威からできるだけ遠くへ離れることだった。

すすり泣きをもらしながら、ブリスはスカートを持ちあげ、外の暗闇のなかに駆けだした。

14

リー・ハント

あまりにすばらしい肉体的快楽は苦痛に近い。

「ブリス！」ケインがあげた声は悲痛を帯び、彼女は心を引き裂かれる思いがした。それでも暗闇のなかをひたすら走り、よろめき、どこか逃げ込める場所はないかと必死に探した。

後ろからケインの足音が迫ってくる。決して逃れられないとわかっていたが、彼女は走り続け、とうとうつまずいて、てのひらをすりむいた。起きあがろうとしたとき、足音がどんどん近づいてきた……。

まもなく鉄のような腕でウエストを締めつけられ、肺から空気が押しだされた。体を持ちあげられたブリスは、足をばたばたさせて腕を振りまわした。背中に当たるケインの胸は熱く、かたい壁のようだ。彼女は抱きあげられたまま体をくるりとまわされ、彼と向き合わされた。ケインの顔は荒々しく力に満ち、悲しみに満ちている。彼の口があらゆる抗議を封じ込めるようにブリスの口に覆いかぶさった。

神様、ケインを求めてしまうわたしをお許しください。ふたりの荒い息遣いが、激しさを増す波の音と重なる。彼はまだ昼間の日差しのぬくもりが残る平らな大岩の上にブリスを横たわらせ、その上にのしかかった。

「くそっ」ケインがうなり声をあげ、彼女の首をそらせて喉に唇を這わせる。「ぼくから逃げないでくれ、ブリス。お願いだ……きみが必要なんだ」

彼女は激しく首を振った。ケインに触れられたとたん敗北を悟ったが、それでも抵抗を続けた。これまでにケインと関係を持った多くの女性のように、自分を差しだして彼に屈服するわけにはいかない。

夜ごと彼と交わっているオリビアのように。

ブリスは痛切な声をあげた。「やめて！」そしてケインのかたい胸を押しのけようとしたが、彼はびくともしなかった。本心では彼のあらゆるところに触れ、体じゅうを味わい、さらには盛んに押しつけられている下腹部のふくらみに手を這わせたかった。「あなたの女性たちのひとりにはなりたくないのよ！　やめて。お願いだから離れて」

ケインが彼女の肩をつかみ、軽く揺すった。ふたりのあたたかい息がまじり合う。彼は欲望と自己嫌悪のまざった荒々しい目でブリスをむさぼるように見つめた。

「きみはぼくが求めるたったひとりの女性だ」うなるように言う。「ちくしょう、きみはぼくを駆りたてる。ほしくてたまらなくさせるんだ」

「わたしはここを出ていくのよ。そう言ったでしょう」

「だめだ」ケインは耳を貸そうとしなかった。

欲望のままに、彼はブリスの喉もとに唇を押しつけた。片手でドレスのボタンを外しながら、もう一方の手を布地の下にもぐり込ませる。肌を撫でまわす熱いてのひらは、彼女の官能を狂おしいほどにかきたてた。

ブリスはケインの下で身もだえし、彼の大きな体に合わせて脚を広げた。彼のかたい下腹部が、ブリスのほてった場所に押しあてられる。

「行かないでくれ、ブリス。そばにいてほしいんだ」ケインは何度も懇願し、彼女の体に唇を這わせて情熱をあおっていった。

彼はとがった乳首を強く吸ったり舌で転がしたりしながら、片手をブリスの脚のあいだに移動させ、パンタレットを引き裂いて秘密の部分をむきだしにした。たこのできた太い指をなめらかなひだのあいだにすべり込ませ、熟れた突起を見つけだす。唇と手で同時に愛撫されて、ブリスの唇から歓びのあえぎ声がほとばしった。

ケインの口はふたつの乳房のあいだを行き来して、ますます快感を高めていく。敏感な突起を撫でている指が、ブリスの熱い潤いのせいでぐっしょりと濡れた。彼女の喉からもれるうめき声は、ケインのあげるかすれたうなり声と同じようにどんどん激しくなっていった。

彼はブリスの腰を自分の口の高さまで持ちあげ、男としてもっとも情欲に満ちたやり方で彼女を奪った。小さな突起を吸い込み、ブリスが想像したこともないほどの魔法をかけていく。彼の舌は奔放に動きまわり、秘めやかな場所を隅々まで探った。熱い炎のように何度も奥まですべり込み、彼女を高みへ押しあげていく。そして絶頂の寸前でとどめ、熟練した技巧で甘い苦悶を長引かせた。まもなくブリスは懇願の言葉を口にした。彼を自分のなかに受け入れたい。ケインに貫かれ、たとえ今夜だけでも彼のものになりたかった。

「ブリス……」ケインがうめき声をあげ、彼女の上をすべるように体を引きあげた。彼を求めてうずいている敏感な部分にこわばりが押しつけられる。

ブリスは彼の視線をとらえるとじっとしているように目で伝え、震える手をズボンのボタンにのばした。彼女はケインの欲望のあかしに触れたかった。熱く張りつめたものを両手で包み、彼がしてくれたようにやさしく撫でてあげたい。

「ブリス」ケインが苦痛に満ちたかすれ声を出した。「もう自分を抑えられない」

彼のような男性からそんなことを言われ、ブリスはみずからの力を自覚した。少なくとも今このときだけは、ケインをとりこにしている。彼はわたしのものなんだわ。

最後のボタンが外れた。やがてケインのなめらかな男のしるしが彼女の両手におさまった。ブリスは強い興奮を覚えながら、太くそそり立つ男のあかしに手を這わせ、引きしまった袋状の部分も軽く握った。彼が鋭く息をのんだところを見ると、わたしは快感をもたらしているようだ。ブリスはますます自信を深めて愛撫を続けた。

ケインはかたく目をつぶり、彼女の手のなかで自分のものをリズミカルに動かしている。情欲に満ちた低いうなり声が彼の唇からもれ、その響きは甘く官能的な大波のようにブリスに襲いかかってきて、彼女をいっそう大胆にした。彼のなめらかな先端を指で撫で、頂からわきでたひと粒の滴をまわりに広げていく。

そのときケインがぱっと目を開けた。そこにあふれる欲望の強さにブリスは息ができなくなった。「必死に自分と闘っているんだ」彼はしわがれた声で熱烈に救いを求めた。「ぼくにこんな試練を与えないでくれ」

ブリスは体を弓なりにして彼のこわばりを自分の潤った谷間に押しあて、そのかたいものに沿ってゆっくりとじらすように動いた。それはあからさまな招待だった。「あなたがほしいの」

「なぜ?」

これは正しいことだと心のなかでわかっているから。ほかの男性はわたしをこんなにも女らしい気持ちにさせてくれることはない。わたしのなかに潜んでいたあらゆる本能の力を感じさせてくれない。

ほかの男性には、わたしの処女を捧げる価値はない。

「なぜなら……あなたを選んだからよ。愛の告白も忠誠の誓いもいらない。お願いしたいのはただひとつ、一緒にいるときはわたしのものに、わたしだけのものになってほしいということだけ。ほかの女性のことは考えてほしくないのよ、ケイン。わたしのことだけを思って」

「ほかの女性などいないよ。ぼくにはきみしかいない」ケインはブリスの頭の両横に手をつき、彼女を押しつぶさないようにして、唇にそっとキスをした。「ぼくを助けてくれ……お願いだ」

「ええ」彼女は決意をこめてささやいた。

ケインが目を閉じた。欲望と自制心の板挟みになっているようだ。「きみがほしいのはぼくかい？　それともこれか？」こわばりをブリスにこすりつける。

「あなたよ」彼女はケインの髪に指を差し入れた。「わたしのなかに入ってきてほしいのはあなたなの。あなたに最初の男性になってほしいのよ」彼がうめき声をあげて頭を垂れたので、やわらかな髪が羽根のようにブリスの肌をかすめた。彼女はケインの顔を両手でつかみ、自分のほうを向かせた。「あなたはわたしにいったいどんな魔法をかけたの？　あなたのせいで、わたしの信じていた世界はばらばらに引き裂かれてしまった。だけど、あなたを思い、あなたを求める気持ちが抑えられないの」

「ああ……」ケインはブリスの額に額を押しつけ、彼女の上でなめらかに体を動かした。彼が動くたびに、こわばりの先端がブリスのかたくなった突起をこする。ケインは狂おしげに彼女のヒップをつかみ、耳もとで荒い息を吐いた。「ずっと考えていた……きみのなかに身をうずめることを。きみはどんなにすばらしいだろうかと。くそっ、ぼくはきみを憎みたいんだ。それなのになぜ憎めない？」

「憎まれるようなどんなことを、わたしがしたというの？」その問いは彼の内面の苦しみを理解したいというむきだしの思いだった。「話してちょうだい、ケイン。オリビアにかかわりのあることなの？」

さっと顔をあげた彼の目には荒々しい光が浮かんでいた。「彼女の名前は口にしないでくれ。今はぼくたちふたりだけなんだから。ぼくが最後の一線を越えまいとしたことは、なにがあろうと忘れないでほしい。くそっ、越えないようにしたのに、とめられそうもない」ケインはうめいて肩を震わせた。「できないんだ」

「それなら入ってきて」ブリスは息をつき、彼の顔を引き寄せてキスをした。ああ、こんな熱いキスをひと晩じゅうでも、一日じゅうでも、彼と続けていたい。

ふたりの唇は濡れていて、いやがうえにも欲望をかきたてられた。ケインはブリスの口に舌を差し入れ、彼女の上で激しく体を揺らした。指先で乳首をそっと愛撫しながら、耳もとで官能をそそる言葉をささやく。ブリスは快感に溺れ、救ってくれるのは彼しかいない暗い渇望の迷宮へと引きずり込まれていった。

ケインが彼女の背中に腕をまわし、体を持ちあげて乳首にキスをした。それだけでブリスは絶頂に達した。体が痙攣し、岩だらけの浅瀬にたたきつけられたかのように砕け散った。

「よし……」ブリスに激しい嵐をもたらしたケインは、そこから逃れる猶予を彼女に与えなかった。胸の頂に舌を這わせたままブリスの奥深くに中指を差し込み、受け入れ準備ができているかどうかを調べる。彼は苦痛に満ちた表情を浮かべ、必死にこらえているようだった。だがブリスが背中を弓なりにして彼の手に身を押しつけたとたん、自制の糸が切れた。

片手で彼女の両手首をつかみ、頭の上に押さえつける。「きみはぼくのものだ」ケインはうなるように言った。そしてブリスの心臓がいまだ早鐘を打ち、焼けつく快感が血管のなかを流れているとき、彼がすばやくなかに入ってきた。体の奥まで貫かれ、痛みと歓び、熱と暗い炎がブリスを襲った。

ケインがさらに深いところを突き、ブリスは悲鳴をあげて彼の背中に爪を食い込ませた。彼のものはとても大きい、大きすぎるわ。「ケイン――」

「しいっ。もっと気持ちよくしてあげるよ」彼はまず浅い突きを繰り返し、少しずつ奥へ進んでいった。まもなくブリスは力強く突かれるたびにぴったり満たされる感覚を味わい、しだいに快感を覚え始めた。

彼女はケインの首のつけ根にキスをした。肌は汗の塩辛い味がする。彼の香りと愛を交わしているふたりから発散される麝香《じゃこう》の匂いに、ブリスは酔いしれた。本能的にケインの腰に脚を巻きつけてヒップを持ちあげ、ふたつの熱い体で奏でられている歓びを高めようとする。ああ、ケインは、ケインのすべてはわたしのものだわ。わたしのなかで熱くかたくなり、奥深くまで満たしている。ブリスは火のように燃えあがり、飽くことのない欲望を感じた。彼はわたしのなかのなにかを目覚めさせた。わたしにとってどうしても必要ななにかを。

どんな男性も二度ともたらしてくれることはないであろうなにかを。

愛を交わしているあいだじゅう、ケインはずっとブリスの瞳をのぞき込んでいた。顔をそむけさせず、彼女の感じるままに快感を味わわせ、激しい欲求に溺れさせようとした。

彼は上体をかがめて乳首を口に含み、うずく先端にあたたかな息を吹きかけてささやいた。

「ぼくを受け入れたまま達してごらん。ほかの男に与えたことのないものを、ぼくに見せてほしい」

その言葉に促され、ブリスはふたたび目のくらむような絶頂を迎えた。内部の筋肉が収縮してこわばりを締めつけ、さらに奥へ引きずり込もうとする。ケインは彼女の腰をつかんで何度も突き、喉の奥からうめき声をあげながらついに精を解き放った。

ブリスは満ち足りた気分でうっとりしていたが、やがて徐々に現実に戻ってきた。ぐったりと横たわって藍色《あいいろ》の空を見つめていると、冷たい夜風が体を撫でていく。

圧倒的な幸福感がほろ苦い落胆とまじり合った。ふたりのあいだに今起きたことは信じられないほどすばらしかったけれど——これでなにかが変わるわけではない。わたしはこんなふうにいつもケインと一緒にいられるわけではないのだ。ふたりのあいだには別の女性の影が漂っているのだから。

かなわぬ望みだとわかっているが、ケインからなにか約束の言葉が聞けたらどんなにうれしいだろう。彼に安定や誠実さを求めている自分に気づいてブリスは愕然とした。男性がこれほど大切な存在になるとは考えたこともなかった。

ブリスは上半身を起こし、腿の奥の痛みにたじろいだ。ケインは大岩にもたれてどこか遠くを見つめている。もはや大海のとどろきも耳に届かず、故郷を求めてさまよう苦悩のオデュッセウスさながらだ。

月光を浴びたケインは絵のように美しい。無言でじっと動かず、いつものとげとげしさが消えている。打ちのめされているふうにも見えるが、後ろの岩とまるでひと続きになったかのような彼の心を推しはかることはできなかった。

「ケイン……」

「話しかけないでくれ」

「どうしたの――」

「今起きたことは間違いだった」彼は淡々とした声で言った。「きみにはぼくがろくでなしだということは言っておいたはずだ。だから拒否しろと。今起きたことを後悔しているからといって、ぼくを責めないでほしい」

「後悔などしていないわ。少しも」わたしは悔やむべきなのだろう。ひょっとしたらいつかそうなるかもしれないけれど、今は悔やんでいない。

今は女であることの本当の意味が、自由に愛し合うとはどういうことかがわかったのだから。わたしはいちばん大切なことを、自分の体に備わった力を理解していなかった。今夜ケインが教えてくれたことは、世界じゅうのどんな書物にも載っていなかった。

ブリスは岩からそっと離れ、ケインの前に立った。彼はブリスの肩の向こうを見つめている。彼女が移動して視界に入ると、反対側の肩のほうへ視線をそらした。

彼の腕に手を置いた。「わたしを見て。お願いよ」

ケインはしぶしぶ言われたとおりにしたが、ブリスは彼の瞳をのぞき込む勇気がなかった。彼女の目に入ったのは、頑固に突きだした顎と緊張した首のライン、動揺をなんとか抑えようとしている様子だけだ。

「ぼくは避妊具を使わなかった」彼はそう言うと黙り込んだ。

「知っているわ」

「わからないのか？　きみはぼくの子供を身ごもるかもしれないんだぞ」ケインは耳ざわりな笑い声をあげ、髪をかきむしった。「くそっ、きみはぼくにどんな魔法をかけたんだ？　注意を怠ったことは一度もないのに。きみのせいで頭がめちゃくちゃになってしまった」

「わたしもあなたと同じくらい、愛を交わすことを望んだのよ。だからわたしにも責任があるわ。でもわたしは初体験だから、身ごもるわけないと思うの。そんなことが起きるとは考えられない――」

「いいかげんにしてくれ」ケインが乱暴にさえぎった。「考えられない、ですむと思っているのか。まったくきみは毒薬みたいな女だ。本当に参るよ」彼の声には一生分の非難がこもっているようだった。「くそっ、命が縮む」

しばしのあいだ、ケインは他人を見るような目でブリスを見つめた。彼は道に迷い、国を追われ、いずことも知れないところへ流れつく放浪の旅人のようだ。彼女はケインに手を触れ、険しい顎の線をやわらげ、口もとの辛辣さを消してあげたかったが、それは許されそうになかった。

「きみは聡明なくせに、とんでもない世間知らずだ」ケインは荒々しい声で言った。「自分の家に帰れ。できるだけ早く。ぼくのことは放っておいてくれ」

彼は大岩から離れると、ブリスのわきを通って断崖のほうに歩いていった……まるでそのまま飛びおりようとしているかのように。

「ケイン！」ブリスはあとを追いかけ、腕をつかんで彼の前にまわった。

ケインはじっと海を見つめている。強い風が吹きつけ、波が急に高くなってきた。嵐になりそうな気配だ。

「どんな気持ちだと思う？」彼の声が激しさを増す風に乗って聞こえた。「飛びおりて死ぬというのは。絶対に引き返せないというのは。元に戻せないというのは。人生の大失敗の場面が次から次へと頭をよぎっていくというのは」ケインの体に震えが走った。「飛びおりたら、きみは自分が解放されたと思うか？」

「いいえ」ブリスはかぶりを振った。風で吹きあげられた髪が顔に当たる。「それは解放とは言えないわ」

「死について考えたことはないか？　みずからの手で自分の運命を奪い、旅立っていくのは、どんな気持ちがするだろうかと？」

「いいえ、考えたことはないわ。なにが起きようと、明日もこの世で生きていたいから」

「なんの楽しみもなく、もはや明日などどうでもよくなったらどうするんだ？」

ブリスは厳粛な面持ちでじっとケインを見あげた。自分の手に負えない問題にぶつかったようで恐ろしい。「人生には必ずなにか救いが残っているわ。それを求めさえすればいいのよ」

「きみはなんでも答えられるんだな」

「充分な答えではないわ」彼女は当惑した。「それにあなたのこととなると、なにもわからないの」

ケインがついにブリスの顔を見据えた。「どうしてきみはぼくに身を任せたんだ？」なぜ彼がこれほど強烈なまなざしで問いかけているのか、ブリスにはわからなかった。

正直なことを言って自分が傷つかないよう、彼女は嘘をつくこともできた。でもケインは真実を聞く必要があるし、そうすればなにかが変わるかもしれない。

「わたしがここに着いたばかりのとき、あなたは言ったわ。ふたりのあいだには惹かれ合うものがあるのに、それをわたしが否定していると。あなたの言うとおりだった。わたしは、あなたと体を交えたらどんな感じだったのかしらと憧《あこが》れを抱きながら、これからの人生を送りたくなかったの」

ケインの目が月光を浴びて暗くきらめき、彼が今の言葉を誤解したことがブリスにはわかった。「すると、ぼくはきみの好奇心を満たしてやったのかな？　きみの体の感じやすい場所にすべてちゃんと触れたかい？」

「お願いよ」ブリスは小声で懇願した。「今起きたことを台なしにしないで」

ケインがふいに彼女から顔をそむけた。「屋敷に戻るんだ」

「あなたと一緒でなければいやよ」

「ぼくは飛びおりたりしない」彼は歯をきしらせて言い、顔をこわばらせた。「とにかく戻れ」

ブリスはケインを置いていきたくなかった。彼は精神的に危うい状態にあるみたいだから。そのとき、彼女の頭にふとある思いが浮かんだ。ケインはわたしなどよりずっと逆境に強く、不屈の精神の持ち主なのではないかしら？　わたしは信念という鎧《よろい》をまとって人生を気楽に過ごしている。公爵の娘であり、女であるという理由だけで、世間の冷たい現実から守られている。

公爵の娘として、そして女として演じるべき役割をわたしはいつも軽蔑してきた。でも、逆の立場について考えたことはなかった。自分の持っていたものをすべて奪われた男性だったら、どう感じるだろうかということを。

ブリスはそのことを言おうとして口を開いた。だがケインには聞いてもらえないだろうし、言ってもなにも変わらないはずだ。

わたしはここにいてはいけない。ここで心をさらけだすという危険を冒してはならない。ケインなら、いともたやすくわたしを落胆させられるのだから。〝自分の家に帰れ〟と彼は言った。口にしなかったが、〝さもないと〟という言葉が続くのだろう。もし帰らなかったら、徹底的に破滅させてやるぞ、と。

ブリスは流れる涙をぬぐいもせずに、体を寄せてケインの頬にキスをした。「さようなら」そうささやくと、身をひるがえして夜の闇のなかに逃げ込んだ。

ケインはブリスのほうに手をのばした。恐怖が喉を締めつけ、彼女を呼び戻す言葉が出てこなかった。体を重ね、ぼくとひとつになったまま、あと一時間腕のなかにいてくれと頼む言葉が。

腕をおろし、彼はブリスを呪った。彼女はぼくの人生にずかずかと入ってきて、かたく信じていたすべてのことをあざけった。決して望むまいと誓っていたことを切望させたのだ。

自分は何事にも動じない人間だと思っていた。日々石を積み重ねるようにして築いてきた防御壁は、なにものをも通さないと信じていた。それなのにブリスの唇からぼくの名前がささやかれ、ぼくの欲望に彼女がただ一度屈したとたん、ぼくは道を見失い、途方に暮れてしまった。

ケインは喉の奥でうめき声をあげたが、その声は嵐の音にかき消された。遠くの水平線はすっかり見えなくなり、黒雲がノースコート・ホールに向かって迫ってきつつある。雷がとどろき、海の上では稲妻が光っていた。だが近づいてくる暴風雨も、彼の心中で猛り狂う嵐にはかなわなかった。

父の笑顔や蓋を開けることのできなかった棺を思いだし、ケインは怒りをかきたてようとした。頬の傷跡が急にずきずきと痛む気がした。ぼくは破産した自殺者の息子という烙印《らくいん》を押され、その恥辱はみなに知れ渡っている。鏡を見れば必ず頬の傷跡が目に入る。そのたびに苦しみを、怒りを、そして過ちを思いだすのだ。

だが、ぼくは復讐を果たしたのではないか？　敵の娘で欲望を満足させたのでは？　ケインはまさに想像していたとおりにブリスを奪った。自分の体の下で身もだえさせ、彼の名前を呼ばせ、熱く濡れた部分に受け入れさせて、突くたびに肩に爪を立てさせたのだ。

ぼくは勝った。

それなのに、どうして満足を感じないんだ？

なぜ、ブリスが手放さなかった、たったひとつのものを切望しているんだ？

彼女の心を。


ブリスは静まり返った屋敷のなかに入っていった。ケインをあのように不安定な精神状態で残してきたことが気になって仕方がなかった。もし彼の身になにかあったら……。

「レディ・ブリス？」

彼女は驚いて心臓が飛びだしそうになった。振り向くと、暗がりからオリビアが現れた。

「大丈夫？」

「もちろんですわ、お気づかい恐れ入ります」ブリスは嘘をついた。

「荒野を歩きまわるには遅い時間ではないかしら。怪我をするか、もっと悪ければ断崖から落ちて死んでしまうかも」

そういう運命になるところをケインが救ってくれたのだが、それに続く出来事が彼女の人生を変えた。「眠れなかったものですから」

「わかるわ。わたしもなかなか寝つけなくて。わたしの愛人が家にいないみたいなの。ひょっとして彼に会わなかったかしら？」

〝わたしの愛人〟その言葉にはわざとらしいあざけりが感じられた。この人はなにを知っているの？　かすかに光るオリビアの目を見て、ブリスは自分が彼女からもてあそばれているような気がした。

「レディ・ブリス？」彼女がなにも答えずにいると、オリビアが促した。

「残念ですが存じませんの、あなたの……いえ、伯爵様がどこにいらっしゃるかは。では、失礼させていただいてよろしいでしょうか、とても疲れているので」

「ええ。疲れて当然だわ」

その口調が気になって、ブリスは足をとめた。「なんとおっしゃいました？」

オリビアがゆっくり歩いてきてブリスの前に立った。敵意をむきだしにして彼女を眺めまわす。

「ケインと肉体関係を持つのは、かなり体力を使いますものね」オリビアの浮かべた奇妙な微笑に、ブリスは心底ぞっとした。「彼はひとりの女を何時間も喜ばせることができるのよ。率直に言って、あなたがこんなに早く戻ってきたので驚いているの。彼は明け方まであなたを放さないんじゃないかと思っていたのに。あなたをものにするというケインの執念はとても強かったから。でも、彼の欲望は思っていたほどたいしたことがなかったようね」

ブリスは否定の言葉が思わず口から飛びだしたが、心のなかには恐怖が渦巻いていた。

「なにをおっしゃっているのかわかりませんわ――」

「目が口ほどにものを言っているわよ。あなたはあまり世慣れていないし、洗練されてもいないから、すべて顔に書いてあるってわけ。ことに及んでいるあいだ、ケインが憎しみを忘れていられたのは驚きね。とはいえ、彼にははっきりした動機があるんですもの、その気になれば目的を遂げるはずだとわかっていたわ。愉快だこと」

屋敷のどこかで時計がかちかちと音をたて、この耐えがたい時を刻んでいる。

「あなたがうらやましいくらい」オリビアが穏やかに続けた。「ケインは怒っているときが最高なの、まさに極上なのよ。鬱積したいらだちをすべてあなたにぶつけてしまわなかったことを願うばかりだわ。今、わたしは彼の愛の技巧に飢えているの。なにしろそれを手に入れるために、彼にこれほどの自由を与えているんですもの」

「あなたはご存じだったんですか……？」ブリスは普通の声を出そうと必死になった。

「もちろんよ。ケインがすることは全部知っているわ。しばらく見てもいたのよ。彼、まるでさかりのついたけだものみたいだったわね？」

ブリスは顔が熱くなったものの、体は寒気を覚えた。「見ていたですって？」

「この屋敷にいる人の半数は見ていたと思うわよ。あなたもお気づきでしょうけど、ここに集まっているのはかなり堕落した方々ですからね」オリビアが低い笑い声をたててブリスの首に指を這わせたので、彼女は飛びのいた。「わたしの友人たちは、ケインのたぐいまれな技巧をわたしが大げさに言いたてていると思って、彼とベッドをともにして本当かどうか確かめようとしたのよ。わたしの知るかぎりでは、みんな大満足していたみたい。ケインの長さが……あら、彼の持続時間が、とでも言っておきましょうか、あれほどでなかったら、わたしだってあの不機嫌な態度にこれほど我慢しなかったでしょうね」

ブリスは声を絞りだして言った。「そんなお話、信じませんわ」

「あら、でも信じなくてはならないわ。わたしはあなたより、はるかに彼のことをよく知っているんですもの。ベッドでの彼も、それ以外の場所での彼も。まあ、ベッドでのほうが圧倒的に多いけど」

オリビアの言葉を否定したいという思いでブリスは息苦しくなったが、反論はできなかった。「あなたのお話が正しいとするなら、なぜケインはわたしを傷つけたがっているんですか？」

「あなた、本当になにも知らないの？」

ブリスはオリビアの顔を平手打ちして薄笑いを消し、それからケインを見つけだして説明を求めたかった。だが、とり乱しているところをオリビアに見せて喜ばせるわけにはいかない。

「ええ。知りません」なんとか冷静さを保って答える。「ですが、あなたが話したくてたまらないことはわかりますわ。いったいどういうことです？　ケインはわたしのことを挑戦しがいのある難題だと思ったんですか？　それともこの屋敷に足を踏み入れた女性なら、誰でも誘惑せずにはいられないのですか？」

「そんなに単純なことならいいんだけれど。あなたも知っているように、ケインはかなり複雑な男性なのよ。彼は自分をひどい目に遭わせた人たちに復讐しようと、長いあいだ策略をめぐらしていたの。あなたはその格好の標的だったというわけ」

ケインはブリスを憎んでいると言ったことがあった。でも、その憎しみの原因がふたりの馬のことにあるとは思えない。

「わたしは彼になにをしたんでしょうか?」

「あなたがなにかしたわけじゃないの。どちらかといえば、あなたのお父様に関係があるわね。あなたはお父様の身代わりになって、ケインの恐るべき怒りを受けているにすぎないわ」

「わたしの父はなにをしたんですか?」

「あなた、驚くほどなにも知らされていないのね? そうだろうとは思っていたけど。自分がなにに直面しているかわかっていたら、ケインに言い寄られても拒む覚悟ができていたでしょうに。わたしが話してあげてもよかったかもしれないけれど、そうしたらおもしろみがなくなってしまうでしょう?」

つかのま、ブリスは相手の冷たく美しい顔を見つめることしかできなかった。「わたしを奪うよう、あなたが彼をそそのかしたんですか?」

「まあ、とんでもない。わたしはケインの計画をはたから眺めていただけよ。彼が自分で筋書きを考えたの。それも当然よね、あなたのお父様がケインの破滅の原因だったことを考えれば」

ブリスはかぶりを振った。「そんな話は信じません。父は人を傷つけるようなことは決してしませんわ」

「そう？　それならお父様に、ヘンリー・バリンジャーについてなにを知っているか尋ねてみてはどうかしら？　ケインのお父様があなたのお父様に借りていたお金のことをきいてごらんなさい。その借金が自殺につながったんだから」

「そんなの嘘です」

「信じられないなら、ケインに尋ねてみなさいな。わたしの言ったことに間違いはないとわかるわ。自分の父親を悲劇的な死に追い込んだ借金の貸し手であるあなたのお父様を、ケインは激しく憎んでいるの。父親を死に追いやった男の娘の純潔を奪うことは、彼にとってまさに理想的な復讐なのよ、あなたもそう思うでしょう？」

そのときブリスはすべてを理解した。ケインの怒りが、残酷さが、彼女を憎んでいるとあれほどはっきり言ったことが。ケインは自分の父親について話そうとしなかったし、わたしに対する警戒心をゆるめることもなかった。熱いキスも激しい愛撫も、すべてはわたしの純潔を奪うために仕組まれたものにすぎなかったのだ。彼は自分がわたしを破滅させることになると断言していた。

そしてわたしは、ケインの残酷な手にみずから進んで身をゆだねてしまった。

第二部

フランス

愛は深い井戸。
そこから何度水を飲んでもいいが、
一度はそのなかに落ちるかもしれない。

エリー・ハウエル・グラバー

15

離れるということはいくらか死ぬことである、
愛する人に対して死ぬことである。
どんな場所にも、いかなるときも、
人間は少しずつ自分を残していく。

エドモン・アロークール

パリ——それは光の町《ラ・ヴィル・リュミエール》。

けれども今夜、ブリスの住む地区は暗かった。母と一緒に暮らしているショセ・ダンタン通りのアパートメントの外には、街灯がほとんど灯っていない。

ブリスがパリに戻ってから、まもなく一週間になる。ケインのことは忘れようとかたく心に決めていたが、それは日一日と難しくなっていた。彼女が絶望せずにいられるのは、ひとえに怒りのおかげだった。ケインは本当はわたしを必要としていたのかもしれないという思いを頭から追いだせるのも、怒りあればこそだった。

〝ぼくを拒否しろ〟、〝放っておいてくれ〟とケインは言ったが、わたしはそうできなかった。純潔を奪ったと彼を責めるほうが、自分を責めるよりもずっと簡単だ。なぜなら、自分を責めるということは、わたしのなかにもっと深い感情があったと認めることになるかもしれないのだから。

ブリスは二、三日かけてようやく勇気を奮いおこし、父に手紙を書いて、ヘンリー・バリンジャーとのあいだになにがあったのかを尋ねた。父がほかの人間の死にかかわっていたかもしれないとは考えたくなかったけれど、心の平安のためにも真実を知っておく必要があった。ちょうどその朝、彼女は父の返事を受けとっていた。

愛する娘へ

どうしておまえが突然この件について尋ねてきたのかわからないが、ノースコート・ホールを訪ねるとおまえが言ったとき、あの恐ろしい悲劇のことを耳にするかもしれないとわたしは思った。

だから、あらかじめおまえに話しておくべきだったのかもしれないが、いざ話そうとすると臆病になってしまった。ヘンリー・バリンジャーの死の理由を知っているだけに、おまえがわたしのことをどう思うか心配になったのだ。とはいえ、その理由は世間に知られているようなものではない。

おまえにぜひともわかってほしいことがある。伯爵がわたしから金を借りていたのは事実だが、その返済期限をわたしは喜んで延長しただろうということだ。ヘンリーとは長いつき合いで、彼が正直な男であることはよくわかっていた。彼のためにならないようなことを、わたしは絶対にするつもりはなかった。

彼の息子のことだが、おまえが知らせてくれた内容にわたしは当惑している。ケインがわたしを訪ねてきたことは一度もない。もし訪ねてきたら、絶対に会っていただろう。わたしのほうから出向いていくべきだったのかもしれないが、正直なところ、どうケインを慰めていいかわからなかった。それに自分の良心を満足させるためだけに来たと思われるのも心配だった。生まれて初めて、わたしは言葉に窮してしまったのだ。

わたしはヘンリーの死にいまだに悲しみを覚えているし、彼の息子にいくぶんかの責任を感じている。ロンドンに出てきて貴族院で地位を得るよう、おまえからケインを説得してもらえないだろうか。もしケインがその気になったら、わたしは援助を惜しまないつもりだ。

おまえがいないので寂しく思っているよ、ブリス。早く帰ってきてほしい。それからおまえのお母さんには……元気で暮らすように伝えてほしい。

おまえを愛する父より

ところで、おまえのいとこのコートが今しがた話してくれたんだが、彼はレディ・レベッカ・セントクレアに結婚を申し込むつもりだそうだ。わたしは大賛成だよ。コートはおまえによろしく伝えてほしいと言っていた。

ブリスはほっとして手紙を折りたたみ、引き出しにしまった。思っていたとおり、父は潔白だった。それならどうしてケインは、わたしの父が自分の父親の死に関係していたと思い込んだのだろう？　悲しみのあまり、誰かを非難せずにはいられなかったのか？　父親の自殺を人のせいにする必要があったのだろうか？　それとも、ほかになにか理由が？　彼女の父が悪いと信じ込むようななにかが。あったとしたら、それはなんだろう？

ブリスはそれらの疑問を忘れ去ろうとした。ケインには関心がないし、これまであったこともない。わたしは前に進むことだけを考え、父のもたらしてくれた朗報に思いをめぐらそう。

コートはいよいよ結婚するんだわ。彼がレディ・レベッカに夢中だったことを知っているので、ブリスは驚かなかった。ふたりはきっと幸せになるだろう。ただひとつ残念なのは、ノースコート・ホールを一日早く出発してパリに戻ると言ったせいで、コートを心配させてしまったことだ。

コートは彼女があの屋敷から逃げだすことを知っていた。その理由にケインが関係していることも。コートがわたしの愚行の一部始終を知ることのないよう祈るばかりだわ。わたしの勝手なふるまいのせいで彼がレディ・レベッカと別れることになったり、愚かにもケインに決闘を申し入れたりしたら、わたしは絶対に自分を許せないだろう。

パリに戻って以来、ブリスはケインのことを頭から追いだそうとして、後援者の肖像画を描くことに没頭した。彼女はアパートメントの屋根裏部屋をアトリエとして使っていた。そこは日の差し込む明るい空間で、モンマルトルの中心部が一望できる唯一の部屋だった。

赤みがかった黄土色の地面に日差しが降り注ぎ、曲がりくねった小峡谷と細い道に木もれ日が躍るモンマルトルの丘は本当に美しい。夕方の空も、灰色がかった青色から深紅の筋の入った薄紅色に変化していくさまが実にすばらしい。

だが昼間の生活がいかに充実していようと、長く孤独な夜から逃れることはできなかった。夜になると心にぽっかりと穴が開いたようで、ケインの夢ばかり見た。

朝目覚めると、昼間は決して流すまいとこらえていた涙で枕が濡れていることもあった。自分を復讐の道具に使った男のことで泣いてはいけないと決めていたのに。ケインに抱擁される夢を見て、途切れがちの眠りから覚めることもあった。夢のなかでも肌に押しあてられた手と唇は焼けつくように熱く、彼はブリスを抱いて官能的なリズムを刻んでいた。

彼女はケインに触れられた場所を自分でさわってみることもあった。すると胸の頂がうずき始め、そこを吸う彼の唇が、甘い苦悶を与える指先の愛撫が恋しくてたまらなくなる。ケインはブリスの体に魔法をかけ、逃れようのない官能の網でがんじがらめにしてしまったのだ。

「またぼんやりしているね？」

慣れ親しんだ男性の声に、ブリスははっと物思いから覚めた。振り返ると、親友であり強い個性を持ったモデルであるフランソワ・ジェルボーが心配そうに彼女を見つめていた。彼は長椅子でポーズをとったまま、片方の眉を問いかけるようにあげている。フランソワは天使のような美貌の持ち主だが、実は魅惑的な悪魔のごとき人間であることをブリスはよく知っていた。

フランソワと出会ったのは五年前、ブリスがクリシー通りでやせた少年や浮浪者たちの一群をスケッチしていたときだった。裕福な貴族がひとり、またひとりと、彼女の前をぶらぶら歩いていったが、彼らはおなかをすかせた子供たちを見ても誰も振り返ることなく通り過ぎていった。そのことに彼女は激しい怒りを覚えていた。

そのときフランソワが背後に立って話しかけてきたので、ブリスは驚いた。自分もこの子たちと同じように貧しかった、と彼は語った。七歳のとき親に捨てられ、収容された孤児院では日常的に殴られたので逃げだしたという。

フランソワは体を売って路上で生きてきた。少年の若々しくしなやかな体を好む男たちに身をゆだねてきたのだ。

あるとき、さる高名な画家がフランソワのたぐいまれな美しさに感銘を受けた。その画家は彼を路上から救いだし、自分のモデルのひとりとして身を立てさせた。

それ以来フランソワは、毎年パリで開かれる美術展覧会《サロン》に出品するような新進気鋭の画家たちの前でポーズをとってきた。〝先生〟を始め、ルノワール、バジール、ドガといった著名な画家たちが裸の自分を描いてくれた、とフランソワは誇らしげに語った。〝先生〟とは彼をモデルとして育ててくれた画家で、グループの中心的存在であるマネのことだった。

絵筆を手にしたまま、ブリスは部屋の中央のイーゼルにかかったカンバスに戻った。「ぼんやりなんかしていないわ」彼女はそう答えて、親指に垂れていた黄色の絵の具をタオルでぬぐった。そして絵筆を洗ったあと、カンバスの小さな青い部分に軽く色を塗った。

「ねえ、きみ、ぼんやりしているのは見ればわかるよ。なにしろぼくはこの分野の達人だからね。悲劇の主人公《シエリ》みたいに青白く憂鬱そうな顔をして、ぼんやり視線を宙にさまよわせているように見せる技術を完璧に身につけているんだ。きみだって、そういうぼく《メ・ウィ》をずっと描いてきたんだよね」フランソワは気どって片手を振った。「何百回もだ、そうだろう？」

「わたしは青白くもなければ悲劇的でもないわ」

「青白くはないかもしれないな、きみはずっと太陽に顔を向けて過ごしてきたんだから。だけど、ぼくの天使《モナンジュ》、きみはひどく悲劇的だよ。苦悩がひしひしと感じられるんだ」

「お願いよ、フランソワ、劇みたいな大げさな言い方はしないでちょうだい」

「その分野もぼくは得意だよ。ぼくたちフランス人は劇に対して生まれながらの才能を持っているからね。民族性かな。さあ、誰よりも大切なないとしのフランソワに話してくれよ、きみがどうしてそんな不幸な状態になっているのかを」

「わたしは不幸ではないわ」ブリスは自分では説得力のある口調で言ったつもりだったが、感性の鋭いフランソワをだますことはできなかった。

「かわいそうに、フランソワは嘘を《ジョリ》つかれるようになってしまったのか？」彼はため息をついた。「胸が張り裂けそうだよ、かわいい人。あの野蛮なイングランドから戻って以来、きみがすっかり変わってしまったことにぼくが気づかないとでも思っているのかい？」

「イングランドは野蛮じゃないわ」住人のなかには野蛮人もいるけれど。

フランソワが不満げに鼻を鳴らし、裏切られたという目でブリスを見つめた。その目は真意がわかってもらえずに深く傷ついたと語っている。

　自分が英国的なものをすべて嫌っているのは遺伝だとフランソワは主張しているが、彼のイングランドへの敵意は、憧れていたあるイングランド人男性にさげすまれたときに始まったことをブリスは知っていた。フランス人にとって愛情を嘲笑され、拒絶されることは、なまくらな肉切り包丁でめった切りにされるようなものなのだ。

「ぼくを見てごらん」フランソワが言った。「好奇心で今にも死んでしまいそうだ。どうしてこれほどぼくを苦しめるんだい？　きみも知ってのとおり、ぼくは繊細で、不安や動揺にはとても弱いんだ。ああ、こうして話していても苦悩に押しつぶされそうだよ！」

「右を向いて、もう少し腕を高くあげてちょうだい」彼がこの話題を終わらせてくれることを願って、ブリスは指示を出した。

「戻ってから、ぼくにポーズの注文をつけたのはこれが初めてだよ。もしきみをこれほど深く愛していなかったら、きみがパリに帰ってきてすぐにぼくを訪ねてくれなかったことに、立ち直れないほど傷ついたかもしれない」

「顎をあげてくれる？」

「意地悪なお嬢さん《フィーユ・メシャン》だ」フランソワはいらだちを覚えたらしく、むっとして言った。「不機嫌なときはなにも話してくれないんだな」

「わたしは不機嫌ではないわ」どちらかといえば憂鬱でしょうね。でも、じきにいつもの自分に戻ってみせる。ケインへの気持ちは時が解決してくれて、自然に忘れることができるだろう。わたしが知りたいのは、胸にぽっかり穴の開いたようなうつろな気持ちがいつまで続くかということだけだ。こんな状態が長引けば精神的に参ってしまう。「よかったら、シーツを外してくれるかしら」

フランソワは言われたとおりさっとシーツを払いのけ、あたかもローマの征服者が挑戦状をたたきつけるように、彼を賛美する男性たちがもっとも賞賛する部分を見せつけた。自分にはすでに大きなものがぶらさがっているので、絞首台でぶらさがる必要はないというのが彼の口癖だった。

これまではフランソワの見事にそそり立つ男のしるしを見ても、ブリスはなんの興味もわかなかった。腕や脚と同じように人体の一部にすぎず、その唯一の価値は見た目が美しいということだけだった。

しかし今日、男の本質的な部分を目にして、ブリスはケインを——彼の与えてくれた歓びを、彼女を燃えあがらせた甘美な愛撫を——思いだした。いつのまにか体が性的に高ぶってどぎまぎするほどだ。

ケインのことは忘れて目の前の仕事に集中しなさい。ブリスはそう強く自分に言い聞かせて、なんとかカンバスへ向かった。筆を動かすことに夢中になっていたので、描いている人物がフランソワよりもケインに似ていることにすぐには気づかなかった。

「ねえ、モナンジュ？」

注意をそらされ、彼女はフランソワに目を向けた。「なに？」

「ひょっとして、きみは男と寝たのかい？」

ブリスはつかのま無言で彼を見つめていたが、やがて頬に熱い血がのぼってきた。こういう無遠慮で鋭い質問をされるかもしれないと覚悟しておくべきだったわ。フランソワはどんなことでもためらいなく口にするのだから。

ブリスが真っ赤になったのを見て、フランソワが突然体を起こした。聖母マリアが目の前に現れたかのごとく彼女を凝視する。「なんてことだ！　男と寝たとは！　ああ、胸が張り裂けそうだ、ひどすぎるよ」彼は嘆いた。「ぼくが初めての男になるはずだったのに。めくるめく愛の世界へ、ぼくがいざなってあげるつもりだったのに。愛の技巧ではフランス人にかなう者は誰もいないんだから」

フランソワのとがめるようなまなざしを避け、ブリスはカンバスに集中した。「あなたとそんな話をした覚えはないけど」

彼は片手を振ってとり合わなかった。「話をそらさないでくれ。きみは肝心なことがわかっていない」

「肝心なことって？」

「おやおや、きみはあの野蛮な好色漢の国でなにも学ばなかったのかい？　きみは誘惑されて捨てられたんだよ。これからはまともな男と愛を交わしたくなくなるだろう。男ときちんと向き合うのが難しくなるからだ」それが神が人間を落胆させるために考えたもっとも陰惨な処罰であるかのように、フランソワは苦しげに両手をあげてクッションに倒れ込んだ。

「それほど悪くなかったわ」控えめであるとはいえ露骨な感想に、天をも引き裂く雷鳴のような怒声があがるものとブリスは身構えた。その言葉は、男性と愛を交わすのがあれほどすばらしいとは考えたこともなかった彼女の本音だった。

　フランソワが額から腕をあげ、悲しげな目で彼女を見つめた。「それほど悪くなかった、だって？　女性にとって男性との初めての交わりは、さかりがついてあたふたとすませるものではなく、人生でもっとも忘れられない経験であるべきなんだ。きみの告白はぼくには大打撃だった。もう決して立ち直れないだろう」

「今夜ダンスホールが開店するころには、すっかり立ち直っていると思うけど」

　彼はブリスをにらみつけた。「その野良犬はきみの純潔を奪っただけでなく、最愛のフランソワに対するきみの愛情まで奪って、きみを口うるさいがみがみ女にしてしまった。ぼくたちのあいだにこんな横槍《よこやり》を入れるやつは殺してやる」

「あなたは大事なことを忘れているわ」彼女はできるだけ淡々とした口調で言うと、カンバスに注意を戻した。

「なんだい？」フランソワが気分を害した声で尋ねた。

「あなたは男性のほうが好きだってこと」

「それとこれとは違うよ、シェリ」彼は無頓着《むとんちゃく》に肩をすくめた。「きみと愛を交わすとなったら、ぼくは女体への生まれながらの嫌悪を一時的に忘れるだろう。言うまでもなく、きみは例外だからね」

「言うまでもなく、ね」ブリスは低い声で笑った。

「ぼくは友人なんだから、この件ではきみに大いに尽くす義務があったんだ。しかし」フランソワは残念そうにため息をついた。「きみとその男のことは既成事実《フェタコンプリ》になってしまった。そこで残る疑問は、きみの心を射とめたその男性は誰かということだ」

「彼はわたしの心を射とめたわけではないわ」

フランソワのまなざしはブリスがどぎまぎするほどぶしつけだった。「きみは消耗品のように男を使って捨てているのか――」

「わたしは誰かを消耗品のように捨てたことは一度もありません」

「きみはパリじゅうの男の心をとりこにしておきながら、ぞんざいな一瞥以上のものを与えず、男たちの誇りを粉々に打ち砕いて――」

そのとき、扉をノックする音が聞こえた。ブリスはこれで執拗な質問から逃れられるとほっとした。フランソワの注意をそらしてくれるなら、たとえ悪魔でも歓迎したい気分だわ。母が夕食のトレイを持ってきてくれたのだろうと思い、彼女は戸口まで歩いていって扉を大きく開けた。

ところが戸枠にもたれていたのは、ブリスの呼びだした悪魔その人だった。たくましい肩を際立たせる最高級の濃紺の上着を着込み、広い胸を強調する淡黄色の錦織《にしきお》りのベストと筋肉質の腿を包む灰色のズボンを身につけて、一分の隙もない貴族に見える。

それはハートランド伯爵という名の悪魔だった。

16

胸のどこかに太い矢が射返され、
死んでいた感情がふたたび脈打ち始めた……。

マシュー・アーノルド
ブリスは息がとまりそうになった。今、カンバスに描いたばかりの射るような濃いブルーの瞳にじっと見入ることしかできない。

「驚いたかい？」ケインが小声できいた。よく響く低い声に彼女は体が震えた。

ブリスはケインの思いがけない出現で意に反してわきあがる喜びを払いのけ、決意を新たにした。この男はわたしを利用したのだ。それなのに悪びれた様子もなく、こんな落ち着いた魅力的な姿でわたしの家の戸口に立つ権利はない。

「どうしてこんなところにいるの？」彼女は語気強く尋ねた。

「きみを訪問するためだよ」ケインが身をかがめてきたので、彼の体が発する信じられないほどの熱気を感じた。「ぼくは社交性のある人間なんでね」彼の唇がふいに耳に近づく。ブリスの喉に熱い息を吹きかけながら、ケインはささやいた。「きみが恋しかった」

よくもぬけぬけとそんなことが言えるものだわ。彼女の胸に鋭い痛みと怒りが走った。ケインには断固とした態度をとらなくてはならない。ブリスはそう自分に言い聞かせ、彼をにらみつけた。「あなたって本当に傲慢なのね、ハートランド伯爵」

ケインがゆっくりと身を起こす。「そうだよ」微笑を浮かべた唇は、ブリスに熱いキスを思いおこさせた。この唇で狂おしく奔放なキスをしたのね。「入っていいかい？」

「いいえ」

「きみは相変わらずぼくの鼻をへし折るのがうまいんだな。だが、ぼくは簡単にはへこたれないよ」ケインは戸口から離れ、ブリスのほうに一歩踏みだした。彼女は行く手を阻もうと思わず手をのばした。彼が腹立たしげにぴくりと眉を動かし、ハンサムな顔に挑戦の色をありありと浮かべる。「これから取っ組み合いが始まるのかな？　できたらそれは避けたいんだが」

「出ていってくれたら避けられるわ」

ケインが彼女の顎の下をそっとたたいた。「きみをボクシングのリングに連れていって試合をさせてやろう。ぼくはきみが勝つほうに賭けるね」彼は部屋のなかにずかずか入っていく。ブリスは追いだそうと腕をのばしたものの、軽く触れた彼の胸の熱さに思わず手を引っ込めた。

「居心地がよさそうだな」そうつぶやいて部屋を見まわしたケインの顔が急に険しくなった。

「きみはいったい何者だ?」荒々しい口調になったのはフランソワを見つけたからだ、とブリスにはわかった。

　裸のフランソワを。

「きみこそ、いったい何者なんだ?」フランソワも厳しい声で問い返した。ケインのほうが軽く一〇キロは体重がうわまわっているだろうが、フランソワに怖じ気づいた様子はまるでない。

　思わずこみあげる笑いを抑えたブリスは、フランソワがシーツを引きあげているのを見て大いにほっとした。とはいえ、薄手の絹地を通して彼の見事な肉体はくっきり浮かびあがっている。知らない人の目には、ブリスが逢引《あいび》きをしていたみたいに見えるだろう。そしてケインのこわばった顔から察するに、彼もまさにそういう結論を出したようだ。

　ブリスを見据える目が、いつものブルーから怒りを宿した黒ずんだ色に変わっている。

「きみはもう情報収集を始めたってわけか?」

　彼女は一瞬とまどったものの、すぐにケインの言葉の意味がわかった。彼から自分の与えた快感がすばらしかったかとあざけるようにきかれたとき、ブリスはほかの男性と比較してみなければわからないと答えたのだった。

　顎をつんとあげて、彼女は言った。「ええ、実はそうなの。さあ、レッスンを続けたいなら出ていってもらえないかしら? あなたの覚えているとおり、わたしはとても熱心な生徒なの。でも科目によっては熟達するのにたっぷり時間をかけて、懸命に学ばなくてはならないものもあるのよ」

ケインの目が独占欲でぎらぎらと燃えあがり、自分を追いつめるとまずいことになるぞと警告した。「ぼくの記憶では、その方面でのきみの熟達度は完璧だったと思うが」

彼の言葉には親密な雰囲気がこもっていて、ブリスはいまだに忘れられない記憶を呼び覚まされた。「どうやってここまで入り込んだの？」

「薔薇色の頬のぽっちゃりしたメイドが、諸手《もろて》をあげてぼくを歓迎してくれたんだ。彼女の話では、きみが自分の寝室で男性をもてなすのはそれほど珍しいことではないようだね」

「ここはわたしの寝室ではないわ」それを聞いたケインの視線が、部屋の隅に置かれた簡易ベッドに向かった。なぜかはわからないが、ブリスは説明していた。「夜遅くまで仕事をすることがあるからよ」

彼は人懐こい笑みを投げかけた。「きみの寝姿を想像するとそそられるな」

ブリスの鼓動が乱れた。「あなたの飽くなき好奇心はもう満たされたでしょう、だから――」

「まだ満たされていないよ」

「今の言葉は出ていけという合図なんだよ、きみ《ムシュー》」フランソワがふいに口を挟んだ。彼はシーツを腰に巻きつけて立っていた。一九〇センチ近い堂々とした長身なので、ケインといい勝負だ。「ただし、出口を見つけられないなら話は別だ」

「きみが手伝ってくれるというのか？」ケインは敵とおぼしき人物にぞんざいな視線を投げ

た。

「このお嬢《マドモアゼル》さんはきみに出ていってほしいという希望を述べたんだ。気が進まないようなら、ぼくが扉のところまで案内してやろう」フランソワがケインのほうに一歩近づくと、ケインも同じことをした。

ブリスは急いでふたりのあいだに割って入り、フランソワを守るようにケインの前に立ちはだかった。「こんなことはやめて」

ケインが片方の眉をつりあげた。荒々しいまなざしは怒りを帯びている。「愛人を救おうというのか、スウィートハート？　威勢のいいことだ」彼はブリスの顎を指でとらえた。「とはいえ、怒ったときのきみはいつも官能的だったな」

「出ていって」ブリスは声を荒らげた。心のどこかで、ケインの言葉に熱く応え彼にここにいてほしいと思っている自分がいやだった。

陰気な曲線を描くケインの頬を、ランプの淡い明かりが照らした。「きみに話があるんだ」

「それならさっさと話して、帰ってちょうだい」

「個人的なことなんだよ」ケインはさっと振り返り、肩越しにフランソワに視線を向けた。「席を外してくれないか？　きみのご要望はあとで受け入れて部屋から出ていくよ。だが、今はきみが出ていってくれ」

ブリスは飛びかかっていくフランソワをとめなくてはならなかった。彼は女性よりも男性を好むかもしれないが、誇りにかかわることとなると実に男らしかった。

「ばかげた話だ！」フランソワが毒づいた。「ぼくたちのしていたことに戻れるよう、この田舎者をやっつけさせてくれ」

「していたことって、なんだ？」ケインは尋ね、自分にはその権利があると言わんばかりに部屋のなかをゆっくり歩きまわった。

「ひょっとすると、ぼくたちは愛し合っている最中だったのかもしれないぞ」フランソワがあざけるように言い放った。

ケインは肩越しにちらりと目を向けた。「もしそうなら、その首をへし折ってやるからな、いまいましいフランス人め」

「嫉妬しているのか、イングランド人？」フランソワはわざと相手を怒らせようとブリスの肩に腕をまわした。

「嫉妬だと？」ケインはせせら笑った。「きみが男として提供できるものを見せてもらったが、あれしきのものでこのレディが熱くなるとはとても思えない」

ブリスはかっとした。「思いあがりがすぎるわよ。なんてしつこいの……出ていって！ふたりともよ！」

「だけど、シェリ……」フランソワは甘い言葉でなだめようとしたものの、彼女ににらまれて黙るしかなかった。

「よりによってあなたまでもが。よくもあんなことが言えたわね？」

「ぼくはただ――」

「あなたの言おうとしたことはわかっているわ。だからいずれは許してあげるけど、今は無理ね」

フランソワはしょんぼりとため息をついたが、服を集めるといつもの彼に戻った。「あいつはどうするんだ？」ケインの背中に鋭い視線を投げかける。

ブリスはケインのほうにちらりと目を向けた。彼の乱れた黒髪は蠟燭の明かりでところどころ金色に輝いている。ケインは彼女にとって謎に満ちた存在で、彼に感じている魅力を払いのけられそうになかった。

ふたたびフランソワに視線を戻し、ブリスは言った。「彼にもすぐに退場願うわ」

「あいつの頭を殴ってやらなくて本当にいいんだね？　喜んでそうしたいんだが」

「その権利は自分のためにとっておくわ。でも、とにかくありがとう」ブリスはフランソワの両手をとり、安心させるようにほほえもうとした。「あなたはわたしを守ろうとしてくれただけなのよね、よくわかっているわ」

「きみが寝た男というのはあいつなんだな？」

否定しようかと思ったが、フランソワにはすべてお見通しだろう。「ええ」小声で答える。

「そのとおりよ」

けんかができないとあって、フランソワはしぶしぶながら相手への興味がわいてきたようだ。「あんなやつのどこがいいんだ？　これ見よがしに筋肉をひけらかしているだけじゃないか。それにあの顔ときたら！　険しくてごつごつしていて無骨の一語に尽きる。先祖代々無鉄砲でけんか好きな、市民階級の出身なんだろう」

　自分のことが話題にされていると察したのか、ケインはふたりを見やって挑発するように眉をあげ、にやりとしてみせた。

「野蛮人め」フランソワが軽蔑するように鼻を鳴らす。「助けが必要なときのために、呼べば聞こえるところにいるからね」彼は服を手にすると、皇帝の礼服のようにシーツをなびかせて堂々と戸口から出ていった。

「扉を閉めてくれ」ケインが穏やかに要求した。

　ブリスは唇を湿らせ、ゆっくりと息を吐きだした。「いいえ」

　彼は片方の肩で壁に寄りかかり、胸の前で腕組みをして見事な筋肉を見せつけた。

　あのしなやかで力強い腕に、わたしは両手を這わせたのね。あの腕にそっと抱きしめられる喜びも味わった。ケインに深く刺し貫かれたときは、両手で腕にしがみついたわ。思い出が急によみがえって、ブリスの体はわなないた。

　ケインが大股で四歩歩いて彼女の前に立った。感情の読めない目をしている。「あいつと愛し合ったのか？」ブリスが答えないでいると、彼はきつく腕をつかんだ。「どうなんだ？」

「いいえ！」とはいえ、しばらくは別の男性とベッドをともにする気にはなれないと告げて、ケインを満足させるつもりはなかった。「さあ、お願いだから帰ってちょうだい」

　彼が驚くほどのやさしさでブリスのほつれた髪を払った。喉もとをそっと撫でていく指先はキスのように親密だ。

ブリスは思わず一歩さがった。「あなたはわたしをひどく傷つけたのよ。それなのに平然とまたわたしの人生に戻ってくるなんて絶対に許さないわ。あなたの策略はすべて知っているの。レディ・バクストンが嬉々《きき》としてあなたの恥ずべき秘密を話してくれたんですからね」

ケインが手をのばしてブリスの頬に指を這わせた。その穏やかなしぐさは、目の鋭さとひどく合わなかった。「彼女はそんなことをすべきではなかった」彼はすまなそうにつぶやいた。

「もちろんそうよ」ブリスはあとずさりしてケインの手から逃れた。「そのせいであなたは楽しみを奪われたんですものね」

彼の手はしばし宙に浮いたままだったが、やがて力なく落ちた。「ぼくが楽しんでやったと本当に思っているのか？」

「なぜそんなことをきくの？　楽しんでいたくせに。だけど、たしかにわたしに警告はしたわよね？　わたしに恥をかかせて、さぞうれしかったでしょう。ばかな娘がまたひとり、あなたの気を引こうと必死になったんだもの」

「ぼくの記憶では、気を引こうとしたのはぼくのほうだよ」

ケインはわたしの機嫌をとろうとしているんだわ。ブリスはますます決意をかたくした。「後悔の念と自己憐憫《れんびん》にさいなまれているわたしを見たくてはるばる来たのなら、ひどく失望することになるわよ。そもそも、自己憐憫はあなたのお得意分野なんですからね」

「きみの言うとおりだろうな」

わたしはケインに同意してほしいのではない。わたしが感じた怒りと心の痛みと裏切られたという思いを彼にも味わわせたいのだ。「あなたと愛を交わして楽しかったわ。あなたは公爵の不感症の娘を熱くさせたんだから、ご自分を勝者だと思っているんでしょうね。でもわたしはあなたを選ぶという間違いを犯したけれど、また同じ過ちを繰り返すほど愚かではないの。あなたが初めての男性だとしても、ハートランド伯爵、最後の男性ではないのよ」

ケインはあきらめたようにブリスを見つめている。「きみがなにを考えようと勝手だが、ぼくは勝ったことを自慢するためにここへ来たんじゃない」

「それならどうして来たの？　なにか理由があるはずよ。わたしを気づかって来てくれたなんて妄想を抱くつもりはないわ。もしそうなら、とんでもなくすばらしいことでしょうけど」

「きみは怒っているんだね」

「怒っているどころじゃないわ、伯爵、激怒しているのよ」

ケインはブリスを長いあいだじっと見つめ、穏やかに尋ねた。「ぼくの子供を身ごもる可能性について考えてみたかい？」

「どうぞご心配なく。あなたの姓を名乗らせてほしいなんて要求しないから。そんなことをするくらいなら、毒蛇の巣で寝たほうがましだわ」

ケインの顎が引きつり、彼が必死に怒りを抑えようとしているのがブリスにはわかった。

「もし身ごもっていたら、きみと赤ん坊の面倒はぼくが見るよ」

「気高い志ですこと」ブリスはケインにやさしく見守られ、彼の赤ちゃんを胸に抱いているところを想像して、胸が張り裂けそうになった。「でも気づいていないようだから言っておくけれど、わたしにはあなたは必要じゃないの。いったいどういう理由で、一生あなたの不機嫌につき合わなくてはならないの？」

「子供の父親になるかもしれない男に、いくぶん好意を持っているからかもしれないよ」

好意など持っていないと言いたかったが、ブリスはたしかにケインを大切に思っていた。彼の非情な外見の下に、やさしく傷つきやすい内面をかいま見たこともある。けれど、ケインにとってはわたしなんてどうでもいいのだ。わたしは目的のための単なる手段でしかないのだから。

「万が一わたしが妊娠したら、そのときはどうなるというの？　わたしと赤ちゃんを養うために、レディ・バクストンのベッドで毎晩励むの？　きっとあなたはわたしのベッドのそばにはいないでしょうから」

突然ケインの瞳に灼熱《しゃくねつ》の炎が燃えあがり、彼はついに怒りを爆発させた。ケインはブリスに歩み寄ると、背中が壁につくまで彼女をあとずさりさせ、顔の両横の壁に手をついた。

「きみの心など簡単に変えてみせられるんだぞ。ぼくに特別な感情を抱いていないなら、こんながみがみ女みたいなふるまいはしないはずだ。きみはぼくに惹かれている。そしてぼくも……きみに惹かれているんだ」

ブリスは体が震えるのを感じた。ああ、ケインに、この憎らしくてハンサムな卑劣漢に会えなくてどれほど寂しかったか。ケインの神経を逆撫でするようなことばかり言ったのは、彼の怒りを爆発させたかったからなんだわ。わたしは自尊心が強すぎて、キスしてほしいと素直に言えなかった。きみを絶対に放さないと耳もとで熱っぽくささやいてほしいと頼めなかったのだ。

「わたしに惹かれているとしたら、ハートランド伯爵」ブリスは軽蔑したように言い放った。「そのただひとつの原因は、あなたの脚のあいだにあるんじゃないかしら」彼女は大胆にもケインのズボンの前に手を当てた。てのひらに熱くかたいものを感じて、自分が今も彼を性的に高ぶらせていることを実感する。

ケインは歯のあいだから鋭く息を吐き、瞳の炎をますます燃えあがらせた。彼は急にたがが外れてしまったらしく、ブリスの体を自分の体で強く壁に押しつけた。

彼女は息がとまりそうになったものの、挑戦的にケインを見あげた。ふいに彼の口が唇に襲いかかり、その熱い感触のせいで全身に火花が散ったとき、ブリスはほっとしてすすり泣きそうになった。

17

冒険なき勝利は、
栄光なき凱旋《がいせん》に等しい。

ピエール・コルネイユ

ケインは開いた口をブリスの唇に押しつけて熱烈なキスをした。腰をこすりつけ、彼女が愛撫した箇所がかたくこわばっていることを知らしめる。

彼はブリスの全身に両手を這わせ、彼女に息つく暇も与えず欲望をかきたてていった。

ブリスはかすかな抵抗を見せて、すぐには彼の思いどおりになるまいとした。けれどもケインは彼女の両腕をつかんで自分の肩に置き、彼女がどこでも自由にさわれるようにした。ブリスはがっしりした肩に触れ、あたたかくしなやかな首を愛撫し、撫でられるのを待っているような乱れた髪に指を差し入れた。髪の毛をしっかりつかんで、ケインの顔を自分に近づけさせる。彼のうめき声とブリスのすすり泣きがまじり合い、やがてふたりからまわりの世界が消えていった。

ケインのキスはブリスをあからさまに自分のものだと主張し、激しく執拗だった。彼女はケインの熱い体に、よく動く力強い筋肉に心を奪われ、溺れていった。

彼がブリスの髪に指をもぐり込ませ、頭頂部でまとめられていた髪の毛をほどいて肩に垂らした。髪のひと房を引っぱって彼女をのけぞらせ、喉もとのなめらかな線や耳の後ろの感じやすい部分に唇を這わせる。彼女の喉の奥からあえぎ声がもれると、ケインは唇を重ね、自分の口のなかにその声を響かせた。

ブリスの心臓は破れんばかりに打ちつけ、体じゅうの血管に興奮が走った。胸の頂がうずき、その快感が下腹部へ伝わって脚のあいだを潤わせる。

けれども彼女の閉じた目の奥に、ケインがほかの女性たちと抱き合っている場面が浮かんできた。ブリスと同様、女性たちはみな巧みに警戒心を解かれ、彼の誘惑に屈して、熟達した愛撫を受けて身もだえしている。女性たちの顔がぼやけ、やがてくっきりとひとつの顔が浮かびあがってきた。

オリビア・ハミルトンの顔が。

冷酷であざけりに満ちたオリビアの顔がブリスの目の前に現れ、残酷な言葉が鐘の音のように響き渡って胸を締めつけた。

〝彼は自分をひどい目に遭わせた人たちに復讐しようと、長いあいだ策略をめぐらしていたの。あなたはその格好の標的だったというわけ〟

ブリスはケインから唇を引きはがした。「わたしをひとりにしてちょうだい」彼を乱暴に押し、胸をこぶしでたたく。

ケインが彼女の手首をつかんで体のわきに押さえつけた。荒い息を吐き、欲望で曇った目でブリスを見おろす。「やめるんだ」

「放して」

ためらったあげく、いらだちのうめき声とともに彼はブリスの手首を放した。彼女は部屋の反対側に逃げ、それからケインのほうに向き直った。

「一度では充分じゃなかったの?」声がつかえるのを悔しく思いながら、ブリスは問いただした。「あなたは復讐を果たし、その褒美としてわたしの純潔を奪ったのよ。お父様の仇を討ったんでしょう。ほかになにがほしいというの?」

室内に沈黙が訪れた。ケインは欲望と非難のこもった目で彼女を見つめ続けている。「もしかすると」彼はついに口を開いた。その声は静かな部屋の空気を切り裂き、ブリスの胸に突き刺さった。「ぼくがほしいのはきみかもしれない」

その告白にブリスは仰天した。大きな喜びがこみあげてくる。でも、ケインを信じるわけにはいかない。信じるつもりもない。彼はまたわたしをもてあそぼうとしているのよ。

「なぜ?」彼女は怒った声で尋ねた。「父がひどい目に遭わせた家族がほかにもいるのかしら?」

ケインは窓辺に歩いていって外を眺めた。夜空の月に雲がかかり、一瞬彼の顔に影が差したが、雲は流れていった。ケインはゆっくりとブリスのほうを向いた。月光が精悍《せいかん》な顎の線を際立たせている。口はしっかり引き結ばれ、目にはなにか激しい感情があふれていた。

「このことはもう、きみやぼくの父親とは関係ないんだ」ケインが言った。

「関係ない？　お父様たちのことが原因で、わたしを誘惑しようとしたんでしょう」

「ぼくはやめようとした」

「あなたの情熱は、簡単にわきあがって、明かりのようにつけたり消したりできるというわけね？　気まぐれだこと。そもそも、少しでもわたしがほしかったの？　それとも誘惑の手練手管を駆使して、わたしにあなたから求められていると思い込ませただけだったの？」

ケインの顎がこわばった。「きみがほしかったことはわかっているはずだ」

「復讐の欲求とお酒の力を借りれば、わたしがまったくほしくなくても、はずみで挑んでしまうことがあるでしょうね」

「ぼくたちに起きたことは復讐とは関係ない」

「申し訳ないけど、納得できないわ」ブリスは自分がスカートの生地を握りしめていることに気づいた。手を離し、自分を鞭打つようにして部屋のなかを歩き始める。「それなら話してちょうだい、今日ここへ来た本当の目的はなんなの？　余命が一週間しかないとわかって、神様の前で償いをする気になったの？　それとも突然、良心の呵責《かしゃく》を感じたの？」

「きみに言わせれば、ぼくには良心がないはずだ」

ケインの暗い口調を聞いて、ブリスは彼に視線を向けた。彼女の動きを目で追っているらしい様子に落ち着かなくなる。

「理由がなんであれ、あなたがここへ来たことで、少なくともわたしは自分の思いを話すことができるわ」ブリスはケインに向き合い、怒りに震える声で抗議した。「わたしの父に対するあなたの主張は間違っていると思うわ。父はわざと人を傷つけるようなことは決してしない。そんな人間ではないのよ」父親から届いた手紙について話し、それを読ませることもできたが、ほんの一瞬でも父親を疑ったことをケインに知られたくなかった。彼に満足感を与えたくない。「あなたのお父様に起きたことは残念に思うわ。心からお気の毒だと思ってる。だけど、わたしに責任はないはずよ」

ふたたび月に雲がかかり、ケインの目以外の部分が陰った。濃いブルーの瞳には決意がみなぎっている。「怒りのあまり、ぼくはきみに八つあたりしてしまった。きみを憎んでいると思い込んでいたんだ。だが、いつのまにか……」彼は口ごもり、疲れたような声で続けた。「いつのまにか事情が変わっていた。きみがいなくなったとたん……」

「いじめる相手がいなくなったことに気づいたのね」ブリスは辛辣に言葉を継いだ。

ケインは歯をきしらせ、感情を表さずに言った。「いや、自分が間違いを犯したことに気づいたんだ」

その告白を聞いて、彼女ははっと足をとめた。けれどもすぐに、人を操ることと誘惑することにかけては天才的な人間を相手にしているのだと思いだした。「今の言葉に喜ばなくてごめんなさい。だけど、あなたにはもう二度と会いたくないの」

ブリスはくるりと向きを変えて戸口に向かった。スカートが大きな衣ずれの音をたててひるがえる。すぐさまケインが手をのばし、彼女の体を回転させて自分のほうに向かせた。

「ほんの少し前にキスしたときは、ぼくに会えてうれしいという思いが伝わってきたよ」

「好きなように考えるといいわ。今さら言いにくいけど、あなたはわたしの仕事の邪魔をして、モデルを追い払ってしまったのよ」

「すると、それがあのおどけ者がここでしていたことなのか？　きみの絵のモデルをしていたんだな？」

「そうよ」

「それなら、ぼくが代わりを務めて償いをするよ」唇の片端をあげていたずらっぽい笑みを浮かべると、ケインは身をくねらせて上着を脱いだ。高価な生地の上着が、彼が履いているブーツを囲むようにして落ちる。

「な、なにをしているの？」

「服を脱いでいるのさ」彼は次にベストを脱ぎ捨て、挑むように不埒な笑みを浮かべた。

「ねえ、やめてちょうだい」

ケインはその言葉を無視した。彼女を見据えたままカフスボタンを外し、小さな金属音を響かせては、ひとつ、またひとつと床に落とす。それから首巻き《クラヴァット》をとった。雪のように白い布がゆっくりと漂うように落ちていく。彼はシャツのボタンも同じようにゆっくりと外し、厚い胸板をじらすように少しずつあらわにした。

ブリスはなんとか目をそらそうとしたが、できなかった。シャツがほかの衣類の山の上に落とされ、ケインがランプの明かりのなかに立ったとき、彼女のてのひらは汗でじっとりしていた。

彼がズボンのボタンに手をのばしたとき、ブリスは思わず叫んだ。「やめて!」

「なぜだい?」ケインは穏やかに尋ねたものの、彼女の頬が赤くなっていることに気づいた。舌で乾いた唇を湿らせているし、胸が激しく上下している。「怖いのか?」

彼はブリスに近づいていった。彼女がむさぼるように自分を見ていることに意地の悪い喜びを感じつつも、その目に見つめられるとわが身がばらばらに崩れていく気がした。夢のなかにしょっちゅう現れてケインを悩ませたのも、このまなざしだった。何事も見逃さず、嘘のつけない目は、彼を熱っぽく眺めている。

ブリスはケインの心のなかになにかを目覚めさせてしまった。だが、彼はそれにきちんと向き合えなかった。だからそれから逃れるために、できることはなんでもした。彼女に感じているものは相変わらず憎しみだと自分に信じさせた。

しかしブリスが去ってしまい、むなしい一日が次の一日に溶け込んでいくだけの日々が続くと、憎しみなどなんの関係もなかったことをケインは思い知った。ブリスがいないことが寂しくてならなかった――彼女のほほえみが、香りが、歩き方が、彼に立ち向かう様子が頭から離れない。きつい言葉を浴びて憤然とさせられたことさえ懐かしかった。

けれどもいちばん恋しかったのは、抱きしめると腕にしっくりなじむ彼女の感触や、キスをしたときの素直な反応だった。

ケインはもう一度それを味わいたかった。愛撫されたときも、ブリスはためらうことなく喜びを表現した。自分の感情をうまく覆い隠せるほどの経験がないのだ。

彼はポケットに手を入れて、持ってきた物をとりだした。「これを覚えているかい?」

ブリスが目を大きく見開き、頬を染めた。「わたしのガーターだわ」恥ずかしそうにケインを見あげる。「どこにあったの?」

「きみの腿から外したんだ」彼女の顔がさらに赤くなったのを見て、ケインは笑みをもらした。ふたりが愛を交わした晩に外したと彼女が思っていることがわかったからだ。ブリスに事実を教えるのはさぞ楽しいだろう。「きみは酒に弱いんだね。不届きな悪党たちの誰かがその事実につけ込んでもおかしくはなかった」

彼女がはっとした。「もしかして、あなた……」

「酔っ払ってしまったきみの代わりに、ぼくが服を脱がせてやったかって?」ケインはその返事として笑みを浮かべた。「きみは本当にすてきな酔っ払いになるんだね、スウィートハート。たまらなく魅力的だったよ」恥ずかしさと怒りで目をきらめかせている今のブリスがそうであるように。「ぼくはかなり高潔な男だったと言えるだろうな」

「高潔ですって!」彼女は怒り狂って叫んだ。

「月の光を浴びたきみの肌がどんなに魅惑的か見せてやりたかったよ。乳房も肉感的でなまめかしく……そのきみをめぐってセントジャイルズとぼくが競い合ったんだ。きみならぼくを選んでくれただろうと思いたいね」

「わたしならどちらも選ばなかったでしょうね！」ブリスは息巻いたものの、すぐに尋ねた。「セントジャイルズ卿もわたしの部屋にいたの？」

「多忙な夜だったよ」

「彼がそんなことをするはずは……」

「彼はあの晩、眠ることは考えていなかったとだけ言っておこう」

ようやく理解したらしく、ブリスが身を震わせた。「セントジャイルズ卿は顎にあざをこしらえていたわ……あなたが殴ったのね？」

「喜び勇んで殴ったと言ったら、ぼくの騎士道精神にけちがつくだろうか？」

「あなたって人がわからないわ」

「それは女性からよく聞く泣きごとだな。だが今ぼくの頭を占めているのは、きみはどういうふうにして感謝を示してくれるだろうかということだけなんだ。その唇をぼくの唇に押しあててもいいし、ぼくの髪に指を差し入れて小さなうめき声をあげてもいい。ほら、あのうめき声だよ、甘くて――」

「それを返して」ブリスがてのひらを差しだした。「どうか渡してちょうだい」

「〝それ〟というのはガーターのことかい？」

「決まっているでしょう」彼女はぴしゃりと言った。

「どうしようかな」ケインはからかうように応えて、机のまわりをまわった。急に近づいたらブリスが驚いて部屋を飛びだしていくといけないと思ったのだ。「これに愛着がわいてしまったんだ」彼は唇で絹のガーターをなぞり、ブリスが浅い息をしながらそれをじっと見ているることに喜びを感じた。「とはいえ、手放してもいいんだが——ひとつ条件がある」

「どんな？」

ケインは狼を思わせる笑みを浮かべた。「見つけた場所にぼくが戻せるなら、というのが条件だ」

ブリスは頬を真っ赤に染めた。「そんなことはだめよ」激しく言い返し、顎をつんとあげて威圧するようにケインをにらみつける。彼女が小柄であることを考えると見事な技だ。

「それなら、ずっとぼくが持っていなくてはならないようだな」ケインがさりげなくブリスのあとを追っているうちに、ついに彼女の脚がベッドにぶつかった。

ブリスは開いたままの扉に目を向け、それから部屋を見まわした。距離を計算しているのだとケインにはわかった。彼が近づく前に逃げだせるかどうか考えているのだろう。

「逃げようとしても無駄だよ、スウィートハート」ケインはブリスの手首をそっとつかんだ。憤慨にかられる美しい顔をじっと見おろし、魅惑的な弧を描く眉や完璧に整った鼻、怒りで鋭くなった目を縁どっている濃いまつげを脳裏に焼きつけようとする。

かつてケインが彼女のために計画した巧妙なレッスンに、いつのまにか自分がはまり込んでいることに彼は気づいた。今やぼくはブリスのとりこになっている。

「ぼくに会えなくて寂しかったかい？」やわらかな肌を撫でながら、ケインは小声できいた。

「少しも」ブリスは軽くあえぎ、そのあたたかな息が彼の肌にかかり、欲望をかきたてる。

「きみの目は別のことを語っているぞ」人さし指で彼女の顎を軽く持ちあげると、首筋で激しく打っている脈が目に入った。

ブリスは顔をそむけ、自分の目に怒りだけが表れていますようにと祈った。「そう？　じゃあ、なにを語っているのかしら？」

ケインが微笑を浮かべた。その抑えた笑みは彼女を妙な気持ちにさせた。「きみの目は、ぼくが突然火の玉のように激しく燃えあがり、そのあと燃えつきてきみの足もとで灰の山になってほしいと語っている」

「残念だけど、そんなに穏やかなものではないわ」

彼は小さな笑い声をあげた。「そうかもしれないな。それでも、きみがぼくにキスをしたがっているという事実は変わらないよ」

「あなたって、いつもそんな妄想にふけっているの？」

ケインが身をかがめたので、彼女の頬にあたたかな息がかかった。「きみのこととなると、ぼくは頭がどうかなりそうなんだ」

ブリスはもう少しでまた彼を信じるところだった。だがまばたきをしたとたん、理性が戻ってきた。「あなたはもう一度わたしを奪いたいだけよ」

目に怒りの火花を散らせながらも、ケインは気楽な口調で言った。「もちろんだ。ぼくがはるばるここへ来たのは、きみに覆いかぶさって、よく締まる熱い部分に身をうずめるという恩恵にあずかる魂胆からさ。きみがぼくの背中に爪を立てて、かわいい乳首がぼくの胸をくすぐり、脚がぼくの腰を締めつけるのを感じたいからなんだ。きみはヒップを持ちあげて、ぼくを奥深くまで受け入れ――」

「いいかげんにして！」

「――ぼくが交わることのできる女性は、ここパリとデボン州のあいだに数百人、いや数千人いるというのにね。彼女たちならぼくを侮辱したり非難したりせず、喜んでスカートをまくってくれるだろうに」

「言うべきことはもう言ったでしょう」ケインの言葉で想像をかきたてられ、ブリスは知らないうちに息が浅くなっていた。「予測のつかなかったこととはいえ、あなたの〝献身〟にきちんと感謝していなかったとしたらごめんなさい。これからはその説得力をほかの女性にお使いになるといいわ。頭に脳みその入っていない女性にね。さあ、どいてちょうだい」

ブリスの毅然とした要求は、彼女への渇望をかきたてただけだった。ケインはそのとき、ブリスから〝愛している〟という言葉を聞きたがっている自分に気づいた。その理由はもはやオリビアとも、彼女とのいまいましい賭けともかかわりがないだろう。

ケインは自分のことさえ、もうわからなくなっていた。己を駆りたてているものがなんなのか、日一日とわからなくなっていくようだ。ブリスが去ったあと、そのほうが好都合なのだと彼は自分に言い聞かせた。屋敷をとり戻すことには失敗したが、復讐は果たしたのだから。だが、そう思っても心に平和は訪れなかった。

自分が探し求めている罪の許しは内面から起こらなければならない。ケインはそう認めざるをえなくなっていた。ぼくはのしかかる罪悪感をやわらげようと外にばかり目を向け、他人に罪をなすりつけようとしていた。そのことにようやく気づいたとはいえ、罪から自由になりたいとはなお思えなかった。いまだに自分を許せなかったのだ。

「せっかくぼくがここにいるのに、本当にもう一度したくないのかい？」ケインは誘惑するように尋ねると、ブリスの頬からほつれ毛を吹き払い、彼女の肌に軽い震えが走るのを見て内心でにやりとした。

「わたしの願いは、出ていくあなたの背中を見ることだけよ」

「そうか」ケインは犠牲者ぶったため息をついた。「出ていくよ。だが、その前にひとつ望みをかなえてくれ」彼は唇を近づけ、ブリスの甘い唇を味わった。

ブリスは鳩《はと》が翼をはためかせるように両腕をばたつかせてから、その手をケインの首のつけ根に当てた。それに応えて彼の全身の筋肉が震えた。ああ、ブリスに触れられるというささやかな楽しみがどんなに恋しかったことか。どれほど忘れようとしても、彼女の感触を頭から追いだすことはできなかった。

ブリスが去ったのち、ケインはオリビアに指一本触れていなかった。それをオリビアは、ノースコート・ホールをとり戻す機会を自分が台なしにしたせいだと解釈しているようだった。けれども実際は、ブリスが今のようにケインに身をゆだね、甘いうめき声をもらしたとたん、彼は屋敷のことなどどうでもよくなっていたのだった。

ブリスを軽く押してベッドに座らせると、彼女はキスを受けようと顔を上向けた。ケインはなんとか正気を保つため、こぶしを上掛けのなかに突っ込んだ。今、彼が本当にしたいのは、ブリスと体を重ね、彼女の欲望を花開かせることだったからだ。

ケインは頭がぼうっとして、ブリスが身をこわばらせて体を離したことに気づくのに少し時間がかかった。驚いた声が聞こえたが、それを発したのがブリスではないと悟るのに、さらにしばらくかかった。

ゆっくりと顔をめぐらしたケインは、扉のノブに手をかけた赤褐色の髪の小柄な女性が目を見開いて自分を見つめていることに気づいた。まるで目にした光景のせいで、その場から動けなくなってしまったかのようだ。

その女性はちょうどブリスを老けさせた感じだった。そのブリスは今ベッドに座ったまま身動きができず……彼女に覆いかぶさっているケインは半裸で、心づもりはともかく、とても礼儀正しいと言えたものではなかった。

「失礼《パードン》」その女性が口を開いた。低い声には軽いフランス訛《なま》りがある。「お邪魔をしてしまったようね」

女性の冷静な態度は意外だった。ケインが頭に思い描いたのは、彼の体がばらばらに切断されて床に散らばるという筋書きだ。そして真っ先に切り落とされるのは男の象徴だった。いまいましいことに、ブリスはケインをかばおうとはしてくれなかった。キスで唇を腫らしたままじっと座っている。人の目には、その姿は情欲という祭壇にいけにえとして捧げられた処女に見えただろう。

「出ていったほうがいいかしら？」女性が尋ねた。おもしろがっているような笑みを浮かべ、ケインとブリスを交互に見やっている。

「いいのよ、お母様」ブリスが答えたので、ケインはうめき声をあげそうになった。やはり思ったとおりだ。「この方は今、お帰りになるところだから」反論できるならしてみなさいという目で、彼女はケインを見あげた。「そうですよね、伯爵様」

「ええ……今、帰るところでした」脱いだときよりずっとすばやくケインが服を拾い集めたので、ブリスは笑いをこらえなくてはならなかった。強烈な個性の持ち主のハートランド伯爵が、パイを盗み食いした現場を見つかった内気な少年のように恥じ入っているのを目にしようとは夢にも思わなかったのだ。

ケインは戸口へ向かう途中、まずクラヴァットを落とし、次にベストを落とすというへまをしながら、戸枠をくぐり抜けるようにして出ていった。ケインを帰らせるには母を呼べばいいとブリスが知っていたら、彼からキスされる前にそうしていたかもしれない――とはいえ、実際にそうするかどうかは疑問だった。

自分でも恥ずかしいことに、ブリスはケインが恋しくてたまらなかったからだ。荒々しさのなかにもやさしさの感じられるキスや、大きな両手を絶えず動かす愛撫、頬をかすめる無精髭や、肌をぞくぞくさせる豊かな声の調子が、懐かしくて仕方がなかったのだ。辛辣な言葉や沈み込んだ表情さえ忘れられなかった。

もっとも、今日会った男のほうがブリスの心にははるかに危険だった。怒って人をあざけるケインなら、立ち向かって身を守ることができる。けれど、これまでとは違う光を目に宿し、思いやりのある言葉を口にするとなると話は別だ。そんな彼なら、本人が望みさえすれば簡単に相手を魅了してしまうだろう。

「あなたがずっとぼんやりしていたのは、あの方のせいだったのね？」

母の声でブリスは夢想から覚めた。気づくと、フランソワに言ったのと同じことを繰り返した。「ぼんやりなんかしていないわ」彼女はスカートのありもしないしわをのばした。「お母様もフランソワも同じことを言うのね、ひどいわ」

母はブリスの顔をあげさせ、訳知り顔の緑色の目で見つめた。「フランソワとわたしはフランス人ですからね。よく知っているのよ――」

「ぼんやりするということを、でしょう。ええ、わかってる。だけど、ふたりとも間違っているわ。わたしがぼんやりするはずがないじゃない、あの腹立たしくて、のろまで、尊大で……」ブリスは言葉を探した。

「ハンサムな男性に？」母が代わって言った。

「横暴な田舎者によ」ブリスは逆らった。「あの人のことでぼんやりするなんて、わたしが女っぽいしぐさが売り物のモデルになるのと同じくらいありえないわ」

「あなたがそう言うなら、そうなんでしょうね」母は軽く肩をすくめた。「それでも、あなたはどうしようもないほどのぼせあがっているわよ」

「そんなことないわ！」彼女は激しく抗議した。

「わたしの経験では、女性を激怒させるような男性というのは実に情熱的で、女性を深く愛する人が多いものなのよ。怒りは過剰な自尊心と強烈な男らしさの表れなんでしょうね。わたしの見たところ、あのすてきな男性はそうした特徴をたっぷり備えているわ。あなたは彼の裸体を描くべきだったわね。驚くほど見事な体をしているでしょうから」

「お母様ったら！」

母は素知らぬ顔で娘に視線を向けた。「こんな話題が気になるの、あなた《マ・ドゥース》？　今まではこういったことを話しても、一度も心を乱したことなどなかったのに」

ブリスは力なく肩をすくめた。「それとこれとは違うわ」

「なるほど」母がうなずいた。「あなたはあの男性に惹かれているのね。イングランドへの旅行中になにかが起きたことはわかっていたわ。失恋した女の顔をして戻ってきたんですもの」母はベッドに並んで腰かけ、ブリスの手をとった。「なにがあったのか話してちょうだい」

ブリスが子供のころ、母は視線を向けるだけで、どんな悪いことも白状させる不思議な力を持っていた。なんでも打ち明けていいと語りかけてくる目を向けられると――ブリスはいつもそのとおりにしてしまうのだった。

あきらめのため息をついて、彼女は降参した。「たしかに彼に惹かれていたかもしれないわ。でもほんの少しだけで、話す価値もないくらいのことよ。それに今はもうなんとも思っていないわ」

「そうなの？　でも、あなたの目には本当の気持ちが書いてあるわよ。これまでいつもそうだったけれど」お母様ったら、ケインと同じようなことを言うのね。これからは目隠しをつけなくてはならないわ。「あなたはあの男性に今も強く惹かれているわね。わたしにも彼とお話しする時間があればよかったんだけど。あなたの心をこれほど完全に奪ったのだから、さぞすばらしい男性なんでしょう」

「彼はわたしの心を奪ったわけじゃないわ。それにすばらしい男性なんかじゃない。嘘つきで、ぺてん師で、乱暴者なの」

「そんなにひどいの？」母の声にはおもしろがっているような響きがあった。

ブリスはベッドから飛びおり、くるりと体を回転させて母の前に立った。「一度でいいから、ほかの母親のようにふるまってくれない？　卒倒するとか、悲鳴をあげるとか、なにか重いもので彼の頭を殴るとか」

母は膝の上で両手を組み合わせ、ブリスを見つめた。「あなたは誰かの頭を殴るのにわたしの手助けが必要だったことは一度もなかったわ、とくに相手が男性の場合には」

ブリスはさらにもうしばらくのあいだ怒りにしがみついていたが、やがてため息をついて、またベッドに座り込んだ。「そうね、今回は、彼には強く惹かれているかもしれない」

「その言い方はとてもつらそうね」

「みじめな気持ちなの。彼に特別な感情など持つべきではないのに」

「でも、特別な気持ちになってしまったのね？」

「まったくどうかしているわ。彼はわたしをもてあそんで、そのあと笑い物にしたのよ。それなのに彼がそばにいると……」

「頭がぼうっとしてしまう？」

「ええ。本当にばかげてる」

「ブリス、これからわたしの言うことをよく聞きなさい。母から娘に伝える、もっとも愛情のこもった言葉なんだから」母はブリスの手をやさしくたたき、あたたかな笑みを浮かべた。「あなたは愚かなことをしているわ」

ブリスは抗議しようと口を開けたが、母は片手をあげて制した。「誰も彼も追い払ってしまうのはやめなさい。さもないと、そのうちひとりぼっちになってしまうわよ。わたしみたいに」

「わたしは誰も追い払っていないわ！」

「男性があなたに少しでも関心を示したら、いつもなんとか懲らしめてやろうとしているでしょう」

「そんなことないわよ！」

「ジャックの場合はどうなの？　彼はあなたを崇拝していたのよ。勇気づける言葉をかけてあげさえしたら、彼はあなたの足もとに薔薇の花びらでもまくように一生大切にしてくれたはず。それなのにあなたときたら、彼がいることにさえろくろく気づかなかったんですもの」

「彼はわたしよりたった五センチしか背が高くなかったのよ！」

「あなたの愛情というのは男性の身長で決まるの？」母が頭を振った。「そんな娘に育てた覚えはないけれど」

「それだけじゃないわ。彼は……退屈だったのよ」

「そうかもしれないけど、あなたを大事に思っていたわ」

「彼ったら、銀行の話しかしないんですもの」

「でも話をするとき、彼はあなたの言うことをひと言も聞きもらすまいとしていた」

「音をたててお茶をすするのよ」

「彼はあなたにすっかり魅了されていたわ」

「彼、耳のなかに毛が生えているの！」

「彼はあなたの笑顔を見るためだけに生きていたのよ」

「彼は――」

母の低い笑い声が聞こえ、ブリスは口をつぐんだ。「言い訳がたくさんあること」母は訳知り顔で微笑した。「今度こそ、真実に向き合わなくてはならないわね。あなたはあのイングランド人を自分にぴったりの男性だと思いながらも、彼から逃れる理由を探しているのよ。彼はあなたをもてあそんだのかもしれないけれど、あなたのほうもそれを知りながら進んで身を任せたのではなくて？　わたしはあなたという人間をよく知っているわ。あなたにまったくその気がないのに誘惑するなんてことは、どんな男性だってできないはずよ。もちろん、もし彼があなたを強姦したのならただちに告訴しましょう。彼は今夜にも高等法院付属監獄《コンシェルジュリ》に収監されるわ。あなたにはその気がなかった、ということでいいのね？」

誰かがコンシェルジュリに送られると考えただけで、ブリスは身震いした。その監獄は暗く陰気な建物で、血塗られた歴史に彩られている。フランス革命時には三〇〇〇人近い男女が収監され、のちに斬首台で処刑されたのだ。

ブリスは両腕を体にまわし、母から視線をそらした。「いいえ、彼は無理やりわたしを奪ったわけではないわ」

「なにがあったのか話してちょうだい」母はブリスが話し始めるのを辛抱強く待っている。

ブリスはオリビアが明らかにしたことを含め、一部始終を打ち明けた。話を聞き終えた母は、しばらく考え込んだ末に口を開いた。「その男性はとても困った状況にあるようね。若かりしころのあなたのお父様によく似ているわ」

ブリスは目を大きく見開いた。「お父様に？　まあ、お父様は品行方正な方よ！　ケインには少しも似ていないわ」

「お父様のことで、あなたの知らない話はたくさんあるのよ。一時はかなりの放蕩者だったの」

ブリスの知っている父はやさしいけれど堅苦しい。そんな今の父からは母の言うような姿は想像できなかった。「お母様はちょっと大げさに言っているだけなんでしょう？　男性はみんな向こう見ずなことをする時期があるものだわ」彼女は疑わしそうに言った。

「そう、あなたのお父様はまさにその向こう見ずだったのよ」昔を懐かしむような微笑が母の口もとに浮かんだ。「よく問題を起こしていたわ。大胆不敵で、尊大で、誰に対してもすぐに突っかかっていくの」

「お父様が？」

母はうなずき、生き生きと目を輝かせて思い出を語った。「お父様はまるでつむじ風のようにわたしの前に現れた。ほかの女性たちはお父様から笑みを向けられると、ただ恥ずかしそうに扇であおいだり、愚かしくも失神したりしていたけれど、わたしは立ち向かうことができたのよ。もっとも、いつまでも抵抗できないのはわかっていたわ。実を言うと、お父様にひと目ぼれしてしまったんですもの。でもその感情を否定していたら、お父様が無理やり気づかせてくれたの。あなたのお父様がわたしの処女を奪ったのは、エクスムアの外れの小川のほとりに生えている古い赤松の木の下だった」

ブリスはただ口をあんぐりと開けることしかできなかった。彼女の仰天した様子を見て、母はくすくす笑った。「頑固な娘を、わたしが口もきけない状態にさせる日が来ようとは夢にも思わなかったわ」

「仕方がないわよ。だって初めて聞いたんですもの」

「話す必要を感じなかったのよ、これまでは。あなたに知恵を授ける機会は近ごろではめったにないわ。小さな子供だったころと違って、あなたはわたしを必要としなくなっているから」

ブリスは母の手をそっと握りしめた。「お母様のことはいつも必要としているわ」

母はいとおしそうにブリスにほほえみかけた。「わたしもあなたを必要としているのよ。だけどこの件では、親としてもっと早く口を出すべきだったかもしれないわね。関心を持ってくれた男性に対して、あなたが壁をつくるのを見たときに。わたしのようになってしまうといけないもの、愛する男性と別れたわたしのように」

ブリスはようやく母の心中をかいま見た気がした。「お母様は本当にまだお父様を愛しているの？」

「ええ、そうよ」母は静かに答えた。「まだ彼を愛しているわ。この気持ちは死ぬまで変わらないでしょうね」

それは廊下にじっと立って両親のすさまじい言い争いを聞き、けんかの原因は自分にあると思い込んでいた一〇歳のころからずっとブリスを悩ませていたものの、尋ねることができずにいた疑問だった。当時ブリスは真実から目をそむけたが、今も逃げ続けていた。言葉にしたら現実になってしまうと思ったからだ。

母の目が熱っぽくきらめいた。「恋をすると、女性は自分の気持ちに素直になれるものなのよ。あなたもすでにわかっているように、たとえそれが分別のある行動とは言えなくてもね。ところが男性というのは気まぐれなものなの。女性が結婚をほのめかしたら、男性は束縛されまいと風よりも速く逃げていく。かといって相手と同じような無関心な態度を見せていたら、男性はなかなか結婚を申し込んでくれないわ」

ブリスは頭を振った。「考えておかなくてはならないことが本当にいろいろあるのね」

母はブリスの肩に腕をまわした。「失神してあとであなたに介抱してもらう、とり澄ました母親のほうがよかったかしら？」

ブリスは笑い声をあげた。「話してくれてありがとう。でも、なんとかひとりでやっていけるわ」

母は励ますようにブリスの腕をたたいた。「そうだとわかっていたわ。あなたはわたしにそっくりなんですもの、堕《お》ちた天使が好きなところがね。信じなさい、あなたに聞く準備ができたら答えは向こうからやってくるわよ」

18

人間は死すべき運命であるうえに、間違いも犯すかもしれない。

ジェームズ・シャーリー

ペール・ラシェーズ墓地はパリで最大の、そしてもっとも荘厳な墓地で、大きなゴシック様式の建物や装飾を施した墓石、花崗岩の台に立つすばらしい彫像で有名な場所だ。彫像はなにか物音を聞いてはっと動きがとまったようにも、ダンスの途中でいきなり石に変わってしまったようにも見える。

ブリスが墓地内のルポ通りをゆっくり歩いていると、ジャコブ・ロブレスの像が彼女を見つめてきた。悲しみに沈んだ表情と唇に指を押しあてたしぐさは、墓地では死者を敬い、静粛を保つようにと訴えている。

ここに眠る人々のいちばん忠実な友であり、この墓地を住みかとしている数百匹の猫たちが、木陰や墓石の上でのんびりと寝そべっていた。

歩きながら、ブリスは冷たくさわやかな空気を胸いっぱいに吸い込んだ。静けさは心を癒してくれる。フランス人は墓地を気の滅入《めい》る場所とも、陰気なあるいは特殊な人たちのお気に入りの場所とも考えず、むしろ人生の延長と考えていた。

ペール・ラシェーズ墓地はとても美しい。とくに夕刻の今は空が赤紫色と濃い瑠璃色《るりいろ》に染まり、銀白色の墓石が深紅と金色の燃えるような夕映えのなかに浮かんでいる。午後のにわか雨のせいで、露を含んだ草から靄が立ちのぼっていた。

今日、ブリスは祖父母の存在を身近に感じ、静寂のなかで助言を仰ぎたかった。そうすれば両親の別居が自分のせいだという罪悪感がやわらぎ、ケインのことで混乱した気持ちが落ち着くかもしれない。

ゆうべケインが出ていったとき、ブリスは彼が戻ってくるだろうと思った。彼らしい驚くような方法でまた姿を現し、会えなくて寂しかったともう一度言ってくれるだろう、と。今日は仕事を口実に一日じゅう家にいたが、彼は訪れなかった。

ひょっとするとデボン州に戻ったのかもしれない。パリに来たのがどういう理由だったにせよ、わたしに会ったことで、もうどうでもよくなったのだろう。ケインが去っていくこと、それこそわたしの望みではなかったかしら？　そもそもパリに来てわたしの傷口をふたたびこじ開け、わたしに彼のことを考えたり求めさせたりしないでほしかった。

気持ちさえしっかりしていたらケインのキスにも屈しなかったのよ、とブリスはひと晩じゅう自分に言い聞かせた。もっとも、彼はびっくりするような速さでわたしをベッドに座らせたけれど。

もしあのとき母が現れなかったら、どうなっていたかわからない。それを考えるとブリスはぞっとした。母の言うとおり、ケインはわたしの運命の男性なのだろうか？

〝信じなさい、あなたに聞く準備ができたら答えは向こうからやってくるわよ〟と母は言った。その答えこそ、わたしが心から見つけたいと思っているものなのだ。

ブリスは物思いにふけりながら、祖父母の墓に近い並木道に入っていった。足音が敷石にかすかに響いている。寄り添うように並んだふたつの墓の前で、彼女は足をとめた。ひとつの墓の上には男性の像が、もうひとつの墓の上には女性の像が置かれている。若く生命力にあふれた姿をとどめたふたつの像は、永遠に互いのほうを向いている。

かたい石に手を置いたブリスの胸に、突然うずくような感情がこみあげてきた。

「こんばんは《ボンソワール》、おばあ様、おじい様」そう小声で呼びかけ、彼女は前回訪れたときに供えた花がしおれてしまっていたのでとり除き、持ってきた美女撫子《なでしこ》と飛燕草《ひえんそう》を手向けた。

それから墓の前にある小さな大理石のベンチに腰をおろす。生きている祖父母に最後に会ったのは、ブリスが一〇歳のときだった。フランスには第二共和制前夜の革命の嵐が吹き荒れていた。

ブリスの祖父が重病だという知らせを受けた母は、渡航が困難になる前にフランスを訪れることを決意した。ブリスも母と一緒に行くと決めていた。父は危険すぎると反対したが、母はそれを無視し、娘を連れて出発した。ふたりは反乱部隊の武装した兵たちに見つからないよう、ひそかに旅をした。

その年の一二月に起きた出来事はブリスの人生を決定的に変えた。祖父母を一週間のうちに相次いで失い、その後、両親のあいだに取り返しのつかない溝ができてしまったのだ。

わたしだけでも父の言うことを聞いてイングランドにとどまっていれば、こんなことにはならなかったんだわ。わたしがあれほど頑固でなかったら、妻とひとり娘が殺されかけたことで父は母を責めなかっただろう。

ひと粒の涙がブリスの頬を伝ってスケッチブックに落ちた。涙は次々にこぼれ、スケッチブックの染みは広がっていった。彼女は涙を抑えられそうになかった。わたしは今の両親のような、孤独で不幸せで自尊心ばかり高くて心の古傷を癒せないまま生きていく人間にはなりたくはない。だけど、わたしも同じ道を歩んでいるのではないかしら？

ふいに人に見られているような気がして、ブリスははっと顔をあげて立ちあがった。動悸《どうき》が激しくなったが、彼女は振り向いて邪魔者に対峙《たいじ》しようとした。

ほんの数メートル離れたところにケインが立っていた。彼の体は揺れている光と影のなかにあった。沈みゆく夕日を背にした優雅な姿は彫像のようにじっと動かず、その深いまなざしでじっとブリスを見つめている。

「お、驚かせないでちょうだい」こみあげてくる涙で目の奥がうずき、感情があふれそうになった。

「すまない」ケインが静かに言った。「びっくりさせるつもりはなかったんだ。ぼくの足音が聞こえただろうと思ったものだから」

ブリスはケインにこんなめそめそした姿を見せたくなかった。その一方で、彼の肩に頭を預けて思いきり泣きたかった。

しばし顔をそむけ、まばたきして涙を払う。「どうしてここにいるの？」

「家に行ったら、きみが出かけていく姿が見えたんだ。それであとをつけた」

「どうして？」

「きみに謝ろうと思って」ケインの精悍な顔は薄闇に包まれ、ふたりのあいだの地面では淡い光と影が揺れている。「謝るのは苦手でね」彼は不安げな笑みを浮かべて白状した。「あまり練習したことがないから。昨日ぼくがしくじったことはよくわかっている。ただ、きみとあのフランス人《フロッグ》を見たとたん――」

「彼の名前はフランソワよ」

ケインの不満そうな顔を見て、ブリスは思わず口もとをほころばせそうになった。彼が両手をポケットに突っ込んだ。「頭に血がのぼってしまったんだ。すまない」ケインは長いまつげ越しに彼女を見た。目に後悔の色を宿して、そっと言い添える。「いろんなことを謝るよ」

そのとき、ブリスは彼を許してもいいような気がした。父に復讐する手段として始まったことが、いつのまにか違うものに変わったと心のどこかで信じたかったからだ。

自分がケインを強く求めていることにブリスは驚いた。彼に対する心の準備がまだできていなかったので、ひどく不安になる。

彼女はケインから目をそむけた。彼を追い払う言葉を口にするべきなのに、まったく思いつかない。しばしの時が流れ、やがてケインがブリスの背後にやってきた。熱くてかたい壁のような体が背中に触れ、彼の胸が呼吸のたびに上下するのがわかる。男らしい香りに包まれると、いろいろな記憶を呼び覚まされた。

「ぼくが来たとき、なぜ泣いていたのか話してくれないか？」ケインがやさしくささやいた。

ブリスは首を振ったものの、思いだすと苦しみがよみがえった。

「これはどなたのお墓なんだい？」

彼女は胸が締めつけられた。つかのま目を閉じ、なんとか息をしようとする。「わたしの祖父母のお墓よ」

「亡くなられて寂しいんだね」

「ええ、とても」声に絶望がにじんだ。「その年は数回しか会うことができなかったの」唇が震えないようぐっと噛む。「祖父母が亡くなる前に」

ケインはブリスのこめかみにそっと指をすべらせた。「今でも懐かしく思いだすんだね？」

「ええ」

「いちばんよく覚えていることを話してくれないか？」

彼女は口ごもり、手を見おろした。「祖母は歌うのが好きだったの」知らないうちに話し始めていた。「ソプラノの美しい声をしていた。いつも微笑を絶やさず、幸せそうだったわ」

祖父母の思い出で胸がいっぱいになる。もう一度会いたい。もし会えたら、そのときはあんな間違った行動はしないつもりだ。あれほど多くの過ちは犯さないようにするわ。

「祖父は話し上手で、聞く人の心をとりこにしていたわ。昔の言い伝えや第一共和制の時代の戦いについて、情熱をこめて語ってくれた。負けた者の苦しさに思いを馳《は》せるようにとわたしに教えてくれたの」

「すばらしい方たちだったんだね」

「ええ。いろいろな物事を深く気にかけ、どんな形であれ不正を憎んでいたわ。わたしが世の中を人とは違った角度から見られるようになったのも、祖父母のおかげなの。とはいえ、わたしは自分の気持ちを絵で表現しているけれど」

「ゆうべ、きみの作品を何点か見せてもらったよ。きみにはとても才能がある」ケインは少し間を置いた。「それも見ていいかい?」大理石のベンチに置かれたスケッチブックを指し示す。

ブリスはためらった。個人的な作品を人に見せたことはほとんどない。「ええ」彼女はようやくつぶやいた。

ケインがスケッチブックを手にした。それは墓地という聖域の外の世界を記録したブリスの日記帳と言えるだろう。最初のページを開けた彼は絵をじっと見つめ、やがてブリスに視線を向けた。その瞳には悲しみと同情があふれていて、そんな彼の目をブリスは見たことがなかった。

「彼女の名前はファンテーヌよ」ブリスは自分から話しだした。「靴を縫う女工だったの。

いたわ」

彼女が肉屋の店先でつけにしてほしいと頼んでいたときに出会ったのよ。店の主人は断って

「この顔はどうしたんだ？」

「夫に殴られたのよ」彼女は答えたが、嫌悪感のせいで声に抑揚がなかった。「彼女の夫は なけなしのお金を居酒屋で遣ってしまうの。酔っ払って家に帰ってきて、テーブルに夕食が 並んでいないと、〝おれの金の遣い方に文句をつけるのか〟と彼女を責めるのよ。食べ物が ほとんどなくて子供たちがおなかをすかしていることなど、夫にとってはどうでもいいこと なの」

ケインが小声で悪態をついた。「そういうろくでなしは睾丸《こうがん》に鉤《かぎ》を刺してつるしてやるべ きだ」語気を荒らげて言う。それほど単純に問題が解決できたらいいのに、とブリスは思っ た。「それで、今その女性はどこにいるんだい？」

ブリスは目を閉じた。「亡くなったわ。彼女は子供たちをなんとか食べさせなくてはなら なかったので、場末の通りで体を売るようになったの。ところが、客のひとりに手荒に扱わ れて絞め殺されてしまったのよ」

「なんということだ」

「彼女の子供たちは今、救貧院にいるわ」ブリスは目を開け、心配そうな顔をしたケインと 視線を合わせた。「救貧院のことは知っている？」

「いや、あまり」

「ひどいところよ。救貧院でろくに食べ物も与えられず屈辱を受けて生きるくらいなら、たいていの人はどんな状況であれ路上で生きることを選ぶでしょうね」ファンテーヌの子供たちに面会しようと教区司祭と一緒に救貧院へ行ったときの、じめじめした壁と不潔な顔に広がる言いようのない悲しみをブリスは忘れられなかった。「収容者はまるで囚人のようで、訪問を受けることもほとんど許されず、ときには厳しく折檻《せっかん》され、多くの人は家族とばらばらにさせられて暮らすの」

「政府はなんとかできないのか？」

「そういう状況を認可しているのが政府なのよ。それにたとえ苦情を申したてたとしても、政府には聞いてもらえないわ」ブリスはスケッチブックの次のページを開き、小さな女の子の絵をケインに見せた。かつてはふっくらと愛らしかったであろう顔が苦痛でこわばっている。「この子は燐顎《りんがく》にかかっているの。燐顎というのは燐によって顎の骨が壊死《えし》する病気で、マッチ工場の労働者はその病に体をむしばまれているのよ。工場は大人だけでなく七、八歳の幼い子供まで雇っているわ。日の差さない不衛生な仕事場に閉じ込めて、低賃金で一日一二時間から一四時間も働かせているの」

ケインが手で目をこすった。その絵は彼にとっても衝撃的だったようだ。残りのスケッチも同様で、おなかをすかせた女性や子供の顔が描かれている。彼らはたった一本の蠟燭の光で働き、手はあかぎれだらけで赤く腫れあがっていた。

「誰もこの状況をなんとかできないのか？」

「気にかけることしかできないのよ」ブリスは答えた。「貧乏は怠惰の結果だとして、今の社会は貧しい人々にとても冷たいの。でも実際は不景気のせいで不運に見舞われたり、人の力ではどうにもならない状況に陥ったりしてしまった場合が多いのよ」

「きみはそういう人たちの窮状を気にかけているんだね」

「わたしは絵を描くだけで、なにもできないわ」

「彼らに代わって発言もしているじゃないか」

「でも、わたしの声なんてどこにも届かない。わたしは女だから、法律を変えることができないのよ。それに祖父母が持っていたような強さもないの。祖父母は自分の信念を貫くためならあくまで闘う強さを持っていたわ」

「きみはとても似ているよ」

ブリスはかぶりを振って空を見あげた。暗くなりかけた空に星がまたたき始めている。

「祖父母のように強い意志を持とうとしても、わたしは外から眺めて感情や気持ちをカンバスにとらえているだけで、心の底から表現しているとは言えないの」

ケインの指が彼女の首をそっとなぞる。あまりにも近くにいるので、彼に抱きしめられているかのようだ。「自分の信じることにこれほど情熱を傾けている女性をぼくは知らないよ。きみはぼくとやり合っただろう？　それができたんだから、なんだってできる。きみは作品を発表するべきだ。この残酷な現実を世の中の人に見てもらうんだよ」

ブリスはうつむき、両腕をウエストに巻きつけた。「それはどうかしら」

ケインがてのひらを上に向けて片手を差しだした。それは支援の申し出だった。思いがけないやさしさにブリスは声をあげて泣きそうになりながら、彼のてのひらに手を重ねた。指が触れ合い、体に甘い戦慄が走る。日焼けした力強い彼の手が、そっとブリスの手を包み込んだ。そのあたたかさは心の奥深くにある冷えきった感情まで溶かしてくれるようだった。

「この碑文にはなんと書いてあるんだ？」ケインが小声で尋ね、祖母の墓石の墓碑銘を手で示した。

　大理石に刻まれた文字をブリスは見つめた。〝イル・フュール・エメルヴェイエ・ドュ・ボ・ヴワイヤージュ・キ・レ・ムナ・ジュスコ・ブ・ドゥ・ラ・ヴィ〟「手をとり合って進んだ人生という旅の美しさにふたりは驚嘆し、ともに最期へといざなわれた」彼女は静かに読みあげた。

「すばらしい言葉だな」

「ええ。祖父と祖母は深く愛し合っていたの」ブリスの声が震えたので、ケインは励ますように手を握り、髪に頬を押しあてた。「ふたりは一週間のうちに相次いで亡くなったのよ。祖母が急死し、すでに重病だった祖父は生きる気力を失って旅立ってしまったんだと思うわ。この世に生きるいちばん大切な理由を失ってしまったんですもの」

「愛する人を突然ふたりも失って、きみにとっては大きな衝撃だったろうね」

「ええ」

「おばあ様はどうして亡くなったんだい？」

「殺されたの」

「お気の毒に」ケインはつぶやき、彼女のこめかみにそっと唇を押しあてた。こらえていた涙があふれだし、ブリスの頬を伝った。「あの日はとても平穏だったわ。でも今にして思えば、嵐の前の静けさだったんでしょうね」

「なにがあったか話してくれないか？」

ブリスはためらったものの、記憶が次々とわきあがり、それは口をついて出ていた。「政府と民衆のあいだの緊張がどんどん高まっていたわ。モンマルトル通りとタンプル通り周辺の地区では騒ぎが起きていた。何十というバリケードが築かれ、そのいくつかはライフルを持った一〇〇人以上の近衛兵たちに占拠されていたの。祖父母の家の窓から兵たちの姿が見えたわ」その様子を思いだして彼女は震えた。

ケインがブリスのウエストに腕をまわして抱き寄せた。「怖かっただろうね」

「なにが起きているのか、わたしにはよくわかっていなかったと思うの。その光景をもうひとりの自分が眺めているような、妙に無関心な気分だったんですもの。母と祖母が通りに出ていくとき、母はわたしに一緒に来てはいけないと言ったの。それなのに、わたしはふたりに見つからないように後ろからついていったのよ。丘の上にひとりの女性が立って、ヴィクトル・ユーゴーが書いた宣言書を読みあげていたわ。それを聞こうと数百人が集まっていた。その人々を国王の一〇〇〇人近い兵が監視していたの」

「それで？」ケインは穏やかに促した。

「ノートルダム大聖堂の時を告げる鐘の音が聞こえたわ。三時だった。しばらくして誰かが〝共和制万歳！〟と叫ぶと、どこからか一発の銃声がとどろいたの。集まっていた人々がどっと逃げだし、彼らめがけて兵たちが発砲したのよ。騒ぎは五分ほどでおさまったけれど、そのあと通りには何十もの死体が横たわっていた。今でも目に浮かぶの。傘を持ったまま目を大きく開けて縁石に倒れていた老人や全身に銃弾を浴びた男の子……それに、わたしの祖母の姿が」

ブリスの目からとめどなく涙があふれだした。「現実のこととは思えなかった。これは悪い夢で、すぐに目が覚めるはずだと思ったわ。わたしは足がすくんでその場に立ちつくしていたの。母が祖母のかたわらに膝をつき、大声で泣き叫んでいたわ。わたしは見動きできないまま、しだいに光を失っていく祖母の目を見おろしていた。今に祖母が起きあがって悪夢は終わるんだ、と考えていたんでしょうね。祖母の胸についた血の染みは小さくて、これくらいで何度も危険な目に遭いながら生きのびてきた女性が死ぬはずはないと思えたのよ。そのとき祖母がわたしに手をのばしたの。だけど、その手をとることはできなかった。祖母が別れを告げようとしているのがわかって、手をとったら死んでしまうのではないかと思ったの」彼女の唇からすすり泣きがもれた。「最後の機会だったのに……ちゃんとお別れさえできなかった」

ケインはブリスの体を自分のほうに向かせ、泣きじゃくる彼女を両腕でしっかり抱きしめた。ほつれた髪に指を絡ませ、もう一方の手でうなじをやさしく撫でる。

ふたりはしばらくのあいだそうしていた。ブリスの泣き声がおさまりかけると、ケインは大理石のベンチに腰をおろして彼女を膝にのせた。

「大丈夫かい？」彼が小声できいた。

ブリスはうなずき、ケインが手渡してくれたハンカチを目に押しあてた。

「きみはまだほんの子供だったんだ」彼が励ますように言う。「状況がのみ込めなかったり、怖くなったりして当然だよ。自分を責めてはいけない」

「祖母と母に外へ出ないよう頼むべきだったわ」

「どうやってふたりをとめるつもりだったんだい？」

「わからない」まだ少し涙にむせびながらブリスは答えた。「でも、とにかくやってみるべきだったわ。父がフランス行きに反対したとき、わたしも母にお願いするべきだった。危険すぎると父にはわかっていたんですもの。もしわたしが頼んでいたら母はイングランドにとどまり、母と祖母が通りに出ることもなかったし、父と母は今でも愛し合っていたかもしれないわ」

ケインはブリスの頭を胸に抱き、ゆっくりと髪を撫でた。ようやく彼女が泣きやむと顎に手を添えて顔を上向かせ、唇にそっとキスをした。

彼への愛がブリスの胸にあふれた。わたしはいつのまにか、悪名高いハートランド伯爵に恋をしていたんだわ。誰が信じるだろう？　生粋の女性権利擁護論者が、イングランドの生粋の女たらしに夢中になるなんて。

「世界の好きなところへ行って絵を描けるとしたら」夕闇に包まれ、ケインが穏やかに話しかけた。「どこがいい？」

ブリスは背後に立つ墓の上にのっている美しい翼を持った天使になんとなく視線を向けた。石でできた天使の目は、彼女に同じことを問いかけているようだ。「そうね、このパリがいいかもしれないわ。画家志望の人たちはみな、パリに来ることをめざしているようだから」

「そうかい？　本当に？」頭上に広がる空のような暗いブルーの目で、ケインが彼女をじっと見つめた。「ほかにはどこへ行きたい？」

その答えはブリスの頭にたちまち浮かんだ。「故郷よ。エクスムア」

「なぜ？」

「そこでは幸せだったから」

「今は幸せではないのかい？」

「まあまあ幸せよ」彼女はつぶやき、ケインの首にきれいに結ばれたクラヴァットに指で触れた。そのきちんとした身なりから判断すると、ほしいものはなんでも尊大に奪いとったデボン州での粗野な男は根こそぎ捨て去ったらしい。それでも立派な服装の下にまだふたりの男性がいるような気がして、ブリスは不安になった。

「なにがなくなったことがいちばん寂しいんだ？」彼がきいた。

「本当の家族よ」ブリスは心の底からそう答えた。「わたしにそんな家族がいたのは大昔のことに思えるわ」自分が愚かな切望を口にしているのに気づき、彼女はケインから顔をそむけた。「ばかばかしく聞こえるでしょうね。もう大人になっているのに、子供みたいなことを言って」

「何歳になろうと家族は大切だよ」ケインはブリスの顎の線を撫で、自分のほうを向かせた。

「物心ついたときから、家族は父とぼくだけだった」彼は大通りのきらめく光にちらりと目をやった。ちょうどダンスホールが開店したのだ。「母のことはなにも覚えていないんだ。ぼくが四歳のときに亡くなったから」

「お気の毒に」

ふたたび彼女に向けられたケインのまなざしには、どこか絶望の色があった。「気の毒なことはないさ。もともとなかったものだから、寂しくはない」

「そうでもないんじゃないかしら」

ケインの表情が真剣になった。「きみの目にはぼくがどう映っているのか、教えてくれないか？」

それは今までの質問のなかで、いちばん答えやすいものだった。「わたしの目に映るのは、打ちひしがれた男性の姿よ」ブリスは穏やかに言った。「なにかにとりつかれ、苦悩している。わたしの気持ちを暗くするけれど、強くもしてくれる。人に見られていないときは同情心が厚くなる。心が傷つくと残酷になる。強くありたいときはやさしくなる」

言葉を失ってしまったかのように、ケインは長いあいだブリスをじっと見つめていた。それから指で彼女の口の端に触れた。「きみは以前、ぼくがほしいものを求めていないと責めたことがあったね」

脈拍が速くなり、ブリスは息がとまりそうになった。「あなたのほしいものってなんなの？」

「まずキスだ」そうケインはつぶやき、彼女の髪に片手を差し入れた。うなじをつかみ、唇を自分のほうに向けさせる。「次はきみの心がほしい」

19

力で征服するだけでは充分でなく、
味方に引き入れる方法を知らなくてはならない。

ヴォルテール

驚きのあえぎ声をもらすブリスに、ケインが唇を重ねた。〝きみの心がほしい〟と言われたブリスは舞いあがり、彼の首に両腕を巻きつけた。大きな手でウエストをつかまれ、ドレスの上から愛撫されると、ブリスの体の奥に火がついた。

ケインが頬に、顎に、喉にキスの雨を降らせる。ブリスは背中を弓なりにして、彼の唇へ身を押しつけた。ケインは彼女の体を上へと撫でていき、胸までたどりつくと豊かなふくらみを手で包み込んだ。乳首を指先で触れられて、ブリスは彼の口に甘いあえぎ声をもらした。「ああ」ケインがうめく。「きみの体はなんてすばらしく、そのうえ感じやすいんだ」彼はブリスの喉に鼻をすり寄せ、熱い唇を這わせた。ブリスはせがむように彼の名前をささやいた。ケインが彼女の頬に自分の頬を押しあて、苦しげなかすれ声を出した。「もうやめなくてはいけない。さもないと、ここできみを奪ってしまいそうだ」

ブリスは一瞬ぽかんとしたが、すぐにここは屋外で人に見られてしまうかもしれないと気づいた。

彼女は跳びおりるようにしてケインの膝から離れた。からかうような彼の低い笑い声にあわてて背筋をのばし、そばに誰かいないかあたりを見まわした。夜の帳がおりかける時刻だったので、ありがたいことに墓地には人影がなかった。

ケインにちらりと視線を向けたブリスは、彼の瞳にたぎるような欲望といたずらっぽいきらめきが宿っていることに気づいた。「悪い人ね」ブリスはしぶしぶ笑みを浮かべてたしなめた。彼の顔に目をやると、薄暗がりのなかで頬の傷跡がかろうじて見えた。

その線状に残る傷の跡をブリスは見つめた。ためらったあと、手をのばしてさわってみる。ケインはとめなかった。顎のざらざらした感触とは異なり、指先に触れる傷跡はなめらかだ。

「父に手紙を書いたの」そう彼女が言うのを聞いて、ケインの体に緊張が走るのが感じられた。「父の返事によれば、あなたが訪ねてきたことはまったく知らなかったようよ。もし知っていたら絶対に会っただろうと書いてあったわ」傷跡に沿って指を走らせたブリスは、彼がかすかに震えるのを感じた。彼女は身を寄せて、その傷跡にキスをした。

「ブリス」ケインが懇願するようにうめく。

「父はあなたの身に起きたことを残念がっていたわ、ケイン……もちろん父はあなたのお父様に起きたこともとても悲しく思っているのよ。父はあなたのお父様が不幸な事態に陥ることは決して望んでいなかったの」ブリスはそこでひと息置き、ケインがなにか口を挟むかと待ったが、彼はじっと動かず無言のままだった。「もしあなたが貴族院でなんらかの地位につくことを希望するなら、喜んで力になると伝えてほしいと書いてあったわ」

ケインは長いあいだ彼女を見つめた。怒りだすのではないかとブリスは身構えたが、彼はうなずいただけだった。ケインはわたしの話に耳を傾け、わかってくれた。それだけで彼女には充分うれしいことだった。

一陣の冷たい風が吹きつけてきたのでブリスは身震いし、ショールを持ってこなかったことを思いだした。ケインがコートを脱いで肩にかけてくれた。コートの裏地に残っている彼のぬくもりや、白檀と葉巻の香りが心地よい。彼に助けられて、ブリスは立ちあがった。

彼女は指先を唇に押しあて、その手を祖父母の墓のそれぞれに置いた。「愛しているわ《ジュテーム》」そうつぶやくと、ケインに導かれて墓をあとにした。

ふたりはなにもしゃべらなくてもわかり合える安心感に包まれ、しばらく歩いた。風が頬を撫でていき、梟や遠くの猫の鳴き声がブリスの耳にはやさしい音楽のように聞こえた。

小道の外れでケインが足をとめた。「あれはなんだろう？」角にある、悲しげな乙女の像が上に立っている墓を示す。

「ショパンのお墓よ」

「そこにたくさんある小さな紙切れはなんのためなんだい？」

「恋人たちが石の隙間に挟み込んだのよ。あの乙女は恋人たちの守護天使で、願い事をかなえてくれるという言い伝えがあるの」

ケインは考え込むように乙女の像をじっと見つめ、続いてブリスのスケッチブックにちらりと目を向けた。「それ、ちょっといいかい？」

ブリスはうなずき、彼がスケッチブックの最後の白いページを開き、小さな正方形に破るのを見守った。炭筆のとがった先端で、彼はその紙になにか走り書きをした。ブリスはケインの肩越しにのぞき込もうとしたが、彼は見せまいとしてさえぎった。それから墓に歩いていき、乙女の足もとの石の隙間に紙切れを差し込む。

「なんて書いたの？」

ケインがほほえんだ。「ぼくとショパンの秘密だよ」ブリスの好奇心を満たすことなく、彼女と指を絡ませる。ふたりは墓地から大通りに出た。彼は貸馬車を呼びとめて、御者にブリスの住所を告げた。

そしてブリスが馬車に乗り込むのを手伝った。彼女がスカートを直してふと顔をあげると、ケインはまだ外に立っていた。両手をポケットに突っ込んでためらっている様子だ。

「一緒に乗らないの？」

「乗ってもいいのかい？」

ブリスは迷わず答えた。「ええ」今夜これで別れてしまうつもりはなかった。今までにない気づかいを見せるケイン・バリンジャーのことをもっと知りたい。

ケインが乗り込んで扉を閉めると、馬車の一方が少し沈んだ。彼はブリスの向かい側に座った。御者席の横の角灯からぼんやりした明かりが差し込むだけなので、車内は暗い。

丸石の上を進む馬のひづめの音は穏やかで、馬車の軽い揺れはブリスの心を落ち着かせた。ケインが長い脚を前にのばして彼女の脚を挟み込み、視線を絡ませる。なんとか平静を保っているものの、ふたりの心のなかでは相手を求める気持ちがふつふつとわきあがっていた。

「今どこかへ行けるとしたら、どこがいい?」先ほどケインがきいたのと同じようなことを、今度はブリスが尋ねた。

彼は座席を軽くきしませて身を乗りだし、ブリスの手をとった。親指で関節を撫で、それからてのひらをゆっくりとさする。

「今いるここがいいよ」ケインはそう答えて彼女に唇を重ねた。そのキスはやさしくてうやうやしく、しかも渇望に満ちていて、ブリスの情熱をあおった。

「ケイン……」彼女は憧れをこめて名前をささやき、手の甲でケインの頬をそっとかすめた。

彼はブリスのてのひらに頬を押しあて、その真ん中に熱いキスをした。

「こっちへおいで」そして彼女の手首をとって座席を移動させ、また膝にのせた。「このほうがずっといい」

彼はブリスの手を持ちあげて、指の一本一本に、さらに手首の内側にキスを落とした。唇が腕をのぼっていき、肘の内側の敏感な場所を見つけて愛撫する。

ブリスは目を閉じてため息をつき、感謝の思いでその感覚に身をゆだねた。こういう親密な触れ合いをどれほど求めていたことか。ケインの顎が、胸のふくらみの上部からドレスで覆われていない喉もとへとかすめていく。やがて彼はふたたび唇に戻った。今度はブリスを自分のものだと主張するような激しい口づけだった。

ケインが少し顔をあげ、ほとんどまぶたを閉じた目で彼女を見おろした。かすかに震える手をブリスの首まで持ちあげ、鎖骨にまたがるほど大きく指を広げる。

「なんて華奢で魅力的なんだ」彼のてのひらが胸の谷間まですべりおりた。ブリスは唇を噛み、その先の手の動きを待ち焦がれた。

ケインは小さな貝ボタンを外してドレスの襟もとをゆるめ、すでに先端がとがっている乳房をあらわにした。

「美しい」欲望でかすれた声をあげ、頂にキスをする。賞賛のささやきはまるで愛撫のように、ブリスを期待と興奮でぞくぞくさせた。「乳首がかたくてピンク色になっている」そこを味わうように長く吸われて、彼女は身もだえした。「まるで絹のような舌ざわりだ。強く吸うとぼくの口になじんでくるんだよ。舌でもてあそぶと――」ケインはじらすように舌を動かし、彼女のなかに興奮の渦を巻きおこした。「きみはうめくようにぼくの名を呼ぶ。ほら、こんなふうに。喉の奥から子猫みたいな声を出すんだ。ああ、その声を聞くと頭がどうかなりそうになる」彼はかたく突きだした頂をさらに愛撫した。

ブリスはケインのもたらしてくれる快感に溺れた。「御者が……」馬車の速度が落ち始めたので、朦朧としながらつぶやく。

ケインは自分の体で彼女を隠し、御者席の後ろの羽目板を開けて御者に声をかけた。「とまれと言うまで、このまま進んでくれ」それから羽目板を戻した。

「彼はどう思うかしら？」

「そんなこと知るもんか。さて、なにをしていたんだっけ？　そうそう、きみのすてきな乳首を味わっていたんだ」ケインは身をかがめて先端を唇で挟み、吸い込んだり軽く歯を当てたりして、さらに感覚を鋭敏にしていった。

ブリスは彼の手が足首に移動してスカートを押しあげるのを感じた。あたたかなてのひらがふくらはぎを撫で、膝の裏側の敏感な場所を刺激し、腿のあいだを動いて脚を開くように促す。彼女はそのとおりにした。

ケインが彼女の秘められた場所をてのひらで包み込み、中指を茂みのなかに差し入れて真珠のような突起を探りあてた。「なめらかな手ざわりだ」彼は喉の奥で低くうめいた。「味わったらもっとすてきだろうな、濃厚なクリームのようで。それからこれは」円を描くようにゆっくりと突起をなぶる。「甘い果実みたいな味がするだろう」

そのひと言がブリスの欲望を一気に高めた。乳首にされたのと同じ甘美なリズムで、そこを口で吸われているような感覚に襲われたのだ。

ケインが彼女の喉もとに顔を寄せた。「ぼくの口で愛されている感じがするだろう？」

「ええ」ブリスはあえいだ。

彼がほほえむのをブリスは肌で感じた。ケインはそれから彼女の体を膝の上で回転させ、背中が自分の胸に当たるように抱いた。

「ぼくの脚をまたぐように脚を広げてくれ」

ブリスは喜んで言われたとおりにした。スカートをウエストまでまくりあげられ、腿を開いて秘所をさらけだしたみだらな姿態をとらされる。そのうえケインはさらに彼女の脚を広げた。ブリスは全身をわななかせた。

ケインが彼女の肩に、そしてうなじにキスをする。両手を乳房の外側に当てたあと、ふくらみを包み、頂を高く押しあげて親指で愛撫した。

「この感覚は好きかい？」彼が耳もとでささやく。

「ええ」ブリスはかすれたうめき声をあげた。「とっても好きよ」

期待で震える彼女の腹部を、ケインの片手がゆっくりとすべりおりていった。脚のあいだの谷間にそっと進入し、うずいている真珠をふたたび見つけだす。

ブリスは背中を弓なりにして、とぎれとぎれのあえぎ声をもらした。ふくらんだ突起を指でさすられ、体じゅうが熱くとろけていく。乳房は彼の手でわきから中央へ高く寄せられているので指で両方の乳首を一度にこすられ、その感覚もたまらなかった。

「ケイン」ブリスはせっぱつまった声をあげた。体は今にも絶頂を迎えようとしている。

「わかっているよ、ブリス。ぼくにも感じさせてくれ」

ケインは潤った秘所の奥に指を抜き差しし、親指でまさぐって彼女をもだえさせた。

「ぼくがなかに入っていると思うんだ」彼が低くかすれた声で命じ、ブリスの首にその熱い息がかかった。「ぼくはきみのなかにできるだけ深く身をうずめている。こんなふうにリズムを刻みながら」ケインはさらにもう一本の指を加えて、彼女の奥まった場所を突きあげた。

頭がぼうっとして、ブリスはなにも考えられなくなった。ケインと彼がしていること以外はなにも感じられない。

ケインは彼女の乳首を愛撫する自分のもう一方の手を見つめて顎を引きしめた。とがった乳首を転がしたり、つまんだり、はじいたりしているうちにブリスの内部は痙攣し、筋肉が彼の指を締めつけた。

「そう、いいぞ」ケインはブリスを自分の腕のなかに横たわらせた。

それから彼はうめき声をあげて、片方の乳首を熱い口のなかに吸い込んだ。ケインの舌が敏感になった先端をかすめたとたん、彼女は絶頂にのぼりつめた。体の奥から大きな波が次々と押し寄せて全身がわななき、やがてブリスはぐったりとなった。

「すばらしい」ケインが耳もとでささやく。自分がどれほど貪欲《どんよく》に求め、身もだえしたかを思って、彼女は赤くなった。「快感を味わっているときのきみは本当にきれいだ。情熱的な反応はどんなに見ても飽きないよ」

いつになく恥ずかしさを覚え、ブリスは彼の顎の下にぴったりと顔を寄せた。「あなたにも歓びを味わってほしいわ」

「味わったさ」ケインは彼女の顔を上向かせた。「きみに触れているだけで、ぼくは信じられないくらい興奮しているんだ。きみが絶頂に達したとき、きみのなかにあったぼくの指は熱い潤いに締めつけられた……ああ、きみと一緒に今にも果てるところだった。こんなことは生まれて初めてだ。ぼくはすっかり高ぶって爆発寸前だよ」それを証明するように、下腹部のこわばりでブリスのヒップを軽く突く。「だが、ここで欲望を解放するわけにはいかない。やわらかなシーツと蠟燭の灯ったベッドで、きみと結ばれたいんだ」

ケインは最後にもう一度乳首にキスをしてから身を起こした。やさしい手つきでドレスのボタンをはめ、スカートをおろして、先ほどのようにブリスを胸に抱く。

彼女は満ち足りた気分でケインの腕に身をゆだねた。彼は羽目板を開けて、御者に話しかけている。ブリスはケインを許していた。彼はわたしのためにパリへ来た。わたしのことが恋しかったのだ。それは彼がわたしを大切に思っているあかしに違いない。

数分後、馬車はショセ・ダンタン通り一二番地のブリスのアパートメントの前でとまった。ケインは情熱的なキスをして、しぶしぶ彼女を向かいの席に戻した。彼の濃いブルーの瞳は喜びに満ちているようだった。

御者が昇降段をおろすために席からおりると、ケインはブリスの手をとり、甲に軽いキスをした。まもなく扉がさっと開いた。

しかし、馬車の横に立ってあざけるように眉をあげ、冷たい笑みを浮かべてふたりを見あげていたのは御者ではなかった。

オリビアだ。

「ダーリン！」彼女は甘くこびるような声で言った。「わたしを待たせるなんて、いけないわんぱく坊やだこと。あなた、九時きっかりにここで会おうと言ったでしょう？　小娘を喜ばせるのに思いのほか時間がかかったようね」オリビアの目がブリスに向けられた。〝すべてお見通しよ〟と言いたげに、全身に値踏みするような視線を走らせる。オリビアはブリスの乱れた髪やしわになったドレス、紅潮した頬や胸もとを見逃さなかった。「その様子からするとうまくやったようね、ダーリン」

昇降段の下段に立ったまま、ブリスは動けなくなっていた。背中に添えられたケインの手はやけどしそうに熱く、彼の体は緊張でこわばっている。ブリスが抱いたばかりの幸福感が音をたてて崩れていった。

「なぜここにいるんだ、オリビア？」ケインは怒りの声をあげ、足のすくんだブリスが最後の段をおりるのを手伝った。

ブリスが逃げだすのではないかと思っているように、ケインは彼女の腕をしっかりつかんでいる。だが、ブリスは彼の手を振りほどき、アパートメントの階段を駆けあがってふたりを締めだすだけの気力を奮いおこせなかった。来るべき恐ろしい事態から自分を守る力を絞りだせなかった。

「今言ったように、あなたを待っていたのよ」

「ぼくの言う意味はわかっているはずだ。どうしてこのパリにいるんだ？　デボン州でくたばれと、きみを置いてきたのに」

オリビアが笑い声をあげ、甘えるようにケインの腕を扇で軽くたたいた。それはこのほこりっぽい通りではなく、舞踏室の中央でするようなしぐさだった。「ばかなことを言わないでよ、ダーリン。わたしたち、パリへ一緒に来たんじゃないの」

「帰ってくれ、オリビア」ケインは警告した。「そして二度と戻ってくるな。もしきみとまた顔を合わせるようなことになったら、そのときはどうなっても知らないぞ」彼はブリスの腕を強くつかんだまま、アパートメントの正面階段のほうへ引きずっていった。

「あらあら。わたしは来るのが早すぎたのかしら？　彼女はまだあの言葉を言っていないのね？」

ふいに時間がとまった感じがして、ブリスは足をとめた。またわたしはだまされたのではありませんようにと祈りながら、じっとケインを見あげる。

「頼む、ブリス、オリビアの言うことに耳を貸さないでくれ。ぼくは彼女と一緒に来たんじゃない。誓うよ。彼女は嘘をついているんだ」

「〝あの言葉〟ってなんなの？」

「なんでもない。くそっ……わかるだろう、なにもかも変わったんだ。ぼくにはできなかった。ぼくには……」ケインの顔は後悔と絶望でこわばっていた。「あんなことはできなかったんだ」

「なにをできなかったの？」

「もうどうでもいいことだ。ぼくはしなかった。するつもりもない。彼女にもちゃんとそう伝えた」

「レディ・ブリス……」オリビアがブリスを慰めでもするかのように手をのばし、腕に軽く触れた。

ブリスははっと跳びのいた。「わたしにさわらないで」身も心も麻痺《まひ》したようになっていたが、猛然と怒りがこみあげて全身にみなぎった。

「あなたのお気持ちはよくわかるわ」オリビアが偽りの同情を見せて言った。「だけど、ケインだけが悪いんじゃないのよ。わたしにも同じくらい責任があるんだから。今度のことは、倦怠期《けんたいき》を迎えた恋人たちがたくらんだ単なるゲームだったの。退屈しのぎに気晴らしを求めただけだったのよ」

「黙れ、オリビア」食いしばった歯のあいだから、ケインがうなるように言う。

「すっかりばれているのよ、伯爵様。もはやとりつくろう必要はないでしょう。このレディにわたしたちの悪事を白状するのは当然のことだわ」オリビアはふたたびブリスに視線を据えた。「ただ、ここまでやりすぎるとは思いもしなかったけど」

「ブリス」ケインは彼女の前に立って視界をさえぎり、オリビアの姿が見えないようにした。「オリビアの言うことは聞かないでくれ。ぼくはきみを愛しているんだ。もっと早く言うべきだったが……くそっ、怖かったんだ。きみはぼくにはすばらしすぎる。きみをあきらめることができたら、忘れることができたらと思ったんだよ。だが、できなかった」

「彼女に真実を告げなさいよ、ケイン。自分の屋敷をとり戻すために彼女を利用したことを話しなさい」

「ぼくはきみを利用したわけじゃない、ブリス。きみがほしかったんだ。これからもずっときみを求めるだろう」

「わたしたちがどんな賭けをしたか、ちゃんと彼女に話しなさいな」オリビアがあざけった。

ケインは訴えるようにブリスを見つめた。「ぼくはその賭けを最後までやり通すことができなかった」

「いいこと、レディ」オリビアは続けた。「デボン州でわたしが言わなかったことがあるのよ。それは、あなたの純潔を奪うのは単に復讐のためだけではないということなの。たしかにケインはあなたのお父様に仕返しをしたがっていた――」

「黙れ、ちくしょう」ケインは威嚇するように言うと、オリビアのほうをさっと振り向いた。

「でも、賭けに勝ったら手に入ることになっていた自分の屋敷も、彼はほしかったのよ」オリビアは臆せずに続けた。「わたしにもほしいものがあったの。ケインの子供よ。賭けに負けたら、彼はわたしを身ごもらせるという約束だったの」

ケインがオリビアの前につかつかと歩み寄った。彼女はあとずさりしたものの、言葉は途切れなかった。「父親の復讐を果たす最高の方法は、あなたから処女を奪うだけでなく、あなたを夢中にさせたうえで捨てることでしょう？　だからケインは自分を好きにならせるだけでなく、あなたに身も心も捧げさせたかったのよ」

「黙れ！」ケインはわめいた。

「恋にのぼせたろくでなし」オリビアが悪意のこもった笑い声をあげた。「とんでもない愚か者ね。このレディがあなたみたいな男を本当に好きになると思うの？　あなたとわたしは似た者同士なのよ。自分の満足しか考えない、死ぬまで罪深い人間なの。あなたは自分がどうしてここまで堕落したと思う？　それは見さげ果てた好色漢だからよ。あなたの望みは、進んで身を任せる女たちに次から次へと自分の棒を突き立てることだけ。放蕩の度がすぎて、お気の毒にもお父様を苦しめたのよね」

「もう充分です」強い口調でブリスは言った。

「いいえ」オリビアが激しく言い募った。「まったく充分ではないわ。あなたは誘惑の達人にだまされたのよ。この件には多くのことがかかっているから、わたしは自分の投資したものを守らなくてはならなかったの。ケインは誘惑にかけてはすご腕ですもの、たちまちあなたを落として永遠の愛を誓わせるとわかっていたわ。あなたがなにも真相を知らないうちにね。ケインを愛していると彼がデボン州であなたに言わせられたら、彼は今ここにいないでしょう。考えてもごらんなさい。ケインはわたしの望むものはなんでも差しだし、わたしの言うとおりにふるまい、ベッドでわたしが求めるどんな行為もいやがらなかったのよ。それはひとえに、あの屋敷に住まわせてもらうためだった。あなたのためを思って言っているのよ。彼がこれまでの苦労を無駄にすると思う？　わたしはあなたみたいに愚かな処女のせいで、ケインのことはいい勉強だったと思ってあきらめなさい。わたしの言うことが信じられなければ、彼にきいてみれば？」

絶望のあまり、ブリスは全身がきりきりと痛んだ。ゆっくりとケインのほうを向く。「彼女の言っていることは本当なの？　すべては……屋敷をとり戻すためだったの？」

ケインは壁にもたれて夜空を見つめた。「きみを誘惑するなんて簡単だろうと思った」力のない声で言う。「その方法はわかっていると思ったんだ。きみのことを気にかけたり、本気で求めたりするつもりはなかった。きみが必要になるなんて絶対にないと思った。だが、きみはことあるごとにぼくに異を唱えた。きみのおかげでぼくは変わったんだ」彼はかたい石の壁に押しつけた頭をめぐらせ、うつろなまなざしをブリスに向けた。「自分が誰なのかを、きみは少しのあいだ忘れさせてくれたんだよ」

「なんて泣かせるお話なんでしょう」オリビアがうんざりした口調で言った。「ケインは罪の意識にひどく悩んでいるのよ、気の毒だこと。ねえ、ダーリン、どうせやりすぎてしまったんだから、最愛の人に洗いざらい話してしまったらどう？　なにしろ、とてもおもしろい話ですものね」

「やめてくれ」ケインが懇願した。「ぼくのことを少しでも大切に思っているなら、オリビア、そんなことはしないでくれ」

「ええ、大切に思っているわ——あなたがわたしを思ってくれているのと同じくらいにね。だけど、それがどれくらいなのかはふたりとも知っている。わたしを粗略に扱わないようにと警告したはずよ。たとえあなたの持ち物がわたしの体を最高に喜ばせようとも、あなたはその程度にしかわたしを思っていないということ。でも、今ではセントジャイルズがベッドであなたの代わりを務めているの。愛し方も男らしさもあなたにはかなわないけど、とにかく彼は言うとおりにしてくれるわ。だからおわかりでしょうけど、あなたはもう必要ないの。

不用になったのよ。利用価値はないの。さあ、あなたになにが残っているかしら？　なにもないわ。あなたはお払い箱になった、住むところもない伯爵というわけね。どこでも行き倒れになるといいわ。わたしがあなたを大切に思っているとしたら、その程度よ」

「なぜケインにそんなひどいことをするんですか？」ブリスは口を開いた。彼女はケインが気の毒でならなかった。どれほど胸の張り裂けるような思いをさせられても、彼を愛さずにはいられない。ケインはわたしが守らなくては。彼はすっかり落ち込んで、自分自身を守れないのだから。

「なぜかって？」オリビアはけたたましく笑いだした。「わたしにはそれができるからよ。でもね、あなたみたいな愚かな女にいったいなにがわかるというの？　男性を相手にするときは体を利用して優位に立つのがいちばんだというのに、あなたは言葉で闘っているんですもの。男というのはセックスのことしか考えていない動物なのよ。そのことをよく覚えておきなさい。これは忠告よ」

「あなたからはどんな忠告も受けたくありません。あなたは冷酷で打算的な女性ですもの」

「ようやくおわかりになったようね。でも、そうやってわたしのことを決めつけ、男の風上にも置けないケインに同情する前に、よく考えてごらんなさい。ケインはあなたを陥れようとたくらんだのよ。あなたは彼に利用されただけなの」オリビアはケインに悪意のある視線を向けた。彼は壁にぐったりもたれて頭を抱えている。「さあ、彼女に話しなさい、ケイン。どうして彼女があなたを全面的に責めるべきなのかを。あのことを話したら、あなたが彼女にしたいろいろなことはいっそう許しがたく思えるでしょうね」

「お願いだ、オリビア」ケインがうめいて首を振った。「やめてくれ」

オリビアはあざ笑った。「勇ましいことを言っていたわりには、まったく意気地がないのね。いいわ。わたしが話しましょう」彼女はブリスをにらみつけ、路上で決闘するかのごとく静かに手袋をはめ直した。「ケインのお父様は自分で断崖から飛びおりたんじゃないのよ、レディ。自分の息子に殺されたの」

20

忘却は彼女の心の花園を荒らし、
永遠にとどめておくべき大切な人との思い出を
なんの変哲もないものにしてしまう。

トーマス・ブラウン卿

ブリスは仰天して、長いあいだオリビアを見つめた。それからしっかり考えるよう自分に言い聞かせる。「いいえ」彼女は首を振った。「ケインがそんなことをするわけがありません」

「もちろん世間ではケインが殺したとは思われていないわよ。わたしは彼とのセックスで満足を得るため、伯爵の自殺については口をつぐんでいるべきだと思ったの」オリビアはドレスの袖についたほこりを払い落とした。「でも、もうそんな必要はなくなったんですものね」

ブリスの頭のなかで一〇〇もの思いが駆けめぐったが、たしかなことはひとつしかなかった。オリビアの言っていることが正しいはずがない。ケインは父親を愛していたのだから。

「伯爵がお亡くなりになったとき、あなたはその場にいなかったんでしょう」ブリスは反論した。「でしたら、なにもご存じないはずです」

「あら、それは違うわ。わたしはよく知っているのよ。ノースコート・ホールのメイドのひとりが、事件のことを詳しく話してくれたの。彼女は当時ヘンリー・バリンジャーのもとで働いていて、伯爵と息子が崖っぷちで言い争っているのを見たんですって。彼女はケインが伯爵を突き落とすのを目撃したのよ」

突然、悲しみに打ちひしがれたすさまじい声があたりをつんざき、ブリスはぎょっとした。壁にもたれていたケインが道路にくずおれていた。目は苦悩に満ち、顔は蒼白《そうはく》だ。

「ぼくは父を救おうとしたのに……できなかった……手が届かなかったんだ。ぼくは救おうとした。お願いだから信じてくれ、父を救おうとしたんだ」

「ええ、ダーリン」オリビアは子供に話しかけるような尊大な口ぶりで彼をあざけった。「きっと救おうとしたんでしょうね。あなたの恋人のお父様が貸したお金だけでなく財産すべてを浪費してしまい、あなたの将来を台なしにした人ですもの」彼女はブリスを横目で見た。「伯爵に借金があったことは事実だけど、あの晩崖に行った本当の理由は、もう耐えられなくなったからよ。息子のあまりの――」

「やめてくれ！」ケインがさっと立ちあがってオリビアのほうに手をのばした。「頼む……」

彼はオリビアの前にひざまずいた。

オリビアは嘲笑した。「これは見ものだこと。あの強くて勇ましいハートランド伯爵が、ようやく身のほどを知ったようね」彼女は前かがみになり、ケインの耳もとで残酷にささやいた。「誰があなたを屈服させたのかよく覚えておきなさい、ケイン」

ブリスはこんなケインを見たことがなかった。まるで心臓にナイフを突き立てられ、とどめを刺されるのを待っているかのようだ。彼女はケインを励ましたかった。ちゃんと闘いなさいと叫び、彼を揺さぶりたかった。

「自分が思っていたような人間でなかったと知るのは、つらいことだったでしょうね」オリビアはほとんどいとおしげな口調でつぶやき、ケインを見おろした。「あなたは伯爵の最愛の息子でも、本当は跡継ぎでもなかった。ふしだらな母親がほかの男と密通してできた子供だったんですもの」

ケインが全身を激しくわななかせ、魂から発せられるような絶望的なうめき声をあげた。

「彼のことはもう放っておいてください」ブリスは強い口調で言った。この悪意に満ちた女にケインの心を傷つけさせたくなかった。彼がほかになにをしたにせよ、こんな苦しみをなめさせられていいはずがない。

オリビアは冷笑するように目をぎらつかせ、愉快そうにブリスを見た。「でも、あなたにお話しすることはまだたくさんあるのよ」ケインを見おろす。「そうよね、ダーリン?」

「頼むから……」ケインがかすれた声でとぎれとぎれにつぶやいた。ブリスは彼が気の毒でたまらなかった。どんな人間でも、これほどさげすまれたことはないだろう。彼がなぜ断崖と海を憧れるようなまなざしで見ていたのか、今になってわかった。そのまま崖から飛びおりて忘却のなかに落ちていき、あらゆる罪悪感と苦しみから逃れたいと思っていたに違いない。

「あなたがわたしと一緒に暮らすようになった最初の数カ月のことをよく覚えているわ」オリビアが言った。「どんなに浴びるようにお酒を飲み、どれほどベッドでわたしを手荒に喜ばせたかを。だけどお酒では罪の意識を消せないのよね、ダーリン？　あなたは少しずつ自分の苦しみを語り始めた。あのメイドが自分の見たことを打ち明けたとき、お父様の時代から勤める召使たちのほとんどがその事実を知っていることにわたしは気づいたの——もっとも彼らに真実を語らせるには、今のみじめな生活がいっそうひどくなると脅す必要があったけれど」

オリビアはブリスに視線を向けた。「ケインがあなたにどう話したか知らないけど、彼のお母様は生き恥をさらすのではなく、みずから死を選んだのよ。ケインのお父様は何年も自殺の原因を知らなかった。お父様は亡くなる一週間前、息子がどんな売春宿にいようと、夫のいる女のベッドにもぐり込んでいようと連れ戻してくるようにと使いの者を送ったの。その運命の晩、ケインが戻ってくると、お父様は岬にいた。まわりには空の酒瓶が転がっていたそうよ。伯爵はいまわしい秘密を長年抱えながらも、そんなはずはないと信じようとしていたの。ちょうど今、彼の息子があれは不幸で恐ろしい事故だったと思い込もうとしているみたいにね。だけど、伯爵はもはや重荷に耐えられなくなったんでしょう。ケインは自分の出自について真実を知るべきだと考えたのよ。というのも、ケインがこうもみだらなふるまいをしているのは、淫乱な母親から生まれた子だからに違いないもの。次になにが起きたのかは、きっとあなたにもわかるはずよ。あなた自身、ケインの癇癪《かんしゃく》を経験したことがあるでしょうから」

ブリスが黙っているとオリビアは続けた。「ケインには、自分が庶民の婚外子だなんてまったく信じがたいことだったの。うぬぼれが強く、尊大で、この社会での自分の地位を鼻にかけていたんですもの。彼はデボン州のプリンスだったのよ。ところがあの晩、自分が実は偽者だったと気づかされた。おそらく頭に血がのぼって、お父様に殴りかかり――」

「違う」ケインが傷ついた声で怒鳴った。彼は神に許しを求める聖職志願者のように、かたい地面に膝をついた。「ぼくが父を押したんじゃない。父は……死にたがっていた。母のもとに行きたかったんだ。父は長いあいだぼくのためだけに生きてきた、と言った」彼の唇からこぼれる言葉は、祈りであり懺悔《ざんげ》だった。「ぼくは父の実の息子ではなかった。だが、父はずっとぼくにすべてを与えるつもりだった。それなのにぼくは父を面と向かって責め、ののしり、母を呪った。すると父はぼくを殴ったんだ。父がぼくに暴力を振るったのは初めてだった。怒りと悲しみのせいで、ぼくはかっとなって父に言った。母を墓場まで追っていけ、あんたなんか死ねばいい、と」

そのときの記憶がよみがえったのか、ケインの体が大きく震えた。「父が酔っ払ってふらついているのがわかっていたのに、ぼくは父をその場に残して離れた。坂の途中で足をとめて振り返った。すると父は崖のへりに立って、下をのぞき込んでいた。強い風で体がぐらつき、真っ逆さまに落ちていきそうだった。ぼくははっと気づいた。走って戻りながら、何度も父の名前を呼んだ。〝やめてくれ！　だめだ！〟と懇願した。父は肩越しにちらりとぼくを見たが、それはすでにあの世に旅立った人の目だった。ぼくは手をのばしたが、父は落ちていき……そして……ああ」彼はぎゅっと目を閉じた。

ブリスの頬を涙が伝った。この二年間ケインが耐えてきた苦悩を思って、彼女は胸が痛んだ。父親が死ぬつもりで崖に行ったことは明らかなのに、死の責任は自分にあるとケインは思っている。

そのときブリスはケインの父親を憎んだ。父親は彼を家に呼び戻して驚くべき事実を告げ、それから目の前で自殺した。そうすることでケインに罪悪感を抱かせたのだ。彼にはなんの責任もないのに。

「ケイン……」ブリスは近づいて手をのばした。だが、彼は急に立ちあがってあとずさりした。

オリビアが笑い声をあげる。「野生の種馬もついに無残な姿になってしまったわね」彼女はあざけった。「ちょっと残念だわ。飼い慣らされた馬には生気がないんですもの」肩をすくめる。「でも、少なくともわたしにはカーンをおとなしくさせる楽しみがあるわ。誇りをなくしてしまったかつての飼い主と違って、カーンはずっとわたしに逆らい続けるでしょうけれど、きっと命令に従わせてみせるわよ」オリビアは満足そうに大きく息を吸い込んだ。

「わたしはケインに全面的に勝利したようね。なんてすてきなことでしょう。では、ごきげんよう。それともフランス式に〝アデュー〟と言いましょうか」彼女は優雅に身をひるがえし、去っていこうとした。

「待ってください、レディ。これからいい場面が始まるんですから」ブリスの言葉にオリビアがぴたりと足をとめた。

かすかに警戒するような表情で、彼女は肩越しにブリスを見やった。「なにが始まるというの？　この悪党に厳しいお仕置きでもするつもり？　それなら喜んで拝見するわ」

「いいえ。もっと簡単なことです」ブリスは歩いていってオリビアの前に立った。

「お得意のひとりよがりな演説を聞かされるのだけはお断りよ。退屈なんですもの」オリビアがため息をつく。

「演説はしません。ほんのひと言ですみますわ」

「わたしにほんの少しでも興味を抱かせるようなことが、あなたに言えるのかしら？」

「言いたいのはこれだけです、わたしはケインを愛しています」

オリビアが信じられないというように目を見張った。「冗談でしょう」

ブリスはたじろぐことなくオリビアを見返した。「いいえ、冗談ではありません。ケインを愛しています。心の底から。せっかくはるばるいらしてくださったのですから、わたしの言葉をご自身の耳で聞いていただかない手はありませんわ」

怒りがこみあげてきたらしく、オリビアが唇を引き結んだ。「まさか本気じゃないわよね。そんなことありえないわ。ケインはあなたを笑い物にしたのよ。あなたを利用し、純潔を奪ったのよ」

「でも、わたしは本気なんです。それはそうと、あなたはひとつの点で正しいことを言っていますわ。ケインはたしかにわたしの純潔を奪いました。わたしはほかの男性を求める気はいっさいありません。彼だけを愛しています」

「あきれた、あなたもケインと同じくらい頭がどうかしているわね！」

「そうかもしれません。ですが、それはあなたの知ったことではありませんわ。そこで」ブリスは言葉を継いだ。「ケインはあなたとの取引で約束を果たしたのですから、あの屋敷を彼に譲渡してください」

オリビアはぽかんと口を開けてブリスを見つめた。「とんでもない！」

ブリスはさらにもう一歩オリビアに近づいて目の前に立った。オリビアのほうが少なくとも一二キロは体重が重いだろうが、ブリスは気にしなかった。「明日の朝までにノースコート・ホールをケインに正式に譲ってください。さもないと、あなたを追いかけてつかまえ、あらゆる手段に訴えます」

「あなたにそんなことができるわけないわ！」

「できますとも」

オリビアは無作法にもつばを飛ばし、今に見ていらっしゃいと言いたげな目でブリスをにらみつけた。「いいでしょう」怒りのこもった低い声で言う。「ケインにあのいまいましい家を返してやるわ。どのみち死体置き場みたいに陰気な場所なんだから。あそこに彼を住まわせ、隙間風の吹き込む廊下を床板が腐って抜けるまでさまよわせるといいのよ。今もこれからも、彼が社会の除《の》け者《もの》であるという事実に変わりはないんだから。ついでに言うと、ケインは不義の子で、人殺しだという事実を、明日の朝までにイングランドじゅうの人が知るでしょうね」

ブリスはかつてないほどの激しい怒りを覚えた。「そのような脅しは浅はかというものですわ。そんなことをしても、振られた愛人の悪あがきとしか思われないでしょう」

「振られたですって？」オリビアが鋭く笑った。「わたしは振られたことなんて一度もないのよ。男を捨てるのは常にわたしのほうなの」彼女は自分に背を向けて立っているケインのほうを見た。「復讐心を抱いていたのはあなただけではなかったのよ、伯爵様。あなたがいつも本心を隠してわたしをベッドで喜ばせているとき、わたしはあなたを破滅させる手段を必死で考えていたんですからね。あなたはわたしをばかにしているつもりだったんでしょうけど、実はわたしのほうこそあなたを愚か者扱いしていたの。さあ、破滅への道を進むといいわ」

ブリスは思わずオリビアの顔を平手打ちした。オリビアはよろめいて地面に倒れ、その拍子にヘアピースが外れた。

オリビアは赤くなった頬に手を当て、衝撃を受けた目でブリスを見あげた。「よくもたたいたわね！」

ブリスは全身に怒りをたぎらせ、足もとに縮こまる女性をにらみつけた。「ここで起きたことをあなたがひと言でもしゃべったとわかったら、またたたいてやるわ。それにもしあなたがケインに危害を加えようとしたら、わたしは父の力を使ってあなたを破滅させてやる。いいわね？」

頬にてのひらを押しあてたまま、オリビアはうなずいた。立ちあがって鋭くあざける。

「せいぜいケインの体を楽しむといいわ。あなたたちはお似合いのようだから」

オリビアは闇のなかに飛び込んでいった。御者を怒鳴りつける声に続いて扉がばたんと閉まる音が聞こえ、馬車は大きな音をたてて丸石の上を走り去った。

ブリスはその場にしばし立ちつくし、明らかになった驚くべき事実をなおも理解しようとしていた。初め彼女は傷つき、もちろん腹を立てた。だがそのうち妙に冷静になり、自分のすべきことがはっきりとわかった。

母の予言は当たっていたのかもしれない。〝聞く準備ができたら答えは向こうからやってくる〟膝をついているケインに目をやったとき、ブリスはひらめくように答えがわかったのだった。どんな運命になろうとも、わたしは彼を見捨てない、と。

「オリビアは侮辱されたことを許さないだろう」

ブリスはケインのほうを向いた。彼はじっとしたまま体をこわばらせている。彼女はケインの首に腕を巻きつけ、強く抱きしめたかった。

「かまわないわ。あんな女はたたかれて当然だもの。頬が一週間ひりひり痛めばいいのよ」

彼はかぶりを振った。「レディ・ブリス・アシュトンはがき大将みたいだな。知らなかったよ」

「そうかもしれないけれど、気分がよかったわ」

「復讐というのはそんなものさ」

ケインの口調に、ブリスはふいに不安を覚えた。なんだか彼にあざけられているようだ。

「わたしに腹を立てているの？」

「腹を立てるだって？」ケインは言った。「なぜぼくがそんなことをするんだ？　もし腹を立てているとしたら、それはかなり的外れな行為だよ、そう思わないか？」

「わからないわ」

「そうかい？」ケインは体を半分ほど隠していた暗闇のなかから出てきて、軽蔑の表情をブリスに見せた。「今ここできみはすべてを知ったわけだ。きみはいかにもきみらしくふるまった。女性の権利の擁護者兼、薄情で思慮分別のない伯爵の救い手として」

「ケイン――」

彼は片手をあげた。「もうすんだことだ」

ブリスはスカートをひるがえしてケインのもとへ歩いていった。彼の前で足をとめ、腕にやさしく手をかける。

ケインはブリスを長いあいだじっと見つめたが、その目は彼女をいやな女だと非難しているようだった。実に冷ややかで、ほんの数時間前に見た男性の目とは大違いだ。

混乱して立ちすくむブリスを残して、ケインが歩きだした。彼はまたわたしを締めだそうとしている。わたしは彼が世の中に対して皮肉っぽく容赦のない見方をしている理由をちゃんと理解しているのよ。それがわからないのかしら？

彼女は急いでケインのあとを追い、通りの真ん中で足をとめさせた。「どこへ行くの？」

彼はブリスにつかのま視線を向けたが、なんの感情もない目に彼女は胸が痛んだ。「きみから離れるんだ」

「ケイン、お願いよ。あなたが苦しんでいることはわかるわ――」

「苦しんでいる？」ケインの鋭い高笑いが短剣のように彼女の胸に突き刺さった。「いいか、目を覚ますんだ！　きみは利用されたんだぞ。オリビアが言ったことを聞かなかったのか？」

「聞いたわ」ブリスは静かに答えた。「でも、彼女が言ったことは信じていないの」

彼女が寄せてくれる強い信頼に、ケインは打ちのめされそうになった。ブリスにはぼくを憎んでほしいし、憎んでもらう必要がある。彼女の美しく誠実な魂がいまいましい。「とにかく信じるといい。きみの体を奪ったのは、屋敷をとり戻すという目的のためだけなんだ。屋敷はうまく手に入ったから、きみの協力はもう必要ない。これがきみへの別れの挨拶だよ、ブリス」

「どうしてそんな態度をとるの？」

なぜなら、ぼくにはブリスに与えられるものがなにもないからだ。無一文だからだ。ノースコートの小作人たちは利益を生みだすどころか、自分たちが日々暮らしていくのさえやって援助を求めるのか？　ぼくはどうやってブリスの暮らしを支えるんだ？　彼女の父親に頭をさげとのありさまだ。ぼくはどうやってブリスの暮らしを支えるくらいなら死んだほうがましだ。

今までは自分の体を武器に女性のあいだを渡り歩いてきたが、もうそんなふうに生きることはできない。ブリスのことを思うと、ほかの女性には触れられない。ぼくは自分の屋敷をとり戻そうともがくなかで人に多くの被害を与え、みずからも苦痛を味わってきた。ようやく勝利したが、心はうつろだ。ブリスがいなければなんの意味もないのだから。

「以前、きみに教えてやれることがあると言っただろう」ケインはわざと残酷な調子で言った。「今やきみは自分を魅力ある商品と考えていいんだぞ。男というのは官能的で激しい欲望を持った女性と寝るためならなんでもするものだが、きみにはその方面の才能があるんだから」彼は身をかがめ、ブリスに頬をすり寄せて耳もとでささやいた。「きみは最初の直感に従うべきだった。ぼくを信用すべきではなかったんだ。ぼくがきみを追ってパリまで来た理由はきみの言うとおりだったんだから、皮肉だよな？　ぼくはきみのスカートをめくりたかっただけなんだ」

「でも、あなたはそうしなかったわ」ブリスのやさしい返答が、いまだに信頼がきらめいているまなざしが、ケインを苦しめた。

「ぼくとしたことが大変な思い違いをしていたんだ」彼は噛みつくように言った。「再会したら、きみはぼくを寝室に招いてたちまち燃えあがり、長年の経験を誇るぼくを最高に喜ばせてくれると思ったんだけどね」ケインはブリスの顔を親指と人さし指で挟んだ。心を鬼にしてあたたかな瞳を冷ややかにのぞき込み、彼女を震えさせる。「元気を出すんだ、スウィートハート。きっとほかの男が現れるよ。どこかの気の毒な愚か者がきみに恋するかもしれない」

ブリスはその場に立ったまま、思いをこめた目でケインを見つめている。彼女とこんなふうに別れることはできないが、それでも別れなくてはならない。オリビアはぼくの正体を暴いた。ふしだら女の息子だと暴露したのだ。だからたとえ財産があったとしても、ぼくはブリスにふさわしくない。そのうえ、ぼくの過去は罪と堕落にまみれている。

「あなたを愛しているわ、ケイン」小声だが確信をこめてブリスが言った。彼女の目に浮かぶ涙を見て、ケインの胸はきりきりと痛んだ。

ぼくは女性からその言葉を言われたことがない。いつも単なる快楽の手段として見られていたからだ。過去にも将来にも決して見ることのできない世界をかいま見せたブリスが憎い。ぼくを愛したブリスを、去っていかずにぼくをだめにしてしまった彼女を罰してやりたい。

ケインは指が食い込むほど強くブリスの腕をつかんで引っぱった。「きみを誘惑して捨てるつもりだとぼくは何度も警告した。きみに逃げる理由をたくさん与えた。それなのにきみはぼくを救いたいという愚かな考えのせいで、自分自身を救えなかったんだ。自分の愚かさをぼくのせいにしないでくれ」彼は歯をきしらせ、無理やり言葉を押しだした。「結婚相手を見つけることだ。半ダースほど子供を産んで、ぼくのことは忘れろ。ぼくもきみのことは必ず忘れるから」揺さぶりながら手を離したので、ブリスが後ろによろめいた。涙がひと粒、彼女の頬を伝う。

「あなたはわたしを忘れないわ」ブリスが悲痛な声でささやいた。

「もう忘れたよ」ケインは嘘をつき、自分を鞭打って彼女のもとから歩み去った。

21

見よ、わたしは愚かなことをして
大きな間違いを犯した。

サムエル記上　二六章二一節

ブリスは屋根裏部屋の窓から外を眺めた。夕日が沈んでいき、空が鮮やかな色に染まっている。ほんの一週間前に見たなら、きっとこの美しさに感動しただろう。今は一日がまた終わったということしか意味しない。

ケインが冷たく去ったあと、彼はオリビアとの関係に口出しされたことを怒っているだけで、いずれ戻ってくるだろうとブリスは信じていた。ケインはとても自尊心が強いのに、わたしが勝手に彼の闘いを肩代わりしてしまったのだから。

だが三日目が終わって四日目になり、五日目、六日目となると、そうした考えは思い違いだったとブリスは悟った。やはりケインは自分で言っていたとおり、わたしを利用し、そして忘れてしまったのだ。

　頭で考えればそのことだけで充分ケインを憎むべきなのだが、気持ちがついてこなかった。ふと気づくと、ブリスはちょっとしたことで涙を流していた。それは彼女が泣くのを見たことがなかったフランソワを気の毒なほど狼狽させた。

　男性を愛するあまり相手の罪を見逃したり、男性が愛していないと言うのに愛しているはずだと信じ込んだりする女に自分がなるとは、ブリスは考えたこともなかった。けれど、わたしはまさにそういう女になり果ててしまった。この状況を解決してくれるのは時の経過と、距離を置くことだけだろう。ケインはおそらくとっくにパリを離れているはずだ。

　部屋の扉を軽くたたく音がしたが、ブリスは応答する気力もなかった。まもなく扉がばたんと開き、皿のぶつかる音がしたので、誰かが夕食のトレイを運んできてくれたのだとわかった。重い足どりともっと重いため息から察するにフランソワだろう。

「食事を持ってきたよ」いらいらした口調で、フランソワが声をかけた。

「ありがとう」〈ムーラン・ド・ラ・ギャレット〉の風車がゆっくりまわるのを見ながら、ブリスはつぶやいた。

　フランソワは小声で悪態をつきトレイを乱暴に置くことで、自分の不機嫌を伝えた。「手をつけていない食事が二回分残っているじゃないか。いいか、食べなくちゃだめだぞ！　これでは体が衰弱してしまう」

「おなかがすいていないの」

「それは前に聞いた、もううんざりだ。無理にでも口に押し込んで食べさせなくちゃならないのかい？」

　ブリスは物思いにふけっていたので、フランソワが後ろに来た気配に気づかなかった。肩に手を置かれてびくっとする。

「もっと気を楽に。神経がひどく張りつめているようだよ」彼はブリスの肩をそっともみ始めた。彼女はフランソワから非難されるだろうと覚悟したが、彼は無言のままだった。言葉にしなくてもわかり合える空気がふたりのまわりに流れる。

「ごめんなさい」ついに彼女は口を開いた。「このごろ、どうかしているの」

「そのようだね、ぼくはきみが苦しんでいるのを見たくないんだ」

「ええ」

　フランソワが口ごもった末に切りだした。「あのイングランド人のことだけど、きみはまだあいつが好きなのか？」

　嘘をつくのはばかげているし、すぐに見抜かれるだろうが、ともかくブリスはやってみた。

「いいえ、彼のことはとうの昔に忘れたわ。わたしはただ……疲れているだけ」体全体がだるくて、ずきずきとうずいているようだ。でも、きっと立ち直ってみせるわ。そうするしかないんだもの。

「それはきみがちゃんと食事をせず、外の新鮮な空気を吸わないからだよ。憂いに沈む王女様みたいに、この塔の部屋に閉じこもっているんだからね。こんなのはきみらしくない。きみは気力に満ちた熱意あふれる女性なんだから」

ブリスはフランソワのほうを向いた。不安の涙がひと筋、頬を伝う。「わたし、どうしてしまったのかしら？」彼女は震える声でつぶやいた。

フランソワがブリスの頬を手で包み込み、涙をぬぐった。「愛のせいだよ。きみは愛に苦しんでいるんだ。わかるよ、ぼくは何度も経験したからね。いつも今度の苦しみは前ほどひどくないはずだと思うんだが、そうじゃない。前より苦痛がやわらぐことはないんだよ。でも、いずれ必ずおさまってくる」

「いつになったら？」

「それはきみしだいだな。気持ちをしっかり持って、無理にでも前へ進んでいくことだ。そうしたら知らないうちに、すべてが前と同じようになるよ。始めるなら今だ。今夜、〈ムーラン・ド・ラ・ギャレット〉に出かけよう」

「とんでもない」彼女は首を振った。「行けないわ。今夜はだめ。まだ無理よ」

「いや、今夜行こう」

「早すぎるわ」

「そんなことはない。きっと気分がよくなるよ」

「でも――」

「このことは秘密にしておくつもりだったんだけど仕方がない、言ってしまおう。マネが今夜あそこで絵を描くことになっていて、きみにぜひ来てほしいと言っているんだ」

ブリスはたちまち自分の悩みを忘れた。「マネがわたしに会いたいとおっしゃるの？」マネに招かれるのはめったにないことだし、彼女が切望していたことでもあった。彼は人との交際を好まず、えり抜きのごく少数の人間としかつき合っていなかった。

フランソワがうなずく。「マネはきみの作品を何点か見て、とても将来性があると考えたんだ。さあ、彼が絵を描いているところを見られる機会を逃したいのかい？」

ブリスは何年もマネに心酔していて、展示されている彼の作品を見るために何千人の入場者のひとりとしてサロンに通っていた。

彼女の心の奥で、絵画への情熱がわずかによみがえった。フランソワの言うとおりかもしれない。忘れるには無理にでも外出するべきだろう。ケインはきっとわたしのことなどすっかり忘れている。それどころか、魅力的な胸と雌鹿《めじか》のような愛らしい目をしたどこかの売春婦とベッドをともにしながら、自分の幸運に祝杯をあげているに違いない。なんの面倒もかけず、説教もせず、彼に満足だけを与える女と何時間も快楽をむさぼっているはずだ。

「おやおや、また涙が出てきたじゃないか！」フランソワがいらだちと心配のまざった声をあげ、ブリスを抱きしめた。

「彼なんて大嫌い」こみあげる感情で声をつまらせ、彼女はぐいと涙を拭いた。

「当然だよ。まったくろくでもない悪党なんだから」

「だけど、愛しているの」

「そうなのか」フランソワはため息をつき、ブリスの涙でかすんだ目の前にハンカチを差しだした。

彼女は濡れたまつげ越しにフランソワを見あげ、「ありがとう」と弱々しくつぶやいた。それから背を起こし、自称快楽主義者のために涙を流すのはこれで最後にしようと心に決めた。洟《はな》をすすり終えると、ブリスは顎をあげた。「すぐに支度をするわ」

ケインはずっと酒に酔いつぶれ、今日が何日かもわからなくなっていた。それでもモンマルトルの飲んだくれという新たな役柄のほうが、イングランドで最低の放蕩者でとんでもない愚か者という昔の役柄よりはずっと気に入っていた。

少なくとも酔っ払っているときは、ブリスの面影が鮮明ではないからだ。ブルーの瞳はそれほど傷ついていてもいなければ困惑してもいないし、顎も誇り高く頑固に突きだされていない。ぼくの与えた苦しみのせいで唇が震えているわけでもない。

ケインは意気消沈して酒浸りになっていたので、例の愚かなフロッグが店に入ってきたとき、打ちのめしてやろうにも指一本あげられなかった。ブリスを路上に残して去って以来、ケインがほぼずっと占領していたテーブルに相手は勇敢にも腰をおろした。

フロッグは度胸があった。こちらの顔をまともに見て、ぼくがいかにどうしようもない男でブリスにふさわしくないかをとうとうとまくしたてたのだから。パリの男の半分はブリスに恋をしているとも言った。ケインはなんとかにらみつけてやったものの、内心では相手の言うとおりだと思った。だが、もしパリのいまいましい伊達男《だておとこ》がブリスに手を出そうものなら、ぼくはただではおかないつもりだ。

ケインはグラスの酒を見おろし、唇に運んだ。この酒を飲み干したら、ぼくの探し求めている忘却が今度こそ手に入るだろうか？　この一週間、彼はずっとそう思いながら飲んでいた。

わだちのできた道をがたがたと進む貸馬車の窓から、ブリスは外を眺めた。空はどんよりして、今にも雨が降りだしそうだ。道はぬかるみ、朝になれば木々の梢《こずえ》がきらめいているだろう。

自分も少しスケッチをしようと、ブリスはスケッチブックと炭筆を持ってきていた。モンマルトルの夜の歓楽街にはほかでは見かけない人たちが大勢ぶらついていて、のろのろと丘をのぼっていく貸馬車の窓から彼らを目にすることができた。

ブリスは溝のなかのごみをあさっているくず拾いの女を見つめた。霧雨が降りだして女が空を見あげたので、持っている角灯の黄色い光で顔が見えた。この界隈《かいわい》でよく知られているイザベル・ブードローだ。

破れたスカーフの下のイザベルの皮膚は青白く、しなびてしわが寄っていた。歯がないために口に締まりがなく、目のまわりは殴られたのか赤く腫れあがっている。かつては絹のようにつややかだった髪に風が吹きつけた。

イザベルはかつてはとても美しい女で、高級娼婦のなかでもとくに人気があり、パリじゅうの男性に言い寄られたものだ。しかし病気とアブサンの飲みすぎからすべてを失い、賛美者たちもはるか昔に去ってしまった。

ブリスはイザベルに霧雨をしのいでほしくて声をかけた。だが、イザベルの顔に怯えが浮かんだ。それは辛苦と虐待を経験しすぎてきた人間の表情だった。彼女は暗い路地にすばやく走り去った。

ブリスはがっかりしてため息をつき、座席にもたれた。イザベルのような女性たちがいるからこそ、彼女は絵を描きたいと思ったのだ。多くの人の顔と同様、イザベルの顔もこれまでの人生の苦難や日々の生活苦が描き込まれたカンバスそのものだった。

マネに会うためとはいえ、ブリスがいかがわしい夜のダンスホールに向かったのは、イザベルや彼女の仲間たちに会いたかったせいもあるだろう。ケインの言ったとおりだ。わたしは次の一歩を踏みだし、自分の絵を人に見てもらう必要がある。マネに関心を持ってもらえたら、次回の展覧会に作品を出せるかもしれない。

貸馬車が〈ムーラン・ド・ラ・ギャレット〉の前にがたがたと音をたててとまった。そこの風車を、ブリスは自分の部屋の窓からよく眺めていた。この建物は丘の上に立っていて、正面の縁がだいぶ傷んでいる。それでも外観のせいでこのダンスホールの魅力がそこなわれることはなかった。

開いた扉からは、大きな話し声にまじって、不幸にも若死にした売春婦のことを歌うかすれ声のミュゼット（民族楽器。またはその楽器のためにつくられた旋律や舞曲）が聞こえてきた。その歌詞があまりにも真に迫っていたので、歌い手の女性は家のない街娼が通行人に体を売るところをひそかに見ていたのではないかとブリスは思った。

ブリスとフランソワがホールに入っていくと、そこは煙草《たばこ》の煙で薄い靄がかかったようにかすんでいた。舞台の上では、何層にも重ねたペチコートでスカートをふくらませた踊り子たちが足首とふくらはぎをちらちら見せながら踊っている。

ブリスは隅のほうに全体を見渡せる場所を見つけ、マネの姿を求めてホールに目を走らせた。「いらっしゃらないようね」彼女は落ち着かない様子のフランソワを見あげた。彼はブリスのアパートメントを出たときから、なんだかそわそわして態度が変だった。

「すぐに現れるはずだよ。なにか飲み物はどうだい？」フランソワは彼女の返事を待たず、逃げるように人込みに入っていった。

あたりを眺めたブリスは、自分を見つめる鋭い濃いブルーの目にはっと気づいた。世界がぐらぐらと揺れたような気がした。ホールの向かい側のテーブルにケインがいたのだ。空のグラスを手にだらしなく脚を投げだして座り、顔は陰気なのにぞっとするほどハンサムだった。まだパリにいたのね。モンマルトルに。でも、どうして？

ケインに会えた喜びはすぐにしぼんだ。肌もあらわな女給がケインのほうへ歩いていき、大胆にも膝に座ると、ずうずうしく首に両腕を巻きつけ、豊かな胸を彼に押しつけたからだ。それを見たまわりの客たちから、はやしたてる声があがった。

ケインが女給を押しのけてくれることをブリスは祈った。ところが彼はブリスの目を見つめたまま、その女性のウエストに両手を当てて抱き寄せ、濃厚なキスをした。酔客たちからはさらに大きな歓声がわきおこった。

それはブリスにとって最悪の痛手だった。彼女はそこを逃げだしたかった。なのに、足が言うことを聞かない。

ふいに腕をつかまれた。ブリスはフランソワだろうと思ってさっと顔をあげた。そこにいたのは思いもかけない人物だった。セントジャイルズ伯爵が彼女を見つめていた。

22

汝《なんじ》は暴君のごときすさまじき嫉妬なり……。

ジョン・ドライデン

「申し訳ない」セントジャイルズがすまなそうにほほえんだ。まばゆい光を浴びて貴族的な顔立ちがいっそう際立ち、灰色の目でブリスを一心に見つめている。「驚かせるつもりはなかったんです」

ブリスは気持ちを落ち着かせようと息を吸いながら、セントジャイルズについてのケインの話を思いだした。彼女を犯そうとして、眠っているときに寝室に忍び込んできたという。本当なのかしら？　それとも、わたしを救ったと信じ込ませるためのケインのつくり話だったの？

「どうしてここにいらっしゃるの、伯爵様？」

顎のあざはすっかり消えて、セントジャイルズはふたたび魅力的な放蕩者に戻っていた。その天使のように穢れない顔は、ホールじゅうの女性を振り向かせるほどだ。

「あなたも驚いたでしょうが、レディ、ぼくもびっくりしましたよ。こんな場所であなたにお目にかかるとは思ってもいませんでしたから」

「友人と一緒なんです」フランソワはどこにいるの？

ブリスはそわそわとケインに視線を戻した。彼はまったく動いていなかった。女給もぴったり彼にしがみついたままで、今や厚かましくも彼の喉にキスをしている。セントジャイルズが来ていることにケインが気づいているのは、ブリスを鋭くにらみつけてくる視線でわかった。明らかに警告を送っているそのまなざしが、彼女の怒りをいっそうあおった。

わたしに非難の目を向けるなんて、いったいどういうつもり？　わたしのことはもう求めていないとはっきり言ったくせに。

ケインはわざとわたしを苦しめているのだから、わたしだってお返しをして当然だわ。ブリスはセントジャイルズにあたたかな笑みを返した。

「あなたは実に美しい女性だ、レディ」セントジャイルズが心から賞賛するように言った。

「ありがとう、伯爵様」彼女はつぶやいてうつむいた。

セントジャイルズがブリスの顎に指を添えて顔を上向かせた。彼の目には欲望がたぎっている。不安を覚えるべきだとわかっていたが、彼女の頭はケインと女給のことでいっぱいだった。

「こうしてお目にかかれたのだから、こんな天気のなかを出てきたかいがありましたよ。この機会に、あなたともっとお近づきになれたらうれしく思います。デボン州ではいろいろ邪魔が入ってしまいましたから」

〃いろいろ〃がなにを指すのか、詳しく言ってもらう必要はなかった。最大の邪魔者はホールの向こう側に座っていて、ブリスの背に険しいまなざしを向けている。

セントジャイルズに気があると思わせてはいけないと言う声が心のどこかで聞こえたが、ブリスは「それはいいですわね」と応えていた。当たりさわりのない戯れなのだから、どうってことないわ。ケインはあんなにいちゃついているんですもの、わたしが同じことをしたってかまわないでしょう？

ブリスは大股でホールを歩いてくるフランソワに気づいた。彼は眉根を寄せ、見るからに不機嫌な顔をして近づいてくる。

「一緒に来てくれ」フランソワはいきなり彼女の腕をつかみ、ホールの隅へ引っぱっていった。

ブリスはフランソワの手を振りほどき、彼をにらみつけた。「いったいどうしたっていうの？」

「あいつは蝮《まむし》のようにたちの悪い男だ」

「彼のことをなにも知らないでしょう」

「あいつの望みがきみと一発やることだけだというのはすぐにわかるよ」

「すぐそんなふうに考えるのは、あなたたち男性共通の欠点のようね」ブリスは激しく言い返した。「あなたに女のことがわかってたまるものですか」

「きみの怒りは見当違いだ」

「そうかもしれないけれど、男性がわたしに命令できると思っていることに本当にうんざりしているの」

「ぼくは命令ではなく忠告をしているんだ。きみがろくに考えていないことは明らかだよ。もし考えていたら、こんなことは自分の頭でわかるはずだ」

「過ぎたことは忘れて前へ進むように言ったのはあなたなのよ」

「そうだ《ウイ》、だけどきみは進む方向を間違えている。きみが強情になりすぎて自分を守れないなら、ぼくが守ってやらなくちゃならない」

「守ってもらう必要はないわ。自分の面倒は自分で見られるから」

「やっぱり強情を張っているよ。ほかの人間と同じように自分も間違いを犯すかもしれないということを認めようとしないんだから」

「ほかの女性と同じように、でしょう」

「揚げ足をとっても無駄だよ、きみ《シェリ》。気に入ろうと気に入るまいと、ぼくはきみの友達でいるつもりだ。あとで悔やむような過ちを犯させるつもりもない」

「あなたに口を出す権利はないわ」

「きみは危険な火遊びをしているんだよ。愛する男がほかの女といちゃついているのを見てむっとしている。そのせいで判断力が鈍っているんだ」

痛いところを突かれてしまったわ。「彼のことなんて愛していないわよ」

フランソワは耳ざわりな声をあげたが、言い返す前に邪魔が入った。「大丈夫ですか、レディ？」

ブリスが顔をあげると、すぐ後ろにセントジャイルズが立っていた。灰色の目が心配そうにきらめいている。

「大丈夫よ」彼女は嘘をついた。フランソワの手からグラスをひったくり、彼にだけ聞こえる声で言う。「わたしを子供扱いしないで。それからあとをつけないでね」フランソワが向けてくる警告のまなざしを避けるようにして、ブリスは離れた。

「もっと静かな場所に行って話しませんか？」セントジャイルズが穏やかに誘った。彼の目には思いやりがこもっている。

ブリスはケインをちらりと盗み見た。彼はもどかしげに女給の手を引っぱって、フロアの奥にある扉から姿を消すところだった。女給はうれしくてたまらない様子で、通りがかりに仲間の女給たちに笑いかけた。彼女の幸運ぶりに、仲間たちは今にも卒倒しそうな様子でしきりに手で顔をあおいだ。

張り裂けそうになっていたブリスの心が粉々に砕けた。けれども彼女はぐっと涙をこらえ、セントジャイルズを見あげて同意するようにうなずいた。

セントジャイルズは笑みを浮かべてブリスの手をとると、ケインが女給を連れていったのと同じ方角に彼女を案内し、近くの扉を通り抜けた。

ふたりは狭い通路を歩いた。どんちゃん騒ぎの声がかすかに聞こえ、壁の突きだし燭台の明かりは薄暗く、あたりは闇に近かった。ブリスはかたく目をつぶり、ケインときれいな女給のことを頭から追い払おうとした。

ふいに熱気を感じて、彼女はぱっと目を開いた。セントジャイルズが休憩室らしき部屋に通じるベルベットの赤いカーテンを開けたところだった。ちらちら揺れる蠟燭の明かりが、身もだえする人影を壁に映している。目の前に広がる光景にブリスは驚愕し、それが意味することを理解した。ダマスク織のけばけばしいソファや床のサテンのクッションの上で何組もの男女が絡み合い、この場所がなんのためにあるかを如実に物語っている。ここは売春宿になっているのだ。

すさまじい雷鳴がとどろいて建物が大きく揺れ、欲望のとりこになっていた男女のうめき声がぴたりとやんだ。まるで落雷で感電死してしまったかのように。

ブリスが正気をとり戻せずにいるうちに、セントジャイルズが彼女を近くの部屋へ引っぱっていった。腕を乱暴につかんで自分の前に追いたて、カーテンを少し開けて彼女になかをのぞかせる——そこにはケインがいた。椅子に手足を投げだして座り、背もたれに頭を預けて目を閉じている……女給がその前にひざまずき、彼の腿に両手を這わせていた。

「あいつがこういった場所へ入りびたる男だってことをよく見るといい」セントジャイルズがブリスの耳もとでささやいた。「これがあいつの人生で、きみには変えられないんだ」

女給の両手がケインの股間を撫でるのを見て、ブリスの唇から絶望のうめき声がもれた。その小さな音を聞きつけ彼が頭をあげ、ぱっと目を見開いた。苦悩と後悔の念がさっと顔をよぎり、次に怒りの表情が現れた。

首を絞められたような叫び声をあげ、ブリスはきびすを返して逃げだした。ケインのすさまじいわめき声が背後から聞こえる。セントジャイルズが彼女のあとを追いかけてきた。彼はブリスの腕をつかんで自分のほうを向かせた。

「どう思った？」セントジャイルズはあざけった。「なかなかすばらしいショーだっただろう？ 舞台でのつまらない出し物よりずっとおもしろい」

ブリスは衝撃を受けたままセントジャイルズを見つめた。彼のぎらつく目のなかに自分自身の愚かさが見えた。「帰りたいんです」かすれた声で言う。「ここから連れだしてください」

「帰りたいだって？ 着いたばかりじゃないか」

「わたしは間違ったことをしてしまったんです」

「そのとおりだ」セントジャイルズがうなるように言った。「きみは間違いを犯した。その過ちはきみがデボン州であの豚野郎に体を許し、さかりのついた雌犬みたいにあいつを激しく求めたときから始まっていたんだ」彼はブリスを壁まであとずさりさせ、下腹部のこわばりを彼女に押しつけた。

「やめて！」ブリスは身をよじって逃れようとしたが、セントジャイルズの指先が腕に食い込んだ。スケッチブックが床に落ち、紙が足もとに散らばる。「わたしの作品が！」彼女は大声をあげて紙を拾おうと手をのばした。そのとたん、唇から苦痛のあえぎ声がもれた。セントジャイルズに髪をつかまれ、ぐいと引っぱりあげられたのだ。彼のもう一方の手が乳房をわしづかみにし、ぎゅっと握る。あまりの痛さにブリスは悲鳴をあげようとしたが、彼の唇に荒々しく口をふさがれた。

次の瞬間、セントジャイルズが消えた。すさまじい勢いで彼の体が離れていったので、ブリスは肌に風を感じたほどだった。彼は床にたたきつけられ、そばにケインが軍神さながらに立っている。彼はセントジャイルズの襟首をつかんでぐいと持ちあげ、空いているほうの手をこぶしにして、骨が砕けそうなほど強く顎を殴った。

ケインがふたたびこぶしを振りあげると、その足もとでセントジャイルズが哀れっぽい泣き声をあげた。彼を殺してしまわないうちにやめさせなければ、とブリスはケインの腕をつかんだ。ケインは正気を失ったようなまなざしを彼女に向けた。

わなわな震えながら、ケインがぐっとつばをのみ込んだ。奇妙で荒々しい時間が流れ、やがて彼はセントジャイルズに視線を戻した。「また彼女に触れてみろ、おまえの睾丸を切りとって喉に詰め込んでやるぞ」ケインが手を離すと、セントジャイルズは床に頭を強く打ちつけた。

騒ぎを見物しようと集まった野次馬たちを肩でかき分け、フランソワが逆上した顔で近づいてくるのにブリスは気づいた。彼女は首を振り、かかわらないでと無言で伝えた。

ブリスの手首をつかんでケインが勢いよく進んだので、人込みがふたつに割れた。彼は重い両開きの扉を開けて誰もいない部屋に入り、がちゃんとかんぬきをかけた。

ブリスに前を向かせて追いやり、紫色のベルベット張りのけばけばしい長椅子に倒れ込ませる。それから立ったまま、彼女を穴の開くほど見つめた。彼の瞳には激情があふれ、顔は汗びっしょりだ。ケインが目の前にいることに彼女はすっかり心を奪われて、息もできなかった。

だが彼が近づいてくると、ブリスはさっと立ちあがり、部屋の奥へあとずさりした。ケインのまなざしに宿った怒りが欲望に変わり、室内の熱気を高めていく。

ケインが一歩また一歩と進んでくるにつれ、彼女の体は恐怖と切望でわなないた。彼のあらゆる動きは快楽の追求と煮えたぎる怒りを表現している。ケインがブリスの前に立った。大きくがっしりした体で彼女を包み込み、動きを封じる。彼はブリスのうなじに片手をまわし、自分の胸に強く引き寄せた。

ふいに雨まじりの風が開いた窓から吹き込み、雨粒が軒をたたいた。その雨音は、ケインがそばにいるせいで激しく乱れた彼女の気持ちをしだいに落ち着かせた。彼への愛はブリスを傷つけながらも彼女の心に深く根を張り、もはや振り払うことができなくなっていた。

「きみに触れたセントジャイルズの息の根をとめるべきだった」ケインがうなるように言い、狂気じみた目で彼女を見つめた。「きみに触れる男は誰であろうと殺してやる」

ブリスは彼から離れようともがいた。「あの女のところに戻りなさいよ！」

ケインが腕に力をこめた。「ぼくたちのあいだにあるこの感情とは……もう闘えないんだ」彼はブリスの頬に唇をかすめた。「きみはぼくのものだ、ブリス。ぼくのものなんだ」

「わたしはあなたのものじゃないわ」彼女は抱擁から逃れようとした。「あなたはわたしから去っていったのよ。そのうえ、ほかの女に体をさわらせた。あなたのことは絶対に許さないわ」

ケインは顎をこわばらせ、次の瞬間にはブリスを両手で抱きあげていた。彼女を長椅子に運んでいって横たわらせる。「今からきみと愛を交わすぞ、ブリス。そうすればふたりとも真実がわかるだろう」

彼女に抗議するいとまも与えず、ケインは唇を重ねた。両腕できつく抱きしめ、唇を斜めに押しつけて、彼女に息をすることも理性的に考えることもできなくさせる。ブリスは両手をあげて彼の肩にしがみつき、自分のほうに引き寄せた。

「ああ、きみが恋しかった」ケインがかすれた声で彼女の耳にささやき、唇を顎にそっと這わせてから喉へおろしていった。「昼も夜もきみのことが頭から離れなくて、眠れないんだ。気が変になりそうだった」

「あなたはわたしを苦しめたのよ」唇の端と目もとにキスされて、ブリスは軽い叫び声をあげた。「あなたがほかの女性と一緒にいるところを見たときは胸が張り裂けそうだった」

「わかるよ、ラブ。よくわかる」ケインが唇で彼女をなだめた。ブリスは全身を愛撫され、指先でドレスの生地越しに乳首をつままれて、体が熱くなってきた。「きみがセントジャイルズにほほえみかけたときは……くそっ、耐えられなかった」ケインは彼女の首のつけ根に顔をうずめ、唇であたたかな肌をむさぼった。「きみが必要なんだ。きみのなかに入りたい。

もうきみを手放せない。きみはぼくの生きる力なんだ」

ブリスがケインの両手をとり、そのてのひらに唇を押しつけたとき、彼は震えていた。手から伝わるわななきを感じて、彼女の欲望も同じくらい高まっていった。

ケインがドレスのボタンを外しているあいだ、ブリスは胸をときめかせながら彼の目をじっと見つめていた。最後のボタンが外れ、シュミーズの下に胸のふくらみがのぞいた。

彼は手早くコルセットの紐をゆるめて生地をわきへ押しのけると、乳房をあらわにして指先で乳首をかすめた。強烈な快感にブリスは息をのんだ。

ケインの手はとても大きく褐色に日焼けしていて、彼女の白い肌とは対照的だ。彼はてのひらで乳房の重さをはかり、そっと撫で、感じやすい頂を親指と人さし指のあいだで転がして、ブリスの体の奥にゆっくり火をつけた。

ケインは彼女を立ちあがらせ、服を脱がせていった。彼の賞賛の言葉に性的な高ぶりを覚えているうちに、ついにブリスは一糸まとわぬ姿になった。

「ぼくの膝にまたがってくれ」ケインがかすれ声で促した。

彼女は言われたとおりにした。ブリスの願いどおり、ケインは彼女の脚のあいだに手を置き、なめらかな割れ目に指を差し入れて愛撫した。ブリスは熱く燃えあがり、彼の指がなかへすべり込むとうめき声をあげた。

「前かがみになってごらん」ケインが切迫した低い声で命じ、乳首を口に含んで、歯でやさしく噛んだりこすったりした。

ブリスは彼に触れたかった。ケインが感じさせてくれる歓びを彼にも味わってもらいたい。彼女は両手をケインの下腹部に這わせた。それからズボンのボタンを外し、高まりをとりだして両手で包み込んだ。頭部を指先で撫でているうちに、手のなかで力をみなぎらせていくのがわかる。先端に真珠のような露がにじんでくると、彼女は指先でそれをすくいとり、口に運んでなめてみた。塩辛いぴりっとした味がした。

「だめだ、ブリス」ケインがうめき、やめさせようとした。

ブリスは膝からすべりおり、彼に快感を味わってもらおうと腿のあいだに膝をついた。

「どうすればいいか教えて」こわばりに向かってささやく。片手で支えながら、なめらかな先端に舌を這わせた。「気持ちいい？」彼女は頭部を唇で包み込み、さらに深くくわえ込んだ。

「ああ……最高だ、すばらしい……」

親密に触れ合っているうちに、ブリスの興奮も増してきた。血管に沿って舌をすべらせ、引きしまった袋の部分もためらいがちになめる。愛撫に反応して、ケインの全身が緊張した。濃いブルーの瞳で彼女を見おろし、その舌の動きに合わせるように腰を持ちあげる。

ブリスは口に含んだ男のしるしを、喉の奥深くまで何度も吸い込んだ。

「ああ……たまらないよ……」

ケインの味わいはすばらしく、情熱的で男らしい味がした。

彼はますます大きくなったこわばりをブリスの口から引き離し、彼女の胸のふくらみのあいだにあてがって、しっかり挟み込ませた。ゆっくりと動かして、みずからを爆発寸前の状態まで持っていく。それから彼女を膝の上に抱きあげた。乳首を交互に吸い、指で脚のあいだの突起を愛撫する。情熱をあおられたブリスの甘いうめき声が部屋のなかに満ちた。

今にもブリスがのぼりつめそうになると、ケインは彼女を膝からおろして床に四つん這いにさせ、自分はその足もとに膝立ちになった。それからこわばりを彼女の腿のあいだに据える。

「ぼくをしっかり挟んでくれ」

すっかり欲望のとりこになっていたブリスは熱く潤った秘所に彼の高まりを感じ、腿で挟み込んだ。ケインが前後に動き始めると、ふくらんで敏感になっている突起がこわばりでやさしくこすられ、たまらない快感が募ってきた。彼は両手で乳房を包み込み、体勢のせいでいっそう感じやすくなっている乳首をつまんだり、軽くつねったりした。ブリスのうめき声が荒く激しくなるにつれて彼は動きを速め、めくるめく絶頂に向けて彼女を高みに押しあげていった……。

ケインがすばやくなかに押し入るとブリスに最初の痙攣が訪れ、彼は誘い込まれるように奥へと進入した。彼はブリスの肩を床に押しつけ、ヒップを持ちあげて自分に引き寄せた。奥深くまで何度も力強く突き、彼女のすべてを奪った。

できるだけ長くブリスが快感を味わえるようにケインは忍耐力を振りしぼり、彼女をさらなる歓喜の頂へと導いた。そのあと彼はこわばりを引き抜き、ブリスを仰向けにさせて、まだ痙攣の余韻が残っている体をふたたび貫いた。

　ブリスのなかに深く身をうずめたまま立ちあがり、彼女の背を壁に押しつける。ブリスはケインの肩に両腕を巻きつけ、突きあげられるたびに彼にしがみついた。

「ケイン……どうか、お願いよ」

　ブリスは夢中になっているので、ぼくがわざと抑制していることに気づいていないらしい。ぼくが女性に与えられるものといえば性的満足しかない。それを彼女に差しだせるのは、こうしてふたりの体がひとつになっているときだけだ。ブリスにはできるかぎり最高の満足感を味わわせてやりたい。

　ケインが激しく突くたびに壁が振動した。彼女の反応はすばらしい。とても感じやすく、なかの筋肉がぐいぐい締めつけてくる。

「いいぞ」彼はブリスの首にささやいた。「ぼくのために砕け散ってくれ」彼女の乳首に胸を押しつける。かたくなった頂に欲望をあおられ、ケインは可能なかぎり奥を突いた。「どれほど深くきみのなかに入っているかを感じてくれ。どれほど深くきみをほしがっているかを感じるんだ」ゆっくりと貫いているうちに、彼女の内部が収縮した。「そうだ」甘美に震える肉に締めつけられながら、ケインはうめいた。

　ついにブリスがぐったりして彼にもたれかかった。ケインはほほえんで頭のてっぺんにキスをし、彼女を長椅子に運んでいった。そっと胸に抱いているうちに、ブリスが何度かまばたきして目を開けた。

ケインは彼女にキスをした。熱烈ですべてを焼きつくすような愛の交歓は、彼が口にできなかったことを語っていた。こうした交わりが二度とないことをケインは知っていた。ぼくはブリスのもとから去らなければならない。彼女にほかの男性を見つける機会を与えなくてはいけない。そうすることで自分がどんなに苦しもうとも。

「家まで送っていこう」ケインは彼女と目を合わさないようにして小声で言った。

ふたりは無言で服を着たが、彼は自分に向けられるブリスの視線を感じた。その視線は、なにか声をかけてほしい、彼女をふたたび利用したのではないと言ってほしいと訴えていた。だが、ケインはブリスに最悪の事態を考えさせることにした。そのほうが彼女のためなのだ。

彼はブリスをひとけのない廊下に連れだし、裏階段をおりて暗い路地に導いた。崩れかけた石壁に猫の鳴き声が響いている。霧雨が降っていたので自分の上着を彼女の頭にかけてやったケインは、雨のせいでシャツが体に張りついていることにほとんど気づかなかった。

貸馬車が水をはねあげながら猛烈な勢いで通りを走ってきた。とまる気配はまったくない。ケインが馬車の前に飛びだすと御者があわてて手綱を引いたので、馬たちは後ろ脚で立った。「どうどう！　どうどう！」馬車は大きな音をたてて急停止し、座席から御者が放りだされそうになった。御者がケインをにらみつける。雨に濡れた古帽子のつばが片方の目の上に垂れさがっていた。「あんた、気はたしかか？　轢《ひ》き殺しちまうところだったじゃねえか」

御者の言葉にはとり合わず、ケインは馬車の扉を開けてブリスを押し込んだ。彼女がケインも乗るのを待っているのがわかったが、彼は必死にこらえた。ケインを凝視しているブリスの瞳はきらめいている。

自制心を奮いおこして扉を閉め、ケインは縁石から離れた。ブリスの卵形の白い顔が彼を見つめている。この光景はきっといつまでも心に焼きついているだろう。

心を鬼にして馬車に背を向けたケインは、ふたりの屈強な男に行く手を阻まれた。暗がりのなかでも、その服装を見ればどんな人間かわかる。男たちの背後にあるダンスホールの扉付近には大勢の人間が集まって、熱心に様子を見守っているようだ。

背の高いほうの男が近づいてきて、ケインの腕をとった。「ご同行をお願いします、ムシュー」

彼は自分をつかんでいる手にちらりと目をやってから、巡査のまじめくさった顔に視線を移した。「なんのために?」

「あなたを逮捕します」

ケインの耳に馬車の扉が開く音と、驚いたように彼の名を呼ぶブリスの声が聞こえた。

「なぜ逮捕されるんですか?」

もうひとりの巡査がケインの前に立ち、手首に手錠をかけた。「セントジャイルズ伯爵殺害の容疑です」

23

男はあらゆる喜びを
この世のあらゆる富を捨て去った。
真心のこもるただ一度の接吻《せっぷん》を
彼女の美しい唇にするために。

アルフレッド・テニスン卿

バーナビー巡査に高等法院付属監獄《コンシエルジュリ》の窓のない一室へ案内されているとき、ブリスには自分の心臓が激しく打っている音しか聞こえなかった。この監獄の陰鬱さと〝斬首台控えの間〟と呼ばれた残酷な歴史には、どんなに勇敢な人でも恐怖におののいてしまうだろう。

ブリスが震えているのは体に張りつく濡れた服のせいだと思ったらしく、バーナビー巡査が親切にも粗末な毛布を肩にかけてくれた。だが、彼女が震えているのは寒さのためではなかった。

セントジャイルズが殺され、ケインが犯人だと思われているからだ。

警察はケインをダンスホールから連行し、ブリスは彼に会うことも話しかけることも許されなかった。フランソワがウエストに腕をまわしてとめなかったら、彼女はケインを追いかけていただろう。どうしてケインは自分は無実だとはっきり言わなかったの？　彼はセントジャイルズの死とはなんの関係もないのに。

「少しは気分がいいですか、レディ？」まじめそうな赤ら顔に太い眉と茶色の目をしたバーナビー巡査が、心配そうにブリスを見やった。

彼女はうなずき、震えをとめようと体に腕をまわした。「ケインは伯爵を殺していません」確信をこめて言う。「セントジャイルズ伯爵がわたしに襲いかかってきたんです。ケインは彼からわたしを守ろうとしただけです」

バーナビー巡査は疑わしそうにぐいと眉をあげた。「相手の喉を切り裂いてですか、マドモアゼル？　それはちょっと極端すぎませんか？」

「喉を切り裂いて……」ブリスはぞっとして首を振った。「ケインは彼を殴っただけです」

「通路で発見されたとき、セントジャイルズ卿は完全に息絶えていました。彼が口論した相手はハートランド卿以外にはいないのです。ハートランド卿はセントジャイルズ卿を殺すと脅したことがあると証言する人もいます」

「誰がそんなことを言ったのですか？」

「ハートランド卿の元愛人の……」巡査は手帳に目を走らせた。「ああ、ありました」顔をあげ、ブリスの反応を観察しながら答える。「レディ・バクストンです」彼は机の上の時計の縁を軽くたたいた。「ハートランド卿にはセントジャイルズ卿を殺す動機が山ほどあったようですね。セントジャイルズ卿はハートランド卿からレディ・バクストンを奪っただけでなく、あなたの愛情まで奪おうとしていたようですから」

「それは違います」ブリスは反論した。「ケイン……いえ、ハートランド卿のほうからレディ・バクストンとの関係を断ったのです。彼女は激怒して、ハートランド卿を後悔させてやると言いました」

「そのころハートランド卿はあなたとつきあい始めたんですね？」

「そうです、でも……」

「するともちろんあなたは、彼が殺人罪で絞首刑になるのを見たくないわけですね」

「絞首刑……？」処刑の光景を頭から締めだそうと、ブリスは目をつぶった。

「それがこうした凶悪な犯罪に対する処罰です」

「でも、彼は罪を犯していないんです」ブリスは頑強に言い張った。「わたしとずっと一緒にいたんですから」

バーナビー巡査が眉根を寄せた。「そうだったんですか？　ハートランド卿はそうは言っていませんよ。それどころか、あなたとは一緒にいなかったとわたしに言ったんです。自分はひとりだったと主張しています。ですが、残念ながら彼のアリバイを証明する人間は誰もいません」

わけがわからなくなり、ブリスはじっと巡査を見つめた。「いいえ、彼の言っていることは真実ではありません」ふいに彼女の頭に、ケインがそう主張している理由がひらめいた。「ああ、わかったわ。もしわたしたちが一緒にいたと世間に知られたら、わたしの評判に傷がつくと彼は考えたのです」

「たしかにそうなのではありませんか？」

ブリスの胸に怒りがわきあがった。「人ひとりの命がかかっているというときに、わたしがそんな無意味なことを気にするとお思いなのですか？」

「いいえ《ノン》」巡査は落ち着き払って答えた。「あなたはハートランド卿を愛していらっしゃるようですね。ですから、彼のためなら嘘をつくのはいとわないでしょう」

「嘘はついていません！」

「落ち着いてください、レディ」

「彼に会いたいのです。会わなくてはなりません！」

「残念ですが、今はだめです」

ブリスが突然立ちあがったので、椅子が後ろに傾いた。彼女はよく考えもせず、巡査のわきをすり抜けて駆けだした。巡査が大声で制止しようとした。

ケインを見つけなくてはならない。真実を話すように説得しなくては。でも、彼はどこにいるの？　監獄は長く暗い廊下が蜘蛛《くも》の脚のように四方八方にのびていて、まるで迷路だ。

息を切らして走ってきたバーナビー巡査がブリスに追いつき、肩をつかんだ。「言うことを聞きなさい」

彼女はくるりと振り向いて巡査の顔を見た。「彼に会わせてください！　本当のことを言ってもらわなくてはなりません」

「お気持ちはわかります。ですが聞いたところでは、彼は自分の屋敷をとり戻すためにわざとあなたを誘惑したそうですね。違いますか？」

「あなたは事情をご存じないのです」

「そんな男のために胸を痛める必要はありませんよ、マドモアゼル。今から言うことをぜひ心にとめておいてください。あなたは若く美しい。この事件のことはお忘れなさい。彼のことは悲しいでしょうが、嘆いてやるだけの価値がある男ではありません」

ブリスは激しい怒りを覚えて巡査を凝視した。「これはわたしの問題です。横から口を出さないでいただきたいわ。あなたはハートランド卿のことをなにも知らないのに、彼を悪い人間だと決めつけているのです」

バーナビー巡査は唇を引き結んだ。「あなたの言うとおりかもしれません、マドモアゼル。セントジャイルズ卿の殺害があらかじめ企てられていたものではなく、嫉妬でかっとなったハートランド卿が恋敵を殺したということであれば、治安判事も少しは哀れみを示してくれるはずです」

「彼は誰も殺していません！　どうしてわかってくださらないの？」

バーナビー巡査は親切にする気をなくしたらしく、ブリスをまじまじと見た。この令嬢は手に負えない子供だが、なんとかおとなしくさせる必要があると思ったらしい。「これをご覧になったら、ご自分の置かれた状況がよくわかるでしょう」彼は上着のポケットに手を入れ、マホガニー材の小さな箱をとりだした。「収監されたハートランド卿から手渡されたものです。あなたに渡してほしいと頼まれました」

ブリスは震える手でその箱を受けとったものの、中身を見るのが怖くて長いあいだじっと見つめていた。蓋をとったときは息がとまるかと思った。

ふいに唇からすすり泣きがもれる。なかに入っていたのは彼女のガーターと絹の長靴下……そして押し花にされた青い釣鐘草だった。

「いいえ……受けとるわけにはいきません」ブリスは涙のあふれる目で巡査を見あげた。「これは彼にお返しください。持っていてほしいと伝えてください」

巡査は哀れみのこもった目で彼女を見つめた。「お気の毒に、レディ。さぞおつらいでしょうね」

ブリスの口から言葉は出てこなかった。ケインに会いたいという思いだけが募っていく。彼を見つけださなくてはならない。

巡査を押しのけ、ブリスは廊下を走った。「ケイン!」彼女は叫んだ。かたく冷たい石壁にその名前が反響する。

バーナビー巡査がブリスの後ろから怒鳴り、仲間の巡査たちに協力を求めた。ブリスは彼らの足音が迫ってくるのを感じたが、立ちどまらなかった。

突然、監房の鉄格子のあいだから手がのびてきて、ブリスのスカートをつかんだ。スカートがちぎれそうになり、彼女は振り向いた。相手が誰なのかに気づき、あげていた叫び声がとまった。

「ケイン」暗い監房からやつれた顔がブリスを見つめていた。監房は人ひとりがやっと入れる程度の広さだ。

彼女はケインを抱きしめたかったが、鉄格子が邪魔をした。棒のあいだから手を差し入れ、彼の顔にてのひらを押しあてる。廊下を走ってくる男たちに、ブリスは怯えた視線を投げかけた。

「なぜここへ来た？」ケインが強い調子で尋ねた。

「あなたに会うためよ」

「もう会っただろう。さあ、行くんだ」

「でも――」

ケインは彼女の手首をつかんだ。「よく聞くんだ、ブリス。きみは行かなくてはならない。この件にかかわってはいけないんだ。関係のないことなんだから。わかるな？　家に帰れ。そして絵を描くんだ。その絵を世間に見てもらい、ぼくのことは忘れろ」

「いいえ」ブリスはささやいた。あまりの苦しさに息が詰まりそうだ。「絶対にいやよ」ケインの髪に指を絡ませる。「本当のことを言ってちょうだい、ケイン。お願いよ」巡査たちが飛びかかってきても、彼女は懇願し続けた。「本当のことを言って」ブリスはつかまえられ、鉄格子から無理やり引き離された。

「彼女に手を触れるな、ちくしょう！」ケインが怒鳴り声をあげ、鉄格子をがたがた鳴らして巡査たちにつかみかかろうとした。

「ケイン！　本当のことを言って」巡査たちはブリスを引きずっていこうとした。「お願いよ、言ってちょうだい！」

「帰るんだ、ブリス」

「愛しているわ！　あなたを絶対に見捨てない」

「愛してはだめだ」

「いいえ。あなたを愛しています」

「それならきみは愚か者だ」ケインは荒々しく突き放した。「あの晩、家の前にきみを残して立ち去ったあと、ぼくがなにをしたか知りたいだろう？」鉄格子を両手で握りしめる。「オリビアのもとへ戻ったのさ。ぼくは高潔さとは無縁な、恥知らずな悪人だと言ったはずだ。きみがぼくの不幸を嘆いてくれているあいだ、ぼくは別の女性のベッドにいたんだ。オリビアにほしがっていた子供を授けようとしていたんだぞ」

「あなたは嘘をついているわ」ブリスはきっぱりと言った。「わたしは信じない」

「さあ、この女をここから連れだすんだ！」バーナビー巡査が命じると、部下たちがブリスを引きたてた。遠ざかっていく彼女の青い目はケインの目をじっと見つめたままだった。彼はついに視線をそらした。さもないと気がふれてしまいそうだった。

ケインは鉄格子に額を押しつけ、生涯に一度だけ正しいことをしたのだと自分に言い聞かせた。たとえ死ぬ日まで、ブリスのことが頭から離れないとしても。

ブリスは自分の話を聞いてくれる人を探し、ケインへの支援をとりつけようと懸命に動きまわった。しかし、オリビアの復讐作戦は実に周到だった。彼女はリンフォードやクラレンドンら、ケインがセントジャイルズを殺すと脅していたと悪意をこめて証言する人間をひとり残らず巡査に引き合わせたのだ。

ケインに殴られたセントジャイルズを白髪まじりの立派な身なりの男性が床から助け起こしたのを数人が見かけていたものの、その情報は重要視されなかったらしい。廊下が暗かったので、男性の顔を誰もはっきりとは覚えていなかったのだ。法的に見て、ケインは有罪だった。そのうえ世間の人々は、自分の屋敷をとり戻すためなら肉体や魂をも売るような男には有罪を宣告するのが当然だと考えた。

事件から一〇日目、ブリスは寝室の外の階段で一時的に気を失った。彼女はその日宮殿へ行ったが、国王への謁見は許されなかった。幼い王女の肖像画を描くように依頼されたことがあったので、国王はお会いくださるものとブリスは大きな期待をかけていた。しかし国王は面汚しの貴族の窮状に関することより、ずっと大事な案件を数多く抱えておられたのだった。

同じ日、ブリスの父親がパリに到着した。母からの連絡を受け、できるだけ早くこちらへ来るためにどれほど苦労したかは、父のやつれた表情でわかった。

ブリスの寝室の扉が軽くノックされた。「どうぞ」

父の顔が扉の隙間からのぞき、彼女を見つけるとあたたかな微笑が浮かんだ。ブリスも精いっぱいの笑みを返した。

「気分はどうだ、ブリス？」父は心配そうにきいた。

「大丈夫よ」彼女は嘘をつき、手を差しだした。父はその手をとり、ベッドのブリスのかたわらに腰かけた。黒いものがまだ多く残る父の豊かな銀髪は逆立っている。ずっとかきむしっていたのだろうと彼女は思った。「そんなに心配してくれなくてもよかったのに」

「わたしは父親だよ。それくらいさせてくれ」

どんなにつらいときも、ブリスは父の愛情を疑ったことがなかった。そのため、自分が父親の実の息子ではないと知ったときのケインの驚きは、想像に余りあるものだった。

「今日は元気そうだな」しばし続いた沈黙を父が破った。

「ええ、だいぶいいわ」ブリスはこれ以上心配をかけたくなかった。けれども父の目が険しさを帯びるのを見て、胸騒ぎを覚えた。「なにかあったの？」

父はためらった末に答えた。「今日、ケインに会ってきたんだ」

鼓動がふいに乱れた。彼女は枕にもたれて上体を起こした。「彼はなにか言っていた？」

「いや、たいしたことは」立ちあがってポケットに両手を突っ込んだ父の横顔は暗かった。

「頑固な男だ」

「ええ」

「だが、彼はわたしに言った」父は深い心痛をたたえたまなざしでブリスを見た。「自分はおまえを傷つけるようなことをした、と。そうなのか？」

「いいえ、彼が一方的に傷つけたわけではないの。わたしたちのあいだに起きたことは、お互いに責任があるのよ」ふいに涙があふれてきた。「ケインを愛しているの、お父様。わたしには男性は愛せないと思っていたのに、彼と出会って初めて愛することを知ったわ」

父はブリスの手をとって、慰めるように軽くたたいた。「ああ、おまえが彼を愛していることはわたしにもわかるよ。それにケインは否定するだろうが、彼も同じくらい深くおまえを愛しているはずだ。彼はおまえを傷つけたと打ち明けることでわたしを怒らせ、彼を救いだしたいという気持ちをなくさせようとしたのだと思う」

「でも、お父様はケインの救出をあきらめるつもりはないんでしょう？」

父は彼女の頬を手で包み込み、穏やかに言った。「もちろんないよ。ケインは心をひどく傷つけられてつらい思いをし、おまえだけが頼りのはずだ。わたしはおまえをすばらしい娘だと思っている。その娘の美点を認めてくれる男性をとがめることはできない」

「ケインはお父様の支援を受け入れるかしら？」

父がため息をついた。「いや。わたしがかかわることを彼は望んでいないと思う。結局おまえを巻き込んでしまうのを恐れているんだろう。ケインは自分の力だけでなんとかしようと決意しているようだ」

ブリスは目をつぶり、上掛けのなかで両手をこぶしに握りしめた。これほど自分を無力だと感じたのは初めてだ。

「ブリス！」よく知っている声が聞こえたかと思うと、寝室の扉が開いた。フランソワが戸口に立って息を切らしている。

ブリスは上掛けをはねのけた。恐怖が突きあげ、手足がこわばる。最悪の事態を恐れながら、ベッドの支柱につかまって立ちあがった。「どうしたの？」

「知らせがあるんだ」

「ケインのことで？」

「そうだ《ウィ》」

彼女は脚ががくがくした。

フランソワが足早にブリスへ近づいた。「ケインは大丈夫だよ、心配させてすまない。ぼくは今、コンシェルジュリから戻ったところなんだ」彼女の手を握ってほほえむ。「ケインは自由の身になった。釈放されたんだよ」

ブリスはフランソワを見つめた。「釈放された？」期待と疑惑をこめてつぶやく。

「ウィ。セントジャイルズを殺した真犯人が逮捕されたんだ」

「それは誰なの？」

「デュラック伯爵だ」その名前にブリスは聞き覚えがあった。「デュラック伯爵の夫人が警察に届けでたそうだ。夫人は夫が自分の親友と密通していたことに気づいたらしい。そのうえもっと悪いことに、伯爵のほうは妻の愛人をすべて追い払ったんだが、そのなかにはセントジャイルズ卿もいて、伯爵は――」

「――セントジャイルズ卿の命をねらっていたのよね」ブリスは思いだした。ノースコート・ホールでの気まずい夕食会の席で、デュラック伯爵の名前を聞いたのだ。彼女はフランソワの手に手をのばした。「これですべて解決したのね?」そう信じるのが怖かった。

「ウィ、シェリ。本当にすべてが解決したんだ」

ブリスは窓辺に向かった。視線が監獄の方角に引きつけられる。鮮やかな火の玉のような夕日がちょうど地平線に沈んだばかりの空が視界に入った。

フランソワと父が去ってからも彼女はずっと窓辺に立ち、行き来する馬車の一台一台に目を凝らしていた。馬車がとまり、ようやくふたりの愛を信じることができたケインがおりたってくれないかしら、と願いながら。

ブリスが窓の前を離れたのは深夜になってからのことだった。

24

あなたがいなかったら、苦しみだけの人生になってしまう……。
お願いです――許してほしいのです、
あなたを愛していると何度も何度も言うことを！

トーマス・ハーディ

ケインがフランスを離れ、デボン州に戻ったとブリスが知ったのは、それから一週間後だった。

父は一カ月間パリに滞在し、ブリスが子供だったころのように彼女を人生の悲惨さから守ろうとしてくれた。しかし父が心配すればするほど、彼女は自分の苦しみを思いおこしてしまうのだった。

両親がふたたび言葉を交わすようになったことは、ブリスにとっていくらかの喜びだった。ときおり体を軽く触れ合わせているのは友情のあかしだ。ひょっとしたら、いつしか友情より深いものに発展していくかもしれない。両親は今ではよく話をするようになり、相手の話にじっくり耳を傾けている。以前はよりを戻すことなど考えられなかったのに、復縁のきざしが見られるようになった。これはすばらしいことだ。

それからの四カ月間、父は議会を離れられるときはいつもパリを訪ねてくれた。わたしは失恋したけれど、せめてひとつはいいことがあった――そう考えて、ブリスは自分を慰めた。

いいえ、ふたつだわ。彼女は微笑を浮かべ、ふっくらしてきたおなかに手を当てた。てのひらに胎動を感じる。食欲の減退とめまいがつわりだとは気づかず、ケインが投獄されたあと体調を崩し、流産の危機を迎えた。無理をしてしまったからだ。

ブリスは感謝で胸がいっぱいになった。神様はわたしを祝福してくださったんだわ。ちょっぴり不幸のまじった幸福感にひたって日々を送っていたので、彼女はケインのいない悲しみをつかのま忘れることができた。

両親はブリスを説得し、ケインに妊娠を知らせようとした。けれども彼女は、たとえ身ごもったとしても、子供にケインの姓を名乗らせることを要求しないと彼に言ったことがあった。その思いは今も変わらない。もっとも、今は自尊心以外の理由も加わっていたが。

もしケインが赤ちゃんができたことを聞いて戻ってきたなら、それは子供への責任のためであって、わたしへの愛ゆえではないことになる。心からの愛以外のものを、わたしは受け入れるつもりはない。

扉をノックする音にはっとして振り向くと、父が入ってくるところだった。父の視線はブリスのおなかに向かった。「わたしの孫息子の調子はどうだい?」

「孫娘ではないのかしら?」母がたしなめるような笑い声をあげ、夫の広い肩の後ろからブリスにウインクした。「ねえ、あなた、ブリスが息子を身ごもっているって、どうしてそんなに確信しているの?」

父はいとおしそうに妻に眉をひそめてみせた。「アシュトン家の女性はみな、まず男の子を産むからだよ」

その男性中心的な考え方に母は鼻を鳴らした。「わたしは違ったわ」

「男の子を産むべきなのに、きみが産もうとしなかったからだ」

「もしかすると男の子を宿させるべきなのに、あなたがそうしなかったからかもしれないでしょう」からかうように母が言い返す。

両親のいたずらっぽい軽口に笑顔になりながらも、ふいにブリスはうらやましさを感じた。顔をそむけ、赤ん坊のためにつくったキルトをやさしく撫でる。色とりどりの布をはぎ合わせたもので、子猫の毛のようにやわらかだ。このキルトでわが子をくるみ、胸に抱く日もまもなく来るだろう。

肩にそっと手を置かれ、彼女は父の心配そうな顔を見あげた。「この部屋はすばらしいね」父が褒めた。

ブリスは壁に森の動物と妖精《ようせい》の絵を描いて、自分のアトリエを子供部屋に模様替えしていたのだ。今度ばかりは彼女の描くものも、穢れがなくすこやかだった。

「ブリス」父がためらいがちに口を開く。「ケインのことで話がしたいんだ」

彼女はテーブルに歩いていき、その上にある絵筆に無意識に手をさまよわせた。「彼のことは話したくないの、お父様」

「おまえの子供の父親なんだよ」

「わたしたちの関係はずっと前に終わったんですもの」ブリスはうんざりして応えた。

「そうか、だがケインがどんなに変わったのかを話そうとしても、おまえは聞こうとしないんだからな――」

彼女はくるりと向きを変えて父と向き合った。「ケインが自分でわたしのもとへ来る気がないなら、彼はわたしが思っているような男性ではないわ――そんな彼を受け入れるつもりはないの」

「ダーリン」母が前に進み出た。その目にあふれる思いやりに、ブリスはかたくなな心がぐらつきそうになった。「お父様とわたしは、あなたと赤ちゃんにとっての最善を願っているだけなのよ」

「それなら、わたしが受け入れるのは愛だけだということをわかってちょうだい」ブリスはひとりになりたくて、ショールをつかむと両親の横を足早にすり抜けた。

彼女は苦しい心を抱えた自分が安らぎを感じられる、ただひとつの場所に逃げていった。その場所をブリスは四カ月も訪ねることができなかった。ケインとの思い出がよみがえってきそうで怖かったからだ。

今、ブリスは慰めを求め、祖父母の墓の向かいにある大理石のベンチに崩れるように座り込んだ。激しく打つ心臓の下で、赤ん坊が絶えず動いている。

「しいっ」ブリスは赤ん坊にささやきかけ、かたく目をつぶって涙をこらえた。「なにも心配いらないわ。本当よ」

夕闇が心を癒すように静かにあたりを支配してくる。それなのに彼女の心は乱れたままで、ケインのことしか考えられなかった。

父はケインが変わったと言い、ブリスを恋しく思っているらしいと何度かほのめかした。だが彼女は期待を抱きたくもなければ、気にかけたくもなかった。ケインを自分の人生と心にふたたび招き入れたくない。彼女を深く愛しているとみずから進んで言えないのなら、たとえ戻ってきても無駄だし、傷を大きくするだけだ。

「ブリス」

彼女の名前が風に乗ってかすかに聞こえてきた。悲しげで、気のせいにも思えるほどの小声だったが、ブリスははっと顔をあげた。体が震えて動けなくなる。ケインがたしかにそばにいる。直感的にわかった。

「ぼくのほうを見るんだ、ブリス」彼が小声で命じた。

ブリスはうつむき、両手で頭を抱えた。「あっちへ行って。お願い、離れてちょうだい」

「だめだ。きみに会う勇気を奮いおこすのに、ただでさえ時間がかかりすぎてしまったんだから」

「どうしてフランスにいるの？」

「きみのお父上と一緒に来たんだ。なんとしてもきみに会わなければならなくて」

「なぜ？　別れのとき、あなたは自分の気持ちをあんなにはっきり言ったじゃない」

「お願いだ、ブリス、ぼくを見てくれ」

ブリスは見られなかった。もしケインのほうに顔を向けたら、彼がそこになにを目にすることになるのかわかっていたからだ。それは今も、そしてこれからもずっと感じるであろう彼に対するむきだしの欲望だった。ふくらんだおなかは長いショールが隠してくれていた。

「わたしがここにいるとなぜわかったの？」

「ここへ来るかもしれないと賭けてみたんだ」そうつぶやくケインの低い声は、いまだにブリスの心を溶かす力を持っていた。

「父と一緒にフランスへ来たと言ったわね？　父はあなたに……なにか話した？」父が秘密をもらしたのではありませんように、と彼女は祈った。

「たとえばどんなことを？　きみがぼくを恋しがって泣き暮らしていたとか？　きみは強い女性だから、そんなことはないと思うな。それどころか、ぼくのことはきっと忘れることにしたはずだ」彼はいったん口をつぐみ、それから静かに尋ねた。「そうなんだろう、ブリス？」

「あなたはわたしを本当に愛しているの？」胸が高鳴ってきたが、彼女は期待を抱くまいとした。

「もちろんだよ」声の感じからすると、ケインは近づいてきているようだ。「きみは何度も機会をくれたのに、ぼくは愚かにもそれを逃してしまった。誰もいない屋敷の冷たい廊下を幾晩も歩きながら、ぼくがいないほうがきみは幸せなんだと無理に考えることにしたんだ。屋敷はもはやなんの意味もなくなった。きみがいないんだから」

「やめて」両手で耳をふさぎたくなり、ブリスはそっと懇願した。

「最初の一カ月は、一日じゅうほとんど酔っ払っている状態だった。意識がしっかりしているときは崖を歩いて、自分がなくしたものを、絶対にもう一度見つけなければならないものを探した。それは見つけられなかったが、その代わりにほかのものを発見したんだ。それがなんなのか知りたいかい？」

「いいえ」彼女は嘘をついた。

「ぼくの心だよ、ブリス。ぼくは自分の心を見つけたんだ。永久になくしたと思っていたのに、きみを愛することでぼくの心はふたたび鼓動し始め、これまでとは違う生き方ができるようになった。きみの愛にふさわしい男になれるということを、きみに知らせなくてはならないと思ったんだ。ただ、どうしたらいいかわからなかった。そのときもきみが助けてくれたんだよ。きみは以前、ぼくが貴族院でなんらかの地位につくことを希望するなら、お父上が力になると話してくれたことがあっただろう。ぼくは実際、貴族院で自分の考えを主張してきた。貧しい人たちについて、それに劣悪な労働条件や救貧院について発言したんだ。女性の権利を擁護すべきだという意見も述べた」

ケインのほうを見ないという誓いを忘れ、ちらりと見あげたブリスは彼の姿に見とれた。やせて体が引きしまり、いっそうハンサムになっている。頬がこけ、青く澄んだ目の下には黒いくまができて、深く悩んだことを示すかのようだ。でも、悩んだということは彼がわたしを愛しているということだわ。本当にそう信じていいのかしら？

「なぜそんなことをしたの？」

「きみのためだよ。きみだけのためにそうしたんだ、ブリス。ましな人間になって、きみに立派だと認めてもらいたかった。愛するのにふさわしい人間だと思ってほしかったんだ。きみにどうしてもぼくを愛してほしいからだ、ブリス。きみがいなかったら、ぼくは手足をもがれたように感じる」

「ケイン――」

「最後まで聞いてほしい。ぼくはきみのお父上と何時間も話した。ぼくの父親の死のことで、お父上を非難したことを謝罪した。ひとたび頭から霧が晴れると、自分が思い違いをしていたことに気づいたんだ。胸のなかで煮えくり返る憎しみに合うように、ぼくは頭のなかで物語をつくり変えていた。自分以外の誰かに憎しみを向けたかったんだ」

ケインはブリスのほうに歩いてきた。その足どりはためらいがちで、彼女の目をじっと見つめるまなざしも不安げだ。「ぼくはもう苦しみながら生きていたくはない。人生をとり返したい。きみに戻ってきてほしいんだ、ブリス」

ケインが彼女から一メートルほどあいだを空けて前に立った。彼はブリスの頬に触れようと手をのばしたが触れられず、結局手を握りしめることしかできなかった。「ぼくの土地で未開発の石炭の鉱脈が見つかった」ケインは控えめな口調で言った。「これでぼくには金が入る。たいした額ではないが、羊や作物の種を買い、純血種のアラビア馬の飼育を始めるのには充分な金だ」首を振り、唇の端にかすかな笑みを浮かべる。「自分が立派な農業経営者になりたいと思う日が来るとは夢にも思わなかったよ。でも、ぼくは地に足をつけた暮らしをするつもりだ」

「あなたのお父様はお喜びになるでしょうね」

「ぼくを誇りに思ってくれるといいんだが」

「きっとそうお思いになるわ」

ケインはブリスのそばにひざまずき、冷たい手をとって自分のあたたかな手で包み込むと、これまでにない真剣なまなざしで彼女を見つめた。「こんなに長く離れているつもりはなかったんだが、確実なものをきみに差しだせるよう、念には念を入れなければならなかった。きみを傷つけたことは承知しているよ、ブリス。きみにふさわしい人間ではないこともよくわかっているが、どうかぼくを許してほしい。その償いのために日々を送ると約束する」

「やめて」かろうじて感情を抑えていた糸が切れ、堰《せき》を切ったように涙があふれだした。

「心にもないことを言うのはやめてちょうだい」

ケインがブリスの顔を両手で挟み、親指で涙をぬぐった。「ぼくは本気なんだ。きみを愛している。きみなしでは生きていけない。ぼくにきみのいない人生を送らせないでくれ、ブリス。お願いだ」

突然の風でショールの端が吹きあげられた。ブリスはあわてて押さえたが、秘密を隠しておくには間に合わなかった。ケインはブリスの腹部をじっと見て、長い指でショールをそっとどかした。彼女の手は無意識におなかへ向かった。

永遠とも思える長い時間、ケインは畏怖《いふ》とも驚きともつかぬ表情を浮かべて腹部を見つめ、それから当惑のまなざしで問いかけるようにブリスを見あげた。赤裸々な心情がその目にあふれていて、彼女はケインを見るのがつらかった。

「どうして話してくれなかったんだ?」彼がかすれた声できいた。

ブリスの喉の奥から、とぎれとぎれのすすり泣きがこみあげてきた。「言えなかったの」

ケインの視線が腹部に戻った。彼の息遣いが浅くなる。ついにケインは震えながら手をのばし、彼女の手に手を重ねた。ふたりの手の下で赤ん坊が盛んに動いた。まるで父親がそこにいることがわかったかのように。

「ぼくたちの子供だ」畏敬の念に満ちた声をあげ、ケインはブリスの手を握りしめて彼女を見あげた。「ぼくから赤ん坊をとりあげないでくれ、ブリス。ぼくにはきみたちが必要なんだ。きみたちふたりが。一緒にデボン州へ戻ってほしい。断崖を見渡せる場所にきみのアトリエを建ててあげよう。きみはぼくのすべてなんだ」

ブリスは目を閉じた。「ケイン……」

「わかっている。ぼくはきみの心を傷つけたし、そのことについては申し訳ないと思う。残りの生涯をかけて償わなければならないなら、ぼくはそうするよ」

彼女はつないだ手を見おろした。「あなたが結婚を申し込んでいるのは——」

「赤ん坊のためか、ってことがききたいんだね？」

ブリスがうなずいた。

ケインは彼女の顎に手を添えて自分を見つめさせた。「いいや。絶対に違う。ぼくはきみのためにここへ来たんだ。自分が父親になるとわかったのは、祝福が二倍になったということにすぎない」彼の微笑はやさしさにあふれていた。「結局、あの乙女は本物の守護天使だったようだね。ぼくの祈りをかなえてくれたんだから」

「乙女って？」

「ショパンの墓の乙女の像だよ」音楽家の墓の上におりたった翼を持つ天使のほうを、ケインが手で示した。

「でも、あれは単なる言い伝えよ」

「ぼくの場合は違う。ぼくがなんと書いたのか、行って読んでごらん」

ブリスはしばしためらった末にベンチから立ちあがった。少しおぼつかない足どりで歩いていき、乙女像の前で立ちどまる。乙女のまなざしは彼女を認めてくれているみたいだ。ブリスは深呼吸をし、乙女の足もとから折りたたまれた紙切れをとりだして広げた。文字はわずかに薄くなっているものの、まだはっきりと読めた。

ブリスを生涯愛するという祝福を与えてくださいますよう、お願いいたします。ぼくの願いはそれだけです。

ブリスの頬を涙が流れ落ちた。濡れた瞳でケインの目を見つめる。

「ぼくを許してくれるかい、ブリス?」ケインが小声で尋ね、彼女のほうに歩いてきた。目には深い愛情がこもっている。

そのときブリスは、彼女自身の祈りもかなえられたことを悟った。

キスをしようと思いのたけをこめてケインの顔を引きさげると、彼はブリスのおなかを両手でそっと支えた。ふたりの赤ん坊は彼女の心臓の下であたたかく、安全に、そして愛されて育《はぐく》まれている。

ケインの腕に抱かれたブリスが、そう感じているように。

エピローグ

愛とはなにかと問われたら、
そなたの心はこう答えるに違いない——
ふたりの思いがひとつになり、
ふたりの心がひとつに脈打つことだ、と。

フリードリヒ・ハルム

「具合はどうでしょうか、ドクター？」頭のはげた獣医がシアラの腹部を診察しているのを見つめながら、ブリスは心配そうに尋ねた。

獣医は分厚いめがね越しにブリスをちらりと見た。めがねのせいで彼の目は一〇倍も大きくなり、顔がまるで梟のように見える。「大丈夫ですよ、レディ。大変順調です。心配はいりません」

ブリスは安堵の息をついた。彼女の牝馬、シアラの出産はとても重要な意味を持っている。ノースコート・ホールの将来がかかっているのだ。

「それで今日は、ぼくたちの娘の具合はどうだい？」後ろから声が聞こえた。ブリスが振り向くと、夫が厩の入口にもたれて笑みを浮かべていた。その笑みを見るといつも胸が締めつけられ、頭のてっぺんから爪先まで熱くなってしまう。

結婚してから夢のような一〇日間が過ぎた。ふたりはパリに昔からある教会へ行き、自分たちにとってもっとも大切な人々の前で結婚の誓いの言葉を述べた。フランソワがケインの花婿付添人を、リゼッタが花嫁付添人をつとめ、リゼッタの三人の子供たちが通路に薔薇の花びらをまいてくれた。リゼッタはブリスがかつて路上から救いだした女性だ。

リゼッタと三人の子供たちは逆境をくぐり抜けてきたせいでいっそう強く愛し合い、幸せになろうという気持ちが強かった。親子一緒なら、どんなことにも立ち向かえるだろう。

今、ブリスはケインが自分のほうに歩いてくるのを見つめた。ベッドでもベッド以外でも、彼女はケインの身のこなしがとても好きだった。それからまなざしも。ブリスの前で足をとめた彼の目は、ベッドをともにするのに夜まで待つつもりはないと語っている。それに関して言うなら、彼の性的欲望は噂《うわさ》にたがわず途方もなく強かった。ケインはほぼ毎時間ごとに、屋敷のほとんどすべての部屋で彼女と愛を交わした。彼にはおなかの大きいブリスがいっそう刺激的に見えるらしく、彼女を〝光輝いている〟と形容した。ブリスも素直にそうかもしれないと思った。それほどに幸福だった。

ブリスは満足のため息をもらして夫の肩に頭を預けた。ケインは妻の体に腕をまわし、親指で喉に小さな円を描きながら、もう一方の手で大胆にも胸のふくらみを愛撫して彼女を期待で身震いさせた。

獣医はケインの戯れには気づかない様子で診療道具をしまい、それから背を起こした。「アラビア馬の貴重な子孫が生まれるのが待ち遠しいですな、伯爵様。きっとすばらしい子馬のはずです」彼は頭に帽子をのせた。「では、ごきげんよう。これから生まれてくるおふたりのお子様にお祝いの言葉を贈りますよ」

ブリスは去っていく獣医が朝霧のなかに消えるまで後ろ姿を見送った。「いい方ね」

「仕事の遅いご老体だよ」ケインがぶつぶつ言う。彼が不満げな理由がわかったので、ブリスはくすくす笑った。「診察を終えるのに延々と時間がかかるんだからな。ここできみと出会った最初の日から、ぼくはきみを干し草の上に押し倒したくてたまらなかったんだ」

彼女は眉をひそめてみせた。「わたしを誰かほかの人と間違えているんじゃないかしら、サー」ケインが笑い声をあげ、ブリスの頭を自分の肩にもたれさせる。彼女はため息をついた。「あなたって、いまだにとんでもない悪党なのね」

彼はにっこりした。「そんなぼくを愛しているんだろう?」

「心の底からね」ブリスは答え、爪先立ちをしてケインにキスした。キスが終わるころには、ふたりの息は荒くなっていた。

ケインが彼女を抱き寄せて髪を撫でた。「なにもかも完璧に進んでいるよな?」

「そうね……すべて完璧とは言えないわ」

彼はブリスから身を離し、真剣な顔で彼女を見つめた。「どうしたんだ、ブリス?　もうぼくに不満があるのかい？」

「そんなことはないわよ」ブリスは断言した。

厩の扉の向こう側から大きな声が聞こえた。誰かが新たに到着したようだ。彼女は笑みを浮かべてケインと指を絡ませ、秋の朝のさわやかな日差しのなかへ一緒に出ていった。

「のぼり坂にハップが来ているわ」

金色の光の向こうから、厩の親方が現れた。

親方の背後に広がる断崖は目を奪われるほど美しい。満潮時についた海水跡の黒っぽい筋から、緑や茶色をした岩肌に、黒くぼんやり見える地層の裂け目にいたるまで、さまざまな色がまだら模様になっている。

雛《ひな》を育てている鷗が断崖の中腹に何羽も雪のように舞っていた。そのあたりの崖は淡い灰色が薄紅色に溶け込んでいき、さらに薄紅色が赤に、赤がちらちら光る紫色に変化している。その後ろには、急な坂をのぼる羊の群れがまるで白いデイジーみたいに見える。ここがブリスの故郷なのだ。

眼前の風景は彼女の美的感覚を揺さぶり、この一瞬の光景をいつでもとらえられるように絵の具とカンバスを持ってくればよかったという気持ちにさせるのだった。とりわけ、ハンサムな夫の一瞬の表情をとらえられるように。

「ハップが乗っているのは……？」

「そう」ブリスはケインのウエストに腕を巻きつけた。「カーンよ」

彼は濃いブルーの瞳に困惑の色を浮かべてブリスを見おろした。「わからない。どうやって――」

「馬の繁殖で成功するつもりなら、最高のアラビア馬の種牡馬がいなくてはならないわ」

「しかしオリビアが――」

「レディ・バクストンは喜んでカーンを手放したのよ――わたしと少し話をしたあとでね」

眉をひそめたので、夫のほれぼれするような顔が陰りを帯びた。「まさかオリビアを探しだしたんじゃないだろうな。あの魔女のそばに行ったなんて言わないでくれよ」

「お母様も一緒だったのよ」ブリスは穏やかに言った。「だから、危険なことはこれっぽっちもなかったわ。わたしは分別のある大人の女性同士で話をしようとレディ・バクストンに呼びかけただけ」

愛する夫がブリスを叱責《しっせき》する前に、ハップがふたりの前で足をとめた。カーンが低くいないて、誇らしげにぐいと頭をあげる。自分のいるべき場所に、自分を大事にしてくれる飼い主のもとに戻ってきてうれしそうだ。

「さあ、あなた」ブリスはそっと促した。「カーンの帰りを喜んで迎えてあげて」

のばした手にカーンの鼻が押しつけられたとき、ケインの顔に無数の感情がよぎった。ひとりの男と一頭の誇り高き牡馬は、互いの健闘を称えているようだ。その光景を見て、ブリスの目に思わず涙がこみあげてきた。彼女は自分に向けられたケインの瞳に愛があふれているのを感じた。

「どうやってとり戻したんだ?」彼がきいた。「オリビアがカーンを返すことに同意するなんて驚きだよ」

ブリスはカーンのやわらかな鼻面に頬を押しあて、なめらかな首を撫でた。「女性には男性とは違う物事の扱い方があるとだけ言っておくわ。オリビアに状況を説明したら、彼女は自分の間違いに気づいたのよ」

「もしかしたら、これがあると現況がよくおわかりになるかもしれませんね、旦那様」ハップが鞄《かばん》からなにかとりだした。「奥様のお父上が、これをあなた様にお渡しするようにとのことでした」彼は五日前の『ロンドン・ポスト』紙をケインに手渡した。

太字で印刷された見出しをちらりと見やり、ブリスは大きく目を見開いた。夫の手から新聞を奪いとり、自分の背中に隠す。「つまらない噂話でわずらわされたくないわよね、伯爵様」

ケインが訳知り顔で眉をあげる。「つまらない噂話だって?」彼はブリスのほうに踏みだした。「それをぼくに渡しなさい、ブリス」

「でも――」ケインはブリスに最後まで言わせず、彼女を一本の木まであとずさりさせた。彼がブリスにぴったり近づけないのは、ひとえに大きくなったおなかのせいだった。彼女は厚かましくもそのおなかをそっと抱え、無邪気を装ってケインを見あげた。結婚してから、ブリスは女性特有のこうした手を使うようになっていた。夫の反対を押しきってなにかをすることがたびたびあり、そんなとき彼の怒りをやわらげる必要に迫られるのだ。

だが癪なことに、ケインは彼女の策略にだまされなかった。それにブリスは完全に彼の思うがままだった。指で顎をさっと撫でられ、唇を軽く重ねられただけで、たちまち身も心もとろけてしまう。

「怒らないでね」ブリスは奪いとった新聞を返す前にあらかじめ言っておいた。

ケインは彼女に用心深い視線を向け、それから新聞を広げると、短いが目を引く記事を読んだ。「ブリス……」こっそり逃げようとしていた彼女に警告の声をかける。

ぐっとつばをのみ込んで、ブリスが振り向いた。「はい、伯爵様？」きわめて従順に応えたが、それが見かけだけなのはケインにはお見通しだった。

「まさかオリビアをまた殴ったんじゃないだろうね」

彼女は唇を噛んだ。「殴ったわけじゃないのよ。出ていくとき、オリビアがわたしの足につまずいただけなの。彼女は賭けに負けて、わたしが勝ってカーンをとり戻したことが気に入らなかった――」

「賭けだって！」

ブリスはたじろいだ。「あのね、カーンをとり戻そうとしてわたしがお金を出しても、オリビアは受けとろうとしなかったの。そこで彼女は賭けをするのが好きだから、カードのひと勝負で話をつけられるんじゃないかと思ったのよ。ええと、彼女がスペードの二を引いたの。わたしはハートのクイーンだったのよ」このとき彼女の夫は、おそらく、その結果のおもしろさを理解していなかっただろう。だが、美人を意味するハートのクイーンをブリスが引きあてたのは、まるで恋愛小説にあるような、ぴったりの結末なのだ。

「それでオリビアが勝ったら、彼女はなにを手に入れることになっていたんだ?」ケインがきわめて冷静に尋ねた。

ブリスは肩をすくめた。「よく覚えていないわ」

いまいましいことに、ハップはおしゃべりをしたい気分らしい。「奥様の髪ですよ、旦那様」

ブリスは裏切り者をにらみつけた。

ケインがひどくゆっくりと彼女のほうに目を向けた。ブリスはもう一度逃げだそうとしたが、一歩も行かないうちにつかまってしまった。

彼女は夫をなだめるようにその肩に両手を置いた。「ねえ、あなた、怒らないでちょうだい。そうせざるをえなかったのよ。彼女はあなたの心を傷つけたんですもの」

ケインがしぶしぶ唇の両端をあげて言った。「きみはとんでもない女性だな、わかっているかい? ぼくがきみを守ることになっているんだよ、その反対ではなくてね」

「わたしは愛する人をいとおしみ、その人を傷つける者を許せないだけよ」

ブリスをそっと抱いたケインは真剣な表情になった。「賭けに負けたら、本当に髪を切らせるつもりだったのかい?」

「ええ、だけど負ける気がしなかったの」

「どうして?」

ブリスはケインの首に両腕を巻きつけた。彼の胸に頭を押しつけ、安定した心音を聞くことにこのうえない幸せを感じた。それは今では彼女の心臓でもあるのだ。

「あなたがついているかぎり、わたしは無敵なんですもの」

訳者あとがき

本書『あなたに愛を描いて』（原題 THE PLEASURE SEEKERS）は、一九世紀なかばのイングランドとフランスを舞台にしたヒストリカル・ロマンスです。ヒロインの若く活発な公爵令嬢ブリスは、いとこに連れられてイングランドのデボン州のある屋敷で開かれるパーティに参加します。そこで彼女を待ち受けていたのは、傲慢で危険な雰囲気が漂うハートランド伯爵ケインと、彼のパトロンであるバクストン侯爵未亡人オリビア。その屋敷は先祖代々ハートランド伯爵家のものでしたが、父親の破産と自殺によってケインは家を失い、オリビアの愛人になることで生きのびていたのでした。ブリスはなぜかケインから強い憎しみを向けられているのを感じてとまどいと反発を覚えますが、一方でいつしか彼に興味を抱くようになっていきます。

ケインはどんな女性をもとりこにしてしまうほどの魅力的な男性で、若いころから快楽を追い求め、今はオリビアの愛人となることで皮肉にもかつて熱心に追求した快楽の奴隷になっています。物語では彼のそうした側面とともに、深い心の闇を抱えて苦悩する姿が描かれ、オリビアの持ちだしたブリスとの取引が、そんなケインをいっそう苦しめることになります。

イングランド南部デボン州の暗く厳しい風土や海に面した断崖絶壁は、まるで彼の心を映すかのように荒々しく陰鬱です。一方、ヒロインのブリスは清純な公爵令嬢でありながら冒険や挑戦の好きな女性で、貧しい人たちを救うことに情熱を傾けています。そんなヒロインだからこそ、平凡な男性に飽き足らず、謎に満ちた挑戦的なケインに魅力を覚えたのでしょう。ふたりはまるで火花を散らすようにぶつかり、惹かれ合っていきます。

　物語の年代ははっきりとは書かれていませんが、フランス第二共和制（一八四八年）の前年にヒロインが一〇歳であったという記述から、一八六〇年代と考えられます。物語ではルイ・フィリップ・アルベール・ド・オルレアンがフランスの王位に就いていたり、その娘ののちにポルトガル王妃となるマリー・アメリーがフランスで生まれているなど若干史実と違う点があります。このころはイギリスではビクトリア女王が、フランスではナポレオン三世が統治していた時代でした。産業革命が進み、国家が黄金時代を迎える一方で、そのひずみも現れてきました。女工、児童労働、マッチ工場労働者の燐顎、娼婦など、この物語でヒロインが心を痛めた問題は実際に存在していたのです。当時ヒロインのようにこうした問題に取り組んだ女性も、ごく少数ながら実在しています。

　作者のメラニー・ジョージはアメリカのニュージャージー州に住む新進気鋭の作家で、以前は経営幹部をリクルートするコンサルタント会社の最高経営責任者《CEO》を務めていました。歴史や旅を趣味としていましたが、小説を書くことには興味がなく、また書けるとも思っていなかったとのことです。ところが、ひとたびロマンス小説を書くことに目覚めてからは、インスピレーションが次々にわきあがってきたそうで、二〇〇〇年には二冊、二〇〇一年には四冊の本を出版し、現在までに計一三冊を世に送りだしています。彼女は国際批評家協会ドロシー・パーカー賞を受賞し、この作品が初めての邦訳となります。

不可解な憎しみのこもった出会いから始まったケインとブリスの関係。困難や葛藤を乗り越えて絆を深めていくふたりの物語を、どうぞお楽しみください。

二〇一一年四月

ライムブックス

あなたに愛《あい》を描《えが》いて

著　者　　メラニー・ジョージ
訳　者　　村《むら》上《かみ》千《ち》尋《ひろ》

2011年5月20日　初版第一刷発行

発行人　　成瀬雅人
発行所　　株式会社原書房
〒160-0022東京都新宿区新宿1-25-13
電話・代表03-3354-0685　http://www.harashobo.co.jp
振替・00150-6-151594
ブックデザイン　川島進（スタジオ・ギブ）
印刷所　　中央精版印刷株式会社

落丁・乱丁本はお取り替えいたします。
定価は、カバーに表示してあります。
 ISBN978-4-562-04408-5　Printed in Japan